崖っぷちエマの事件簿②

レンタル友人は裏切らない

ローラ・ブラッドフォード　田辺千幸 訳

A Perilous Pal

by Laura Bradford

コージーブックス

A PERILOUS PAL
by
Laura Bradford

This edition published by arrangement with
Berkley, an imprint of Penguin Publishing Group,
a division of Penguin Random House LLC,
through Tuttle-Mori Agency, Inc., Tokyo

ブラッドフォードのＢＦＦグループに――
わたしのここまでの旅をより面白いものにしてくれました。ありがとう！

謝辞

作家は実際に書き始める前、頭の中でプロットを考えることにとてつもなく長い時間をかけるというのは本当です。自分自身と会話をし、ほかのだれにも読めないようなメモを書きなぐり、しばしば知人に妙な質問を投げかける。

いいニュースは、そういったくだらないお喋りやメモやばかげた質問が、最後には完成した物語になるということ――いまあなたが手に取ってくださっている本のように。もしもあなたが『レンタル友人、はじめました』（このシリーズの第一巻）を読んでいて、エマとスカウトとジャックとそのほかの登場人物たちがどうなるのだろうと、本書を待っていてくださったなら、ありがとうございます。ほかにも同じような人たちがいると思うと、こんなふうに登場人物と恋に落ちてしまうのも楽しいものです。

この本があなたの手に届くまでに必要なことすべてをしてくれた、わたしの編集者ミシェル・ヴェガとペンギン・ランダム・ハウスのすべてのチームに感謝します。また、たまたまファースト・ネームとラスト・ネームがわたしと同じである、わたしのエージェントにも感謝します。ローラ、わたしとわたしの能力を信じてくれたあなたの存在は本当にありがたい

うる?〟とか〟これはどう……これは……これは……〟といった質問を受け止めてくれた、ものでした。そして最後に、この本のプロットを考えているあいだ〟こういうことってあり

読者であり親友でもあるテリー・スキナー・キングに心からの感謝を贈ります。

わたしや作品についてもっと知りたい方は、laurabradford.com にどうぞ。

レンタル友人は裏切らない

主要登場人物

エマ・ウェストレイク……………………旅行代理店の運営に行きづまり、レンタル友人業を開始
ドッティ・アドラー………………………エマの年配の友人。資産家
ビッグ・マックス…………………………レンタル友人業の依頼人。独身の高齢者
ステファニー・ポーター…………………レンタル友人業の依頼人。看護師
ジャック・リオーダン……………………保安官補
トーマス（トミー）・リオーダン………ジャックの息子
キム・フェルダー…………………………レンタル友人業の依頼人。専業主婦
ロジャー・フェルダー……………………キムの別居中の夫
ケイレブ・フェルダー……………………キムとロジャーの息子
ナタリー・フェルダー……………………キムとロジャーの娘
ブリトニー・アンダーソン………………ロジャーの秘書
トレヴァー・アンダーソン………………ブリトニーの夫
リース・ニューマン………………………ロジャーの広告会社の従業員
アンディ・ウォールデン…………………レンタル友人業の依頼人。設計士
ジョン・ウォールデン……………………アンディの父
セリア………………………………………児童養護施設の代表

1

エマ・ウェストレイクはペーパーバックのミステリ小説を錬鉄製のテーブルの上に置くと、ぐったりして椅子にもたれた。「わたしの半分はシリーズの次の巻を読みたがっているけど、もう半分はやめたがっているのよ。そうすれば、夜中の三時になる前に眠れるから」

「死んだらゆっくり眠れるのよ、ディア」ドッティ・アドラーは年齢による染みの浮いた指で、細かいところまで描かれた本の表紙をさもいとおしそうになぞった。「面白かったでしょう？」

「これまでで一番のお気に入り」

八十代女性は午後の日光にも負けないほどの笑みを薄い唇に浮かべながら、ソーサーとお揃いのリモージュ焼きのティーカップに手を伸ばした。

「まだあと五冊あるから、これから数週間は楽しめるわ」

「そのあとは？」エマはテーブルに身を乗り出した。「作者は続きを書いているのよね？」

ドッティのセージグリーンの目はつかの間、厚いまぶたに隠れたが、またすぐにティーカップの縁からエマを見つめた。

「そう言えればよかったんだけれど」

「それじゃあ、わたしはどうすればいいの？　あなたのせいで大好きになった登場人物たちのその後を、どうやって知ればいいの？」

「読み返すのね。そして祈るの」

エマは皿の上のクッキーを一枚つまむと小さく割り、テーブルの下に持っていった。濡れたなにかが指先に……手のひらに……そして手首に触れるのを感じて、彼女の口元に笑みが浮かんだ。

「なにを祈るの？」

「シリーズが続くことを」ドッティは紅茶をもうひと口飲み、クッキーを口に運ぶと、目を細くしてエマを見た。「実のところ、目の下の隈《くま》や、ひっきりなしのあくびや、アイロンかけを少し勉強したほうがいいという事実を除けば、ディア、あなたは満足した日々を送っているようね」

穏やかな夏の空気の中にエマの笑い声が響いた。

「ええ、まあ……ありがとうって言うべき？」

「コンシーラーもつけず、鏡すら見ることなく外出しているあなたに対して、言うことはなにもないわよ。それがあなただから。でも、満足しているように見えるという点に関しては、そのとおりだから」ドッティは膝に広げていた布ナプキンで口の端をぬぐうと、毎週行われるティーパーティーの三人目のメンバーを、クッキーを使ってテーブルの下から誘い出した。

「わたしがあなたに示してあげたキャリアの道は、かなりうまくいっているようじゃない、ディア？」

「〝わたしに示してくれたキャリアの道〟っていうのが、仕事になるかもしれないあのとっさの思いつきの提案のことなら、そうね。うまくいっているみたい」

ドッティは体をかがめて、エマの飼い犬のゴールデンレトリバーのスカウトに鼻をこすりつけてから、車椅子のブレーキをはずして十センチほどテーブルから遠ざかった。

「レンタル友人のアイディアを思いついて、あなたに試してみるように勧めて、最初のふたりの依頼人を紹介したことが、〝とっさの思いつきの提案〟程度とは思わないけど、でもいいわ。お礼は期待していないから」

「被害者ぶるのね」エマは笑いながら椅子を引いて立ちあがると、脇に置いてあったトレイに空のカップと皿をのせ、テーブルの向こう側に回って、ドッティの真っ白な頭頂部にキスをした。「レンタル友人は有望よ。実際のところ、とても有望。あなたをからかうためにあんなふうに言ったけれど、あなたが果たしてくれた役割はよくわかっているの」

「わたしが果たした役割？」ドッティが訊き返した。

「あら、そうね、間違えた。言い直させて。あなたのおかげだっていうことはわかっているの」エマはパティオをあとにすると、トレイをキッチンに運んであとは家政婦に任せ、またすぐに戻ってきて腰をおろした。「でもわたしの新しいビジネスには、妙なところがあるのよ。これまでのところ、わたしを雇った人たち全員と本当の友だちになっているの。そのせいで、彼らから小切手を受け取るのが少し気まずいのよね」

「ミスター・ヒルとは友だちになっていない……」

エマはまじまじとドッティを見つめた。

「ブライアン・ヒルは死んだのよ。覚えているでしょう？」

「あなたが彼に雇われていたときにね」

「もう。思い出させてくれて、ありがとう」エマはテーブルに肘をつき、両手で頭を抱えて身震いした。「わたしのサイトにそのことを書くべきかしらって考えていたの……追悼の言葉を添えてもいいかもって……」

「皮肉はけっこうよ、ディア。不適切ですよ」

エマは顔をあげてため息をついた。「ごめんなさい。あの事件のことを考えると、いまでも心がざわつくのよ。でも、ビジネス全般としてはいいほうに転がっているわよね？　だからこそ、不思議な気持ちにもなるんだけれど。違う意味でね」

「不思議な気持ち？　どういうこと？」ドッティはスカウトをより優しい手つきで撫で始め、スカウトはうれしそうに尻尾をパタパタさせた。

「わからない。さっき言ったとおりだと思う。ただ仲良くしているだけでお金を受け取るのが、間違っているような気分になるの」

ドッティは顎でスカウトを示した。「そうすることで、この子に食べるものをあげられるんじゃない？　それにあなたがあなた自身のボスでいられる。違う？」エマがうなずくのを見て、ドッティは肩をすくめて言葉を継いだ。「それにあなたは一年半以上も同じことをしてわたしからお金を受け取っていた。なにが違うのかしら?」

「そのことには触れないでいてほしかったわ」エマは両手を開いて、トレイにのせ忘れたティーポットとテーブルを示した。「これは慣習だもの」

「あなたに手厚く支払って、続けてもらっていた慣習ね。愛しいアルフレッドの地所に敬意を表するためでもある」

「言い方の問題ね」

ドッティの左の眉が吊りあがり、右の眉もそれに続いた。「あら?」

「厳密に言えばそのとおりよ。最初は、アルフレッドがそうするように手配していたから、わたしはここに来ていた」

「そして、彼が支払っていた」

「ええ、そう。でも時間がたつうちに、火曜日の午後が楽しみになっていったの。わたしたちのあいだに友情が芽生えたから」

「毎週、あなたの預金口座にそれなりの額が入金される友情ね」

エマは椅子の上で身じろぎした。「そういう言い方はやめてくれる? お願いだから」

「どうして? 本当のことでしょう?」

エマは椅子の背にもたれ、それからテーブルに身を乗り出し、やがてまた椅子の背に体を預けた。「そうよ、アルフレッドが亡くなって以来、毎週火曜日ここにくるためにアルフレッドの弁護士が小切手を送ってくれていた。確かに、最初のうちはそれがここに来る理由だった――それと、あなたがどれほど寂しがっているかを知っていたから。でも――」エマはドッティの車椅子の肘掛けにのせられたスカウトの顔に目を向けた。「ここに来るうちに、想像していた以上のことが起きたの」

「たとえば？」

「そうね、まずはスカウトが、毎週わたしがテーブルの用意をしているあいだに、あなたがテーブルの下であげているおやつが大好きになったことかしら」

ドッティが顔をしかめた。「なんの話をしているのか、さっぱりわからないわ、ディア」

「あら……それじゃあ、わたしがお茶を入れているとき、〝シーッ、静かに〟ってだれかが言って、そのあとスカウトがなにかを嚙む音が聞こえるのはどういうことかしら？　わたしの空耳？」エマは目をぐるりと回した。「あなたたちって、本当にずる賢いんだから」

「わかったわよ。それじゃあ、あなたが小切手を受け取って、わたしがあなたの犬におやつをあげているから、このお茶の時間はあなたにとって価値があるの？」

エマが笑い声をあげたので、スカウトが尻尾を振りながら彼女に近づいてきた。

「あなたはスカウトにおやつをあげていないんじゃなかったかしら……」

「そうそう、忘れないように言っておくと、この午後のお茶のおかげで、あなたは本も読めるようになったんじゃないの」ドッティは袖についたクッキーのかけらをつまんだ。

「本くらい前から読めたわよ、ドッティ」

「でも読んでいなかった」

「それは、昔からずっとなりたかったトラベル・エージェントとして、朝も昼も夜も働いていたからよ。言わせてもらえば、わたしはかなり優秀だったんだから。っていうか、世間の人が自分で旅の予約をし始める前は優秀だった」

「それでも、お礼を言ってもらっても罰は当たらないと思うわよ」

なにも答えずにいたかったけれどそれができなかったのは、普段は穏やかで冷静で落ち着いている八十代女性が、六種類もの赤色に顔を染めていることだけが理由ではなかった。火曜日のお茶のおかげで、エマの人生は大きく変わった。スカウト、新しいビジネス、そしてもう長いあいだ縁のなかった大人の恋愛によく似たものが彼女の人生に顔をのぞかせたのは、ドッティのおかげだ。彼女をからかうのは愉快ではあったものの、事実が事実であることは認めるべきだ。

「あなたの言うとおりね、ドッティ。あなたにはお礼を言わなきゃいけない。あなたとアルフレッドに」エマは感極まって声を詰まらせ、ドッティもまたこみあげる感情を押し殺しているようだった。「亡くなったあとも、このお茶の時間を続けるようにわたしに頼んでくれたアルフレッドに。スカウトと会えた保護施設に行くように勧めてくれたあなたに。本当にうまくいきそうなきざしを見せているばかげたビジネスのアイディアを与えてくれたことに。そしてほんの数週間のうちに、そのばかげたビジネスのアイディアのおかげであの人たちに会えたことに」

エマの言葉を聞いて潤んできた目を隠すようにまばたきしながら、ドッティは一、二度咳払いをした。

「あの人たちっていうのは、ジャック・リオーダン保安官補のことかしら？」

「そうかもしれない」エマはごくりと唾を飲んでから答えた。

「赤くなっているわね、ディア」

「夏だもの。暑いのよ」

「彼から正式なデートに誘われた？」

「彼はシングルファーザーよ、ドッティ。働いているシングルファーザー。それに、彼の部署はいま初めての殺人事件の捜査と、それにまつわるいろいろなことのあと始末に追われているの」エマはにやつく顔をしばらくスカウトの毛皮に埋めていたが、やがて顔をあげて言った。「でも先週わたしが風邪をひいていたときには、玄関にスープを置いていってくれたの。スカウトのためにおやつも持ってきてくれた」

「それはデートとは言えないわね」

「でもそれって、思いやりがある人だっていうことでしょう？」

「でもデートじゃない」

エマの顔から笑みが消えてぎろりとドッティをにらんだが、ちょうどそのとき携帯電話がeメールの到着を知らせた。

「これを確認してもいいかしら？」肘のところに置かれた、まだ明かりが灯ったままの画面を示しながらエマが訊いた。「レンタル友人の受信箱だから、新しい依頼人かもしれない」
ドッティがうなずいたのでエマはメール箱を開き、一通だけの未読メッセージの太字で記された名前とタイトルを確認した。

わたしに人生はない！

興味をそそられたエマはそのメールを開いて読み始めた……

ミズ・ウェストレイク

日曜日に『スイートフォールズ・ガゼット』であなたの広告を見てから四十八時間、六回はこのメールを書いては消し、書いては消しを繰り返しました。書いたのは絶望のあまり、消したのは恥ずかしかったからです。けれど今回は絶望のほうが勝ったようです。友人ならいるとずっと思っていました。けれど彼女たちは、子供を通じた友人にすぎませんでした。子供たちがふたりとも大学を卒業して、家を出て自分たちの暮らしを始めると（あの子たちなら、きっとそうしてくれるだろうと思っていたのに、毎日電話をかけてくることも忘れて！）その友人たちとは疎遠になりました。わたしには趣味もキャリアもなければ、興味を持っていることもありません。わたしの趣味と興味といえば、子供たちの趣味と興味でした。いずれ行くだろうと思っていた旅行？　三十年連れ添った夫が、もっと若くていかした女に乗り換えると宣言したときに、そんな話はきれいに消えてなくなりました。

どうしてあなたにこんな話をするのだろうと疑問に思っているかもしれませんね。実のところ、わたしにもわかりません。もしも娘が一日に一度の電話は過干渉とは違うことに気づいてくれれば、息子と一緒に暮らしている新しい恋人がたまに訪ねてくることを嫌がらなければ、わたしがこんな見た目になったのは、彼と子供たちに人生を捧げてきたからだということに夫が気づいてくれれば、すべてはうまくいくでしょう。わたしは元気に生きていけるでしょう。

けれどそういったことはどれも現実にはならなくて、わたしはただ途方に暮れています。友人としてあなたを雇えば、助けになるかもしれません。少なくともいまみたいに、かわいそうで哀れな自分と夫を殺したいという思いで頭がいっぱいだということはなくなるでしょう。

わたしにはなんの予定もないので、わたしの依頼を引き受けてもいいと思ってくれるのなら、eメールか電話を555—2324にください。コーヒーでも飲みながら、わたしが引き受けるに値する人間かどうかを判断してくれてもいいです。

友だちもいない、哀れなキム・フェルダー

「わお」エマはつぶやいた。「なんて気の毒な。この女性はものすごく悲しんでいて、ものすごく孤独で、ものすごく……痛ましいの」

「そうなの？」

「ええ。彼女の世界は崩壊してしまったのよ。子供たちは大学を卒業して家を出ていって、彼女はぽっかり空いた時間をどうしていいかわからずにいるの。それに夫は――」エマはメールに目を向けた。「――三十年も一緒にいたのに、妻を捨てて若い女性に走った。それに彼女には、愚痴をこぼせる本当の友だちもいないみたい」

「もしくは、虱《しらみ》の駆除をしてやる友だちも」

「そういうことね」エマはもう一度メールを最後まで読んだ。「本当に気の毒だわ」

「それなら、なにをぐずぐずしているの？」

テーブルの向こう側に目をやると、ドッティが眼鏡の縁の上からエマを見つめていた。

「どういうこと？」

「今週のお茶は終わったでしょう？　それなら彼女に電話をするかメールをするかして、さっさと新しい依頼人を獲得していらっしゃい」

「本当にいいの？　もう少しいるつもりだったのに……」

ドッティがうなずいたので、エマは再び携帯電話に目を向け、声を出さずに三度目にメールを読むと、椅子を引いて立ちあがった。「あなたの言うとおりね。いま私を必要としている人がいるとしたら、それはキム・フェルダーだわ」

2

エマはスカウトの携帯用ボウルにボトルから水を入れると、いつだって待ちきれないでいる彼の舌がその半分をこぼしているのを眺めながら、腰をおろして待った。初めて会うのだから、目印になるもの——乗っている車とか、ヘアスタイルとか、髪の色とか、身長とか——を聞いておけばよかったとあとになって気づいたが、とりあえず、待ち合わせ場所に指定した、スイート・フォールズの人々に愛されている見晴らし台に一番近いベンチは確保した。

ピクニック用の毛布が広げられることの多い右側の芝地で、一匹のリスが餌になるものを探して、あたりをくんくん嗅ぎまわっている。その向こうでは、町の職員がゴルフカートの後部にゴミ箱の中身を移している。左側では、広場の東の端にある花をつけた茂みからさほど遠くないところで、エマと同い年くらいの三人の女性が、お揃いのブランドの抱っこ紐のなかで眠るそれぞれの子供の様子を数秒おきに確かめつつ、地元のコーヒーショップで買ったコーヒーを手におしゃべりをしていた。

「まるでまばたきをしているあいだに、あのころのわたしの人生が消えてしまったみたい」

エマがぎょっとして顔をあげると、隣に座った五十代前半から半ばの女性が深々とため息をついた。「もう一度まばたきをしても、なにひとつ戻ってはこない」

そんな具合だったから、目印も待ち合わせ場所の打ち合わせも必要なかった。その見知らぬ女性から伝わってくる触れそうなほどの苦悩が、すべてを語っていた。

「どうかしら」エマは彼女の視線をたどって、若い母親たちに再び目を向けた。「人はその気になれば、人生のすべての段階で別なものを見つけられるんだと思うわ」

「老眼鏡がなくてもメニューが読める人の台詞《せりふ》ね。芝生の上で側転したら手首が折れるかもしれないなんて思わなくて、まだ人生に希望がある人の台詞」彼女は前抱っこされた赤ちゃんたちを見てうなずいた。

エマは肩をすくめた。「でもあなたは、夜泣きをする赤ちゃんに起こされることはないし……」

「ないわね。わたしを起こすのは膀胱《ぼうこう》だけ」

「静かなところで食事ができる」

「しんと静まりかえった部屋に、自分が食べる音が響くだけ」

「あなたは——」エマは再び母親たちを眺めた。「きれいな服を着て、人に見てもらうことができる」

「だれもわたしなんて見ない」

エマはさらに言った。「好きなように自分の時間を使える」

「壁を見つめて……すっかり覚えてしまった番組をもう一度見て……両手の親指をくるくる回すだけの時間……」彼女はエマに向き直ると、手を差し出した。「キム・フェルダーよ」

「わたしはエマ——エマ・ウェストレイク。それからこの子は——」エマはキムの膝をなめているゴールデンレトリバーを顎で示した。「スカウト。わたしの犬」

キムはしばらくスカウトを眺めていたが、やがてまたベンチに座りこんだ。

「来てくれたなんて、驚いた」

「昨日電話をしたときに、行くって言ったわ」

「そうね。でもやっぱり驚いた。わたしだったら、来なかったかもしれない」

「どうして？」

「わたしのメールはすごく情けなかったもの」キムは両手をあげた。「実際のところ、そのとおりだし」

「メールは情けなくなんてなかったし、あなただってそうよ」

キムは笑ったが、その声に面白そうな響きは少しもなかった。

「あなたは情けなくなんてない」エマは繰り返した。「不運な目に遭っただけ。わたしたちで出口を探すのよ」

「わたしたち？」

キムの疲れた瞳に、ほんのつかの間ではあったけれど希望が浮かんだのがわかった。

「わたしのビジネスは〝レンタル友人〟よ。だから、あなたがわたしを雇ってくれるなら、わたしを必要としてくれているあいだは〝わたしたち〟なの」

キムはごくりと唾を飲んだ。「なにを……言えばいいのかわからない。あなたになにを頼めばいいのか」

「それじゃあ、あなたのことを聞かせてもらえるかしら。そうすれば、一緒に考えられるかもしれない」

「話すことなんてなにもない。わたしは五十三歳。ずっと専業主婦だった。子供たちはふたりとも大きくなって、わたしが入る隙間なんてない暮らしを送っている。本当の友だちはいない。だって、わたしの世界は、わたしの人生は子供たちだったから」

「それだけじゃなかったはず――」

「ああ、忘れちゃいけないわね。五十三年の人生のうち三十年を捧げた男は、若い秘書のためにわたしを捨てたの。わたしよりずっといい体をしていて、どんな夜でも十一時過ぎまで起きていられるだけのエネルギーのある女のために」

「あなたは彼の子供をふたり産んであげたじゃない」

「ええ」

「その秘書は何歳？」

「三十五」

「ご主人は？」

「五十五よ」

「それって――」

「彼女が夫の下で働いていた二年のあいだ、わたしは夫の代わりに、彼女へのプレゼントを何度も選んだの」キムは疲れ切った様子で息を吐いた。「彼女の目の色とよく合う翡翠《ひすい》のネックレス……去年、ものすごく流行っていたけれど、見つけるのがほとんど不可能だったあのハンドバッグ……彼女の一番のお気に入りの本の初版……ほかにもたくさん」

エマは〝なんてこと〟とつぶやきたくなるのをこらえようとしたが、手遅れだった。

「それに彼女は――」キムは首の付け根に手を当てて、アニメのネズミのキーキー声を真似て言った。「――すごく感動したんですって。ロジャーの慈善行為に」

「慈善行為？」

キムは体の横に手をおろし、空を見あげた。「成功した人間は、それほど幸運ではない人たちと富を分かち合うべきだって、わたしは昔から考えていた。だから彼の会社が年度末の目標を達成したときには、寄付をするようにロジャーを促した。最初は、たいていの男の人と同じでためらっていたけれど、税の恩恵を受けられることや、彼や会社の評判があがるかもしれないことを指摘したら、うなずいたわ。毎年、わたしがいくつかの慈善団体を選んで、彼が小切手を書いた。その結果、世間から称賛されたのは彼」

「それって、秘書がご主人に惹かれる原因をあなたが作っていたっていうこと？」

「そうよ」

「わお。なんて言えばいいのかわからない」

「言うべきことなんてなにもないのよ。わたしは絵に描いたようなお決まりの馬鹿よ。情けないくらい、滑稽《こっけい》な馬鹿。もっとも、わたし自身は笑うことを忘れてしまっているけれどね」

理解して、受け止めなければならないことがたくさんあったので、エマは時間をかけることにした。

「わたしは物事を細かく分けて考えることにしているの。そのほうが気がめいらないし、片づけるものがひとつ減るごとに、問題がはっきり見えてくるから。だから、まずは大事なことから……あなたがしてきたこと——子供を育てたのは素晴らしいことよ。自分を誇りに思わなきゃ」

「思いたいわ。でも、あの子たちはもうわたしを必要としていない。わたしがあの子たちのためにしてきたようなことは」

「そうかしら。いまは違う形であなたを必要としているだけだと思う」

「子供たちが小さかったころ、子育ては旅のようなものだってママ友たちは言っていた。わたしは理解できなかったの。だって、わたしにとってはごく自然なことだったから。でも、これは？　この空っぽの巣は？　突然ひとりになったわたしは？　途方に暮れているのよ」

エマはキムを見つめているスカウトに目を向けた。「もっとささやかなことだけれど、わたしも途方に暮れていたときがあった」

「そうなの？」キムは母親たちからエマに視線を移した。「どんなふうに？」

「初めは、独身だった最後の友だちが結婚して、すでに結婚している友だちの大部分が子供を産み始めたときだった。自分がかわいそうに思えたの」

「特別な人はいなかったの？」

「そのときはいなかった。最高の小さな町だって思っているスイート・フォールズでの暮らしには満足していたけれど、わたしは生まれ育ったわけではないその町で、ひとりでトラベル・エージェンシーを経営していたの。つまり、ずっとひとりきりだっていうこと。毎日、朝から晩まで。一緒に散歩に行く人もいなければ、コーヒーを飲みに行く人も、仕事のあと、電話でおしゃべりする人もいなかった。知り合いになった人たちは、すぐに人生の別のステージへと進んでいった。ひとりぼっちだっていう気がしていたわ。延々とテレビを見るようになって、孤独を嘆いていた。自分でもうんざりするようになるまで」エマはキムの視線をスカウトへといざなった。「保護施設に行って、わたしたちがお互いを選んだのはそんなときだった。そうよね、ボーイ？」

突然、自分に注目が集まったことに気づいたスカウトが激しく尻尾を振り始めたので、エマは思わず笑いだした。

「最高の決断だったわ。だっていまは散歩に行く仲間がいて、どんな冒険だって付き合ってくれるパートナーがいるんだもの。それに彼はとても聞き上手なの」

「でも、あなたにはだれかいるんでしょう？」エマはスカウトとエマを交互に見ながら訊いた。「その犬以外に？」

エマが困惑していることがわかったらしく、キムはあわてて説明した。

「さっき、特別な人はいなかったのかってわたしが訊いたとき、あなたは〝そのときはいなかった〟って答えた。それってつまり――」

「確かに、最近になってある人に会った。いい人みたいだけれど、でも……わかるでしょう？」

「まだはっきりとは言えないっていうこと？」

「そうなの」

「すぐにはっきりするわよって言えればいいんだけれど、わたしはシグナルを読み取るのは得意じゃないから。夫はわたしといて幸せなんだって思っていたんだから」

エマは同情していることが伝わるくらいの間を置いてから、言葉を継いだ。

「スカウトを引き取ったことで孤独ではなくなったけれど、でも段々とだめになっていく仕事は無視できなくなってきて、わたしは違う形で途方に暮れた。幸いなことに、友人がある提案をしてくれて、おかげで――」エマは大きく両手を広げた。「わたしはこうして新しい道を歩き始めて、いまのところなかなか有望なのよ」

「どんなふうに？」

「久しぶりに希望が持てるだけじゃなくて、素晴らしい人たちと会えるんだもの」

キムはスカウトの頭に置いていた手を止めて、心からの笑みを浮かべた。

「よかったわね。物事がうまく運ぶのはいいことだわ」

「あなただってうまくいくわよ、キム。新しい道に踏み出せばいいだけよ」

「そうは思わない」

「それって、あなたとわたしを知り合わせてくれたこのビジネスを友人が提案してくれたときに、わたしが言った言葉だわ。わたしにとって幸運だったのは、その友人は〝そうは思わない〟っていうわたしの言葉で引きさがらなかったこと」エマがいきなり向きを変えたので、キムに膝がぶつかった。「だからわたしも簡単には引きさがらないの。あなたは何十年も子供と結婚生活を優先してきた。今度はキムを優先するときが来たのよ。あなたの興味やあなたの夢を追いかけるときが」

「どんな興味？　わたしはなににも興味がないの。夢はただふたつだけ。子供たちがもう一度小さくなってくれることと、結婚生活が昔のように戻ること……」キムはそのあとの言葉を呑み込んだ。

「それじゃあ、あなたが興味のあることをふたりで見つけましょうよ」

「いったいどうやって？」

エマは足元に置いてあったトートバッグからノートとペンを取り出した。

「してみたいっていままであなたが考えたことを全部、リストアップしていくのよ。ほら、行ってみたいと思っていたけれど行ったことのないカフェとか、面白そうと思っていたけれどやる時間がなかった趣味とか、試してみたかったけれどそんな余裕がなかった計画とか……そういうこと」

「でもどうして？　なんのために？　そんなことを一緒にやってくれる人もいないのに」

「あなたはそのためにわたしに連絡してきたんでしょう？」

「あなたがやってくれるの？　カフェに行ったり、趣味を試したり？」

「わたしはレンタル友人なのよ。それって、いろんなことを一緒にやるっていうことだわ」

エマはペンのキャップをはずした。「さてと、リストになにを入れる？」

キムはエマからなにも書かれていないノートに視線を移し、それからまたエマを見て肩を落とした。「わからない」

「植物は好き？　木は？　その手のことは？　わたしは土をいじっているとわくわくするの。ストレス発散にいいのよ」

「好きじゃないわ。それはロジャーの担当だったの。彼が家の外のことをして、わたしは家の中と子供たちの面倒を見ていたのよ」

「お料理やお菓子を作るのは好き？　料理教室ってとても楽しいって聞くわ」

「食べるのは好きよ。特にお菓子作りは得意ね」

「それじゃあ、そこから始めましょうか」エマはノートに視線を落とした。「そうね、ここから車で三十分くらいのところに、おしゃれなケーキ屋さんがあるかどうか調べて、行ってみましょうよ……きっと楽しいわ」

「古い救急車を使ってケーキ屋をやっている女の人の話を聞いたことがある。〈デザート救急隊〉っていう名前で」キムは再び手を伸ばしてスカウトの頭を掻き、それから撫でた。

「いつか行ってみたら楽しいだろうなって、そのときに考えたんだったわ」

「やった！　それ、いいわね！」エマは書き留めた。「どこにあるのか覚えている？」

「オハイオよ。間違いない」

「探してみる。週末に行ってみてもいいわね」

キムは驚きに目を丸くして、体を引いた。「あなたは依頼人と旅行に行ったりするの？」

「まだ行ったことはないけれど、それがわたしを雇った人の望みなら行くわ」エマは、見晴らし台の端へと歩いていくスカウトを目で追いながら答えた。

「あなたを雇った人は、どんなことを頼んだの？」

「ジムに行ったり、ダンスに行ったり、パーティーの同伴者になったり、息子が仕事で留守にするあいだ、年配のお父さんの面倒を見たりとか、そういうこと」

「まあ」キムはつぶやいた。「それじゃあ、わたし以外にも情けない人っているのね……知らなかった」

エマはキムに視線を戻した。「わたしはその人たちを情けないなんて思わない。それどころか、みんな素晴らしい人たちよ――全員が。もちろんあなただって」

「わたしの夫はそうは思っていないみたいね」

「それなら、どうにかしてそれが間違いだっていうことを証明してやりましょうよ。そんなことが気にならなくなるまで」エマはノートと一行だけの書き込みをもう一度眺めた。「それじゃあ、〈デザート救急隊〉を探すのは決まったわね。それ以外にも、このあたりでできるだけたくさんのおしゃれなケーキ屋に行きましょうよ……ほかにはなにかない？　スポーツはどう？　ハイキングは？　なにか手作りに挑戦してみるとか、以前はやっていたけれど子供に手がかかるのでやめたこととか？　それとも、あなたの得意ななにかを突き詰めるのもいいわね」

「わたしが得意なのは子育て。クッキーを作ること。テーマのあるバースデーパーティーを開催すること。それだけ」

エマはペンを置いて、キムの手を握った。「それは違う。あなたはいままで、ほかのことをする時間がなかっただけよ」

キムから返ってきたのが沈黙だったので、エマは励ましになっていることを願いながら笑顔を作った。「なにも派手なことや仰々しいことじゃなくていいのよ、キム。ある程度、あなたの興味を引くものなら」

「ここ最近考えていることがひとつだけある。夜、ひとりでベッドで寝ているときに考えること……」

エマは身を乗り出して、もう一度ペンを握った。「話して」

「ロジャーを殺すためのありとあらゆる方法を考えるの。なかには、すごく創造的なものもあるのよ」

エマは自分の口の端と片方の眉が持ちあがるのを感じた。

「これはやりたいことのリストだもの。あなたがしたいことを書くわ」

「そうね。じゃあ、こう書いて」キムはノートを指さした。「ロジャーのお気に入りのクッキーを焼いて、それに毒で風味付けするの」

「キム……」

「それじゃあ、バスの前に彼を突き飛ばすのはどう？　それとも……待って、ゆうべ、いいことを思いついたのよ！　ガレージで彼を縛りあげるの。お菓子の入ったピニャータみたいに吊すのよ。そして、ピニャータを割るときみたいに彼のお気に入りの野球のバットで、あとかたもないくらいにまで殴りつける」キムはくすくす笑った。「ポケットにあらかじめキャンディを入れておけば、きっとパーティーみたいな感じがするわね」

エマの笑い声を聞いて、期待に目を輝かせたスカウトが、尻尾を振りながらベンチに戻ってきた。

「もう少しおとなしめで、もうすこし違法じゃないことから始めましょうよ。とりあえず、いまのところは」

「あら、興ざめね」

「なにか考えてみるわ」エマはしばらくスカウトを見つめていたが、やがてキムに視線を戻した。「クッキーを焼くのが得意だって言ったわよね？」

キムは片手をあげた。「言っておくけれど、娘はクッキーを持ってきてほしいなんて思っていないから。はっきりそう言われたの」

「わかった。でも、レシピをワンちゃん向けに工夫してくれるなら、スカウトとわたしはそのクッキーを歓迎してくれるところを知っているのよ」エマは身をかがめてスカウトの頭にキスをしてから、再びキムを見た。「そこにいるワンちゃんたち全員が大喜びするって約束できるわ」

ほんの一瞬、キムのやつれた顔に明らかな希望の色が浮かんだが、またすぐに最初に会ったときに見せていた疲労と苦悩の表情の陰に隠れてしまった。

「わからないわ、エマ。わたし――」

「わからなくていいわよ、キム。とにかく、いまは。でもまずは試してみて、それであなたの気分が少しでも上向きになるかどうか見てみましょうよ」

「ピニャータは間違いなく気分をあげてくれるわ。毒入りクッキーやバスや枕で窒息死させることと同じくらい――」

「枕の話は初めて聞いたわよ」エマは笑いながら言った。

「一度にあれこれ持ち出して、あなたをあきれさせたくなかったの」

「なるほどね」エマはノートとペンをトートバッグにしまい、キムの隣に立った。「とにかく、犬用クッキーから始めるのはどう？　必要なレシピはあなたのメール・アドレスに送るから。できたものが気に入ったら、それを届ける日を決めましょう。そのあとでお茶でもしながら、リストに載せるほかのアイディアを相談すればいいわ」

「アイディアならたくさんあるのよ。どれも痛みを伴うものばかり」キムはそう冗談を言ってから、スカウトの耳のうしろを最後にもう一度かいた。「でも、そうね、レシピを送ってくれるかしら？　ほかにすることなんてなにもないんだもの」

「すぐにすることができるわよ。これは楽しい始まりに過ぎないの。あなたにわたしを雇う気があればの話だけれど」

キムはしばらく表情のない顔でエマを見つめていた。やがて笑みらしいものをちらりと浮かべながらうしろのポケットに手をやり、小切手帳を取り出して開いた。

「あなたが最初に〝わたしたち〟って言ったときから、そのつもりだったわ」

3

エマはソファのいつもの隅に腰をおろし、スカウトが太腿に顎をのせるのを待ってからリモコンに手を伸ばした。三十分前、キッチンのテーブルに座っていたときには、今夜やるべきことをいろいろと考えていた。トラベル・エージェンシーをしていたころのファイルを整理して、レンタル友人のマーケティング・プランを考えて、来週の予定を書き直して。けれど食事を終えたときには、そのどれにも手をつけないことがわかっていた。

とりあえず、今夜は。

「たまには、怠け者になったっていいわよね、ボーイ？」

スカウトは顔をあげると、目の上の盛りあがったところを上下させ、エマに頭を撫でられながら、ふたり掛けソファを端から端まで尻尾でなぞった。

「さてと、どう思う？」エマはソファの背に頭をもたせかけた。「ゲーム・ショー、ガーデニング、女性向け映画、警察ドラマ、それとも——」

突然、携帯電話が鳴って、エマの注意は目の前のまだ黒いままのテレビ画面から、コーヒーテーブルの上で光っている、ずっと小さな画面へと移った。そこに表示されている名前を見て、エマは記録的な速さでリモコンを放り出した。

「もしもし」電話機を頬骨に押し当てた。「うれしい驚きだわ」

そのとおりだった。ものすごく。心からも体からも疲れらしきものはあっと言う間に消えていた。

「やあ。スカウトにも、そう伝えてくれる？」

エマは忠実な仲間を笑顔で見おろした。「リオーダン保安官補が、こんにちはって」

「ジャックでいいよ」

「そうね。ごめんなさい。ジャック保安官補がこんにちはって言っているわ、スカウト」

聞こえてくる彼の笑い声は豊かで、温かかった。「ただのジャックでいいって」

「肩書はいらないの？」エマはからかうように訊いた。

「肩書はなしだ」

「ジャックがこんにちはですって、ボーイ」

スカウトは尻尾を振った。

「それでいい」引き締まった両腕を上にあげて伸びをしている姿が想像できるような口調だったが、またすぐにいつもの低い声が戻ってきた。「今朝、ジムできみに会えるかと思っていたんだが、残念だった。まだ先週の風邪が治っていないの？」

「あのときは、おいしいスープをポーチに置いていってくれてありがとう。おかげですっかり治ったわ」

「それはよかった」

「本当にうれしかった。あのスープとスカウトのおやつ」

「どういたしまして。スープは母のレシピを見て作ったんだ。子供のころ、妹やぼくが風邪をひいたときには、あれでよくなっていたからね」

彼の思いやりに満ちた行為と、いまもまだベッド脇の照明に立てかけてある手書きの〝早くよくなりますように〟と書かれたメモを思い出して、エマの顔に笑みが浮かんだが、すぐに彼との電話に意識を戻した。「今朝ジムに行かなかったのは、ステファニーが時計のスヌーズボタンを押しすぎたからなの」

「それできみはどうしたの？」

「代わりに、スカウトと気持ちのいい長い散歩をしたわ」エマは前かがみになると、脚にのっているスカウトの顎を持ちあげ、湿った鼻にキスをした。「一日の始まりとしては悪くなかったわね」

「そうだろうね。でもぼくが言いたいのは、きみはその仕事をするつもりでいたのに、直前になってキャンセルされたっていうことだ。それは困るだろう？」

「ほかの依頼人ならそうかもしれない。でもステファニーは、来ても来なくても払ってくれるの」

「それはよかった。きみにとってはね」

「理屈のうえではね。でも毎週彼女の小切手を現金化するのが、どんどん難しくなっているのよ」エマは再びソファの背にもたれた。

「どうして？」

「ステファニーは本当の友だちになっているから。それも、とてもいい友だちに。わたしは、彼女と一緒にジムに行くのが楽しいの」

「自分の仕事を楽しむのはいいことだよ、エマ。そういう人間だっている」

エマはスカウトの頭をまたぐようにして片脚をソファにのせ、クッションに頬を押し当てた。

「わかってる。でも、わたしたちふたりの関係からなにかを得ているのはステファニーだけじゃないのよ。最初？　彼女と知り合ったとき？　確かに、朝五時に起きてジムで彼女と会うのは仕事だった。マシンに五分以上、彼女をとどまらせておくのはかなり骨の折れる任務だった。でもいまは？　月曜と水曜と金曜の朝が楽しみなのよ。彼女は面白いし、予測ができない。わたしたち、とても馬が合うの。すごく気が合うから、この六週間で少なくとも六回は彼女をわたしの家に招待したくらいよ」

「その分の料金は請求しているの？」

「ここに来ることに？　まさか。わたしが彼女と一緒にいたいから、来てもらっているのよ。本当の友だちとして」

「そうか……」

エマはどう言えばわかってもらえるだろうと考えた末、ありのまま伝えることにした。

「わたしの友だちでいてくれるからって、彼女にお金は払っていない。それなのに、どうして彼女はわたしに払わなきゃいけないの？」

「きみの言いたいことはわかるけれど、彼女はそのためにきみを雇っているんだろう？　みんながきみを雇うのはどうしてだい？　友だちになるだめだろう？」

「それはそうなんだけど。わたしは、わたしを雇ってくれた人たちのことが本当に好きなの。みんななにかしら魅力があるのよ――ステファニー、ビッグ・マックス、ジョンとアンディ。それから、今日の午後、ほんの少し話をしただけだけれどキムも」

「新しい依頼人がいるの？」ジャックが訊いた。

エマはうなずいたが、彼には見えないことに気づいてあわてて言葉で返事をした。「そうなの」

「よかったじゃないか、エマ！」

「ありがとう」

「どんな人なんだい？」

「いまも言ったとおり、名前はキム。男女ひとりずつの子供がいる、典型的な専業主婦よ。クッキーを焼いて、子供たちの友だちを家に呼んで、学校のボランティアをして、ガールスカウトに参加して、だれもがそんな母親が欲しいって思うような母親。でも子供たちはふたりとも大きくなって家を出ていって、もう彼女が望むような形では彼女を必要としていないのよ」

「なるほど。するべきことがなくなったわけだ」

「そういうこと。彼女の人生は子供たちそのものだった。彼女の夢は子供たちの夢。彼女の友だちは、子供たちの友だちの親。いまの彼女にはなにもないの。三十年の結婚生活もなくなった」

ジャックは低く口笛を吹いたが、気の毒だと思っていることは伝わってきた。

「夫が亡くなったの？」

「ううん。彼女を捨てたのよ。秘書に乗り換えたの」

「そうか」

「そうなの」

「彼女は気づいていなかったの？」

「まったく」

「そうか。それは辛いね」

「本当に」

「彼女を立ち直らせることができると思う？」

エマは公園で会って以来、繰り返し頭をよぎる女性のことを思い起こした。

「もちろん、できるだけのことはやるつもりよ。でも、なかなか難しい状況なのよ。母親としての彼女は、すべてが昔みたいになることを望んでいる。子供たちが、人生のあらゆる面において、これからも自分を必要としてくれることを。なにより、この状況を支えてくれると思っていた人がさっさと逃げ出してしまって、ひとりぼっちになったんだもの」

「彼女と会うときには、きみはティッシュペーパーを箱ごと抱えて行くんだろうな」

「きっとそうなるわね。でもわたしが目指すゴールは、キムが本当の自分を再発見する手伝いをすることなの。発掘するって言うべきかしらね。彼女の興味、彼女のゴール、彼女の夢」

「いいね」ジャックが言った。「でもどうやって？」

「リストを作っているのよ。彼女が格好いいと思ったことや、時間があったらやってみたいと思ったことのリスト。最悪の場合でも、そのリストを作ることでしばらく彼女にはすることができる。一番いいケースは、夢中になれるなにかを見つけることね」

「そのリストには、いまのところどんなものが載っているんだい？」

エマはコーヒーテーブルとその上に置かれた、項目がふたつしか書かれていない、開いたままのノートに目を向けた。「彼女はお菓子作りが好きなの。それから、お菓子を食べることも。だからとりあえず、地元のケーキ屋を調べてみようと思って。このあたりに、彼女が興味を持つようなお菓子の教室があればいいなと思っているの。それを探すのがわたしの宿題ね」

「いいと思うよ。ほかには？」

「オハイオのどこかでユニークなケーキ屋をやっている女性のことをなにかで読んだらしいのよ。それを見つけられたら、週末に行ってみるかもしれない」

「ほかには……」

エマはその先が空欄のリストを眺め、肩をすくめた。

「彼女がいくつも考えている夫を殺す方法を除けば、それでおしまい。とりあえず、いまはね。でも、これからもっと出てくるはず――」

「あ、エマ、少し待ってもらってもいいかな？　署から電話が入った」

「もちろん」

エマはスカウトに意識を向け、優しく頭を撫で始めた。その手が首までおりていくと、再び元の位置まで戻し、同じ動作を繰り返す。何度も何度も。

一分が過ぎ、二分になった。

二分が三分になった。

そして三分が四分に……五分に……六分に……そして――

「エマ？」

エマは撫でていた手を止め、笑顔になった。「いるわよ。問題ない？」

「それが、あるんだ。行かなきゃいけない。また殺人が起きた」

エマが思わず息を呑んだので、スカウトは彼女の脚にのせていた顔をあげた。

「どこで？　いつ？　どんな？」

「一時間ほど前、被害者の男に雇われていた人間が発見した。現場の保安官補によれば絞殺らしいが、確かなことは検死官の到着を待つ必要がある」

「わお、もちろんよ。いいから、行って」電話機を握るエマの手に力がこもった。「でも、お願いだから気をつけてね」

沈黙が返ってきたので、エマは携帯電話を見て通話が切れていないことを確認した。

「ジャック？」

「聞いているよ。きみの言葉にちょっと戸惑ったんだ」

エマは自分の言葉を頭のなかで再現した。「ジャック、行ってって言ったのは、あなたを追い払おうとしたわけじゃないのよ！ 行かなきゃいけないことがわかっていたから――」

「そこじゃない」彼の声はかすれていた。「気をつけてっていうところだ」

「よくわからない」

「そんなことを言われたのは、すごく久しぶりだった」

どう反応すればいいのかわからなかったので、エマは黙っていることにした。

「うれしかった」彼は言い添えた。

エマはもう一度ソファに頬を押し当て、眠ってしまった犬を見おろした。

「本当にそう思ったの」

「わかっている」声の調子が変わったので、彼が移動しているのだと気づいた。バッジや銃や車のキーを持って、玄関へと向かっているのだろう。「よかったらこの週末、映画か食事に行かないか？」

「それってデートの誘い？」エマはからかうように訊いた。

「そのとおり」彼の口調から笑顔が透けて見えて、エマも同じように笑みを浮かべた。「予定を確かめる必要があるなら――」

「予定はないし、ぜひあなたと映画か食事に行きたいわ」

「よかった。それじゃあ、明日また電話するから、詳しいことはそのときに決めよう。もっと話をしていたいけれど、フェルダーという男を殺した人間を見つける手助けをしないといけないんだ」

その言葉にエマは冷水を浴びせられた気がしてあわてて体を引いたので、スカウトがあやうくソファの端から落ちるところだった。

「フェルダーという男？」エマは訊き返した。

「そうだ。ロジャー・フェルダー。被害者だよ」

エマは、彼の家のドアが閉じる音、鍵をかける音、そして自分があえぐように息を吸う音を聞いた。スカウトが彼女の脚から顎をおろし、心配そうにクンクン鳴くのを聞いた。けれどそのときエマが感じていたのは、恐怖だけだった――骨まで凍りつくような、髪が逆立つような、心臓が激しく打つような恐怖。

4

エマは部屋の中をうろうろと歩きまわった……

窓の外に目を向けた……

歩きまわった……

窓の外に目を向けた……

さらに歩いた。ジャックの言葉が幾度となく頭の中で繰り返され、木の床を、敷物の上を、リノリウムの上を彼女について歩くスカウトの爪の音だけが、その合間に聞こえていた。

脚のうしろに当たるスカウトの息が感じられるのと同じくらい、彼が心配していることもありありと伝わっていたが、エマが足を止めることはなかった。

ロジャー・フェルダーが死んだ。今日の午後、初めて聞いた名前だ。殺されたとジャックは言った。

エマはくるりと向きを変え、居間に向かった。スカウトがぴたりとついてくる。なにかしなくてはいけない……なにかを……

コーヒーテーブルの脇で足を止め、開いたままのノートに目を向けると、そこから視線が動かなくなった。空白のページに、冗談だと思った彼女の提案が記されているのが見える気がした。

・ロジャーの好きなクッキーを焼いて、なにかの毒をまぶす
・彼をバスの前に突き飛ばす
・ガレージで彼を縛りあげて、吊るす
・枕で彼を窒息させる

エマはこぶしを口に当て、息をしろと自分に命じた。絞殺だとジャックは言った。キムはそれらしいことはなにも――

「アイディアならたくさんあるのよ。どれも痛みを伴うものばかり」

エマはどさりとソファに座りこみ、待ち受けていたスカウトの頭に顔をうずめた。

「お願いだから、キムはこの件に無関係だって言って。お願い、お願い、お願いだから」

言葉の代わりに、スカウトは舌で応じた。エマの頬に……顎に……鼻に……そして最後に手。どうすればエマをまた幸せにできるのかを知りたがっているみたいに、彼は大きな黒い目で彼女の目をのぞきこんだ。

「あなたのせいじゃないのよ、スカウト。本当だから」エマはスカウトと額を合わせた。

「キムなの――今日、公園で会った人」

とたんにスカウトが尻尾を振り始めたので、〝公園〟という言葉で彼の意識がそちらに向いてしまったことがわかった。胸の重石《おもし》がみるみるうちに大きくなっていったので、だれかに話を聞いてもらう必要があった。

エマは、スカウトの頭のてっぺんにキスをしてから携帯電話に手を伸ばし、顧客のフォルダーを開いて、二番目に表示されている名前のアイコンをタップした。

呼び出し音が一度……

二度……

三度——

「あなたはなんでもうまくこなすけれど、テレパシーまで使えるわけ？」ステファニー・ポーターは、ポテトチップスかプレッツェルらしきものをパリパリと噛み砕き、数回噛んでから飲みこんだようだった。「ほんの二秒ほど前に、こうつぶやいたところだったのよ——お願い、だれでもいいからこの状況を止めてって。そうしたら、まさにあなたから電話がかかってきた」

「この状況？」

「母さんよ」

「そう……」エマはソファに足をのせると、両手で膝を抱え、ノートが見えないように目を閉じた。「今度はいったいなにがあったの？」

「子供を産めるわたしのタイムリミットが刻々と近づいてくるせいで、夜、眠れないみたい」

エマは唇が笑みの形に持ちあがるのを感じた。「新しいパターンね」

「ううん、そうじゃない。いつものサイクルよ」ステファニーが説明した。「タイムリミットのせいで数週間眠れない日が続いたあとは、ぐっすり眠れる夜が数週間あって、会ったこともない孫のことを考えてやる気満々になるのよ」

「楽しいじゃない」

「教えてあげるけど、わたしのノイローゼの原因はそれだから」ステファニーはさっき食べていたものに続けて、今度はごくりとなにかを飲んだ。「とにかく、あのうるさいハムスターホイールから、わたしをおろしてくれてありがとう。あなたのウェブサイトに能力のひとつとして付け加えるといいわ」

「わたしにそんな能力があったなら、今日の午後三時から――」エマは目を開けて炉棚の上の時計を見た。「そうね、二時間前までのあいだに使っていたでしょうね」

なにかを噛み砕く音も飲む音も止まった。「ねえ、大丈夫？　なんだか変よ」

「どこから始めればいい？」

「たいていの場合、最初からが妥当よ。保安官補がろくでなしだったなんていう話でないかぎり。もしそうなら、歯を磨いて髪をポニーテールにするのに十分だけちょうだいね。そうしたらまっすぐ彼の家に行って、殺してくるから」

エマは膝を抱えていた手を離して、立ちあがった。「本当に？　殺すの？」

「そうよ、彼があなたを傷つけたならね。殺し終えたら、もう一回殺すから」

「本気?」

「彼はなにをしたの?」ステファニーが訊いた。

「だれのこと?」

「保安官補よ」

エマは廊下に出た。期待に満ちたスカウトの視線の先にはキッチンがあったが、そちらには向かわず、暗い部屋の中でスリープ状態のコンピューターの画面だけが淡い光を放っている仕事部屋へと入っていった。「ジャックはなにもしていない。それどころか、この週末に一緒にどこかに行こうって誘われたわ」

「それってデートっていうこと?」

エマはうなずいた。

「エマ?」

「ああ、ごめん。そうよ。デートみたいなもの。いつ、どこに行くかはまだ決めていないけれど、でも誘われた」

「ドッティが喜ぶわ」

返事代わりのエマの笑い声は小さくて、短かった。

「話してよ、エマ。なにがあったの?」

エマはキーボードの縁を、トラベル・エージェントだったときの旅行写真を入れた写真立てを、そして新しいビジネスのための名刺の束を指でなぞった。胸と喉を締めつけられる気がした。

「今日の午後、新しい顧客と契約したの」

「すごいわ、エマ！　やったじゃない！　口コミが広まってきたのね！」

ステファニーの声から伝わってくる興奮を、わたしも感じることができればよかったのにと、エマは心の中でつぶやいた。だがいま彼女が感じているのは恐怖だけだった。

「ちょっと待って」ステファニーが言った。「それなのに、どうしてあなたは少しも興奮していないわけ？」

「すごく興奮していたわよ。最初の数時間はね」

「なにがあったの？」

エマはゆっくりと机の前の椅子に腰をおろした。「彼女はすごく、すごく、悪いことをしたのかもしれないの」

「だれのこと？」ステファニーはパリパリという音の合間に訊いた。「その新しい顧客？」

「そう」

「彼女がなにをしたと思うの？」

「だれかを殺した可能性がある」エマはぼそりと答えた。

「面白いこと」

エマは両手で頭を抱えた。「冗談じゃないのよ、ステファニー」

「わかった。それで、彼女がだれを殺したかもしれないと考えているわけ?」

「彼女の夫。っていうか、元夫ね」

ステファニーはひゅっと息を吸った。「冗談じゃないのよね?」

「冗談ならどれほどよかったことか」エマは声が震えないようにしながら、言葉を継いだ。「わたしと電話中に、署からジャックに電話が入ったの——死体が見つかったって。絞殺死体が」

「それで……」

「数分後に電話を切るとき、彼が被害者の名前を口にしたのよ。それがわたしの新しい顧客の夫だか、元夫だか、いまどういうことになっているのか知らないけれど、とにかくその人だったの!」

「わお……」

頭の中がぐちゃぐちゃでとてもひとところにじっとしていることができず、エマは椅子から立ちあがった。「彼は妻を捨てて、若い秘書に走ったのよ。彼女は夫を憎んでいた」

「当然よね。でもだからといって、彼女が夫を殺したっていうことにはならないわよ、エマ」

「そうね。でも、殺したいって彼女が言っていたとしたら、どう? その方法を記したリストがあったなら?」

電話機の向こうから聞こえていた音が不意に途切れ、エマの不安とこめかみの奥の痛みはますます大きくなった。ステファニーがようやく口にした「わお」という言葉に背中を押されたかのように、エマは廊下からキッチンへと向かった。

「ただの言葉のあやだったのかもしれない」市販の鎮痛剤が入っているシンクの上のキャビネットにエマが手を伸ばしたところで、ステファニーが言った。

「ほら、保安官補がなにかしたせいであなたが落ち込んでいるって思ったときに、わたしが言ったみたいに。わたしは本当に彼を殺すつもりじゃなかったわよ。痛めつけたかもしれないけど、殺す？　まさか」

エマはボトルの蓋を開けて手のひらにカプセルをふたつ出し、口に放りこんだ。

「わたしだって、キムも同じだって思いたいわよ。本当よ。でも、もしそうじゃなかったら？」

「そうしたら、彼女は刑務所に行って、あなたは顧客を失う。それだけのことよ」

「でも、わたしは彼女が好きなの。すごく」エマは蓋を閉めてボトルをしまい、グラスに水を入れてゴクゴクと六回で飲み干した。「彼女を助けたいって思った。いまでもよ」

「もし彼女の仕業だったとしたら、彼女を助ける方法はない。それに彼女がしたことなら、それは彼女の問題であって、あなたの問題じゃないわ」

「わかってる。わかってるけど、でも――」

「放っておくのね、エマ」ステファニーはまたパリパリとなにかを噛み、またなにかを飲んだ。「彼女に連絡はするつもり？　ほら、顧客のひとりだし」

「キムのこと？」

「そうよ」

「放っておけって、たったいま言ったじゃないの！」

「本当に彼女がしたのならね。でもどういうことなのかがはっきりするまでは、知らせを聞いたあなたが彼女の様子を確かめようとするのは自然なことだし……」

エマが思わず笑うと、パタパタとなにかが脚に当たった。「そういうことね、わかったわ。わたしに彼女と連絡を取らせて、詳しい事情を探らせるつもりね？」

「もちろんそうよ。母さんの興味を、わたしやまだ孫を持てないこと以外のものに向けるには、これ以上の話題はないわ」さらに嚙む音と飲む音がして、やがてこもったようなステファニーの声といらだったようなため息が聞こえた。「お願いよ、エマ。頼むから、そのキムっていう人に電話して、元夫が死んだときにふさわしいお悔みだかお祝いだかの言葉をかけてあげてよ。そして、彼女から詳しい話を聞きだすの。好奇心をそそるものだと、もっといいわ。そうしたら、電話でもメールでもいいから、全部わたしに教えて。その代わりにわたしがなにかしなければならないなら、あなたがウェブサイトに書いて欲しがっていた推薦状を書くわ」

エマは餌が入っている戸棚にスカウトを連れていくと、一番上の棚からおやつの袋を出し、手のひらに置いたおやつを彼が文字通り吸いこむのを眺めた。「交換条件っていうことなら、それ以外にやってほしいことがある」

「あなたが保安官補とデートをするときに、スカウトの面倒を見るとか？」

「違う」

「推薦状と一緒に、わたしの写真も載せたいとか？」

「違う」

「よかった。それだけは断らなきゃいけないもの。友人としてのあなたに敬意を払う意味でも、あなたのビジネスの成功のためにも」

エマは目をぐるりと回しながら、スカウトと並んで床にしゃがみこみ、電話を持っていないほうの手を彼の首にのせた。「あなたのそういうところ、好きじゃない」

「どういうところ？」

「そんなふうに自分を卑下するところ」

「どうして？　正直なのはいいことでしょう？」

「それが本当のことならね。でも、そうじゃないもの」

「そんなこと言うのはあなただけよ」

「たまにはちゃんと鏡を見てみるのね」

「それは……母さんはどんな鏡よりもしっかりと教えてくれるのよ」ステファニーは陳腐なホームコメディに出てくるような、年配女性の声を真似て言った。「目の下に隈ができているってわかっているの、ステファニー？　男の人を捕まえたいなら、それをなんとかしないとだめよ。それに、そのつもりがあるのなら、ポニーテール以外の髪形にしたらどうなの？

男の人は、女性の髪が肩の上でさらさら流れているのが好きなのよ。川みたいに」

エマの笑い声がキッチンに響いた。「川みたいに？　やめてよ、ステファニー。あなたのお母さんは、本当にそんなこと言わないでしょう？」

「一度、うちに来てみる？」

エマは首を振り、両親が遠くにいて、たまにしか彼女の人生に干渉してこないことに無言で感謝の祈りを捧げたあと、ステファニーがまたパリパリと食べ始めるのを聞きながら、スカウトに頭をもたせかけた。「実はね、日曜日にわたしと一緒に行ってほしいの」

「どこへ？」ステファニーが訊いた。

「友人のジョンに会いに行きたいの」

「先月、息子が出張に行っているあいだ、あなたが世話をしていたお年寄りのこと？」

「そうよ」

「どうして？」

エマはスカウトにウィンクをした。「どうしてわたしが行くのかっていうこと？　それともどうしてあなたに一緒に行ってほしいか？」

「両方」

「わたしが行くのは、彼に来てくれって言われたから。あなたに一緒に行ってほしいのは、彼が素敵な人だからよ」

「それに……」

「〝それに〟なんて、ないわ」

「エマ、あるのはわかっているんだから」

エマはうしろにある椅子に頭を預けた。「わかった。あなたの勝ち。〝それに〟はある」

「続けて……」

「彼の息子の話はしたわよね？　建築家のアンディ。すごくすごく腕がいいっていう話も？」

「聞いたかも」

「えっと、彼と話をしたら、そうしたら……」エマは、懐疑的であることが実証済みのステファニーにも信じてもらえる台詞を探した。「そうしたら、建てたいってあなたがずっと言っている家について、彼に知恵を貸してもらえる！」

「わたしに、この家での楽しみをあきらめろっていうの？　頭がどうかしたんじゃない？」

「だってあなたは、出て行きたがっているんだと思っていた。自分の家を持ってもいい年だしって――」

「でも、ここを出ていったら、毎朝、目が充血しているってだれが教えてくれるの？　わたしには普通の人生がないって、だれが叱ってくれるの？　子供を産めるタイムリミットが近づいているとか、部屋が散らかっていることについては？　車を止めるとき、歩道に近づきすぎているとか、遠い親戚のだれそれには恋人がいるとか？　家を出ていかないかぎり、わたしにはだれも見つけられないとか？」ステファニーは一気にそこまで言うと大きく息を吸い、それからうめき声を漏らした。「そうね、あなたの言うとおりよ。わたしは行動しなきゃいけない。自分のために」

エマは笑みを浮かべた。「そういうこと」

「でも、わたしの退役軍人保険局《VA》での仕事量を知っているでしょう？　患者のカルテ、とんでもない勤務時間、自分以外の人間のワークライフバランスなんて考えてもいない、それはそれは魅力的な上司。家の間取りを考えたり、土地を選んだり、施工会社と打ち合わせしたり、その他もろもろのことをする時間なんて、いったいどこにあるっていうの？　ただし……」なにかを考えているかのようにステファニーの声が途切れたが、すぐに確固たる口調で告げた。「そうよ！　そういうことをしてもらうために、あなたを雇えばいいんだわ！」

「わたしがあなたの家を考えるわけにはいかないわよ」エマは反論した。

「大丈夫よ。わたしは一緒にジムに行ってもらうためにあなたを雇ったんだし、あなたはそうしてくれたじゃない！」

「あなたが来たときにはね」

「それよ！　あなたは、わたしが四十歳の女性らしく生きられるようになるために欠かせない人なの。それにあなたの家はすごく素敵だし……わたしの家にはあんなにたくさんの花はいらないけれど」

「あなたの家はあなたを反映するものでなきゃ。わたしじゃなくて」

再び大きなため息。さらにうめき声。「問題はそこなのよ。わたしには反映するものがないの」

「とにかく、日曜日はわたしと一緒にアンディとジョンの家に行きましょう」エマはスカウトの毛皮にまた指をからませた。「最悪でも、それであなたは外出ができるし、数時間はすることができるじゃない？」

ステファニーはなにかを嚙み、中断し、再び嚙んだ。

「わかった。行くわ。でもあなたも交換条件を吞んで、これから何日か、母さんの興味を逸らしておける情報を手に入れてくれなきゃだめよ」

そういうわけで、ステファニーに電話をかけたそもそもの理由が、再びエマの思考の真ん中を占めることになった。

「なにを探り出せるか、やってみるわ。明日」

5

スカウトの湿った鼻につつかれてエマが肘をついて体を起こし、ナイトテーブルの上を探り、手に取った携帯電話をよだれの染みがついた頰に押し当てたのは、夜中の三時十五分のことだった。「もしもし？」

一拍、あるいは二拍待ったけれど、聞こえるのは自分のあくびだけだった。

「もしもし？」ぼうっとした口調で繰り返す。「聞こえてます？」

やはり応答はない。暗くて静かな部屋に自分の息遣いが響いているだけだ。エマは再び枕に頭をのせた──

「彼が──彼が……死んだのよ、エマ！」

エマはさっと体を起こし、ベッド脇の明かりをつけた。「キム？　あなたなの？」

「ええ」という返事と一緒にすすり泣く声が聞こえてきた。「こんな夜中に電話するべきじゃないってわかっていたんだけれど、ほかにかけられる人がいないの。子供たちはひどくショックを受けているし、わたしは──わたしは頭が真っ白なの。それに、すごくすごく腹が立っている」

腹が立っている……

「彼には苦しんでほしかった！　わたしみたいに！　三十年も一緒に過ごして、子供だってふたりいるのに、わたしを捨てたことの報いを受けさせたかった！」

電話が始まったときの涙が、ぎりぎりと食いしばる奥歯と、おそらくは握りしめたこぶしに変わっていることを知るのに、キムと同じ部屋にいる必要はなかった。一目瞭然ならぬ、一耳瞭然だ。

「でも、だめだった……」声にならない声だった。「ほかのことと同じよ、わたしにはなにも言う権利はない。なにもできない。なにも――」

怒りはすすり泣きに変わり、やがて、胸をえぐられるような大きな泣き声になった。スカウトの眠たそうな目に、いつもはエマだけに向けられる気遣いの表情が浮かんだ。

「シーッ……シーッ……落ち着いて、キム。聞いているから。大丈夫だから」

数分がたつうちに泣き声は落ち着いていき、ほんのささやき声ではあるものの、やがて彼女はまた話ができるようになった。

「だれか……だれかが彼の首を……絞めたの、エマ。だれかが……ロジャーを……殺したの」

だれか……

キムではない……

そんなつもりはなかったのに、エマの口から聞こえるほど大きな安堵のため息が漏れた。

どうすることもできなかった。顧客であろうとなかろうと、十二時間ほど前に公園で会った女性が、それほど恐ろしいことができるとは思いたくなかった。

「空想はしたわ。何度も」キムがまた泣き出すまいとしているのがよくわかった。「計画を立てていると、気が紛れた……あれこれ企んだり……想像したり……考えたり……彼がすごくばかにしていた日記に書き記したり、古いレシートや紙切れにスケッチしたり……。そうしているうちに、ようやく眠りにつくことができたのよ。彼と一緒に寝ているはずのベッドで。あんな日がずっと続くはずだった。それがどう？　わたしはいまもひとりで、もうなにも計画することも、企むことも、想像することも、書くこともなくなった。それが、彼がわたしに――わたしたちにしたことへの痛みを乗り越えるすべだったのに。だって彼は……いなくなってしまったから。本当に、永遠にいなくなった」

「お気の毒に、以外の言葉がないわ、キム」エマは携帯電話を反対の耳に持ち替えて、ベッドのヘッドボードにもたれた。「わたしにできることはある？」

「なにを感じればいいのかわからないなんて、わたしはおかしいんだと思う？　息の仕方もわからないくらい悲しんでいたかと思ったら、もうどうするかを考えなくていいんだってほっとしているわたしがいる。そうしたら、それがどれほど身勝手かに気づいて、今度は自分に腹を立てているの。そうしたら、わたしに腹を立てさせた彼に腹が立ってきて、彼の目玉をほじくり出したくなる。そうしているうちに気づいたら、またひどく泣きじゃくっているのよ」

エマは目を閉じて息をしろと自分に命じ、ふさわしい言葉を探した。

「あなたがそんな気持ちになるのは、ごく自然なことだと思う。いまの状況を考えれば」

「世界でひとりきりになった気分よ」

「そんなことない。わたしがいるわ。いつだって。本気で言っているのよ」

「子供たちには未来がある——キャリア、恋愛、子供、ロマンチックな休暇、家族旅行、そういったものすべてが。でもわたしには？　わたしはただここにいて、ただ存在しているだけ。日々を埋めるキャリアはない……いろいろなところに一緒に行く友だちもいない……人生をかけて愛した人はわたしから去っていって、そして——」キムの声が震えた。「——修復するチャンスはなくなった……もしいつか子供たちが、自分の家族との旅行にわたしを連れていってくれたとしても、わたしは単なる立会人か、写真係としてそこにいるだけなんだわ。昔みたいに、あの子たちにとっての必要な人間としてじゃなくて」

エマは首まで布団を引っ張りあげて、天井を見つめた。

「あなたはまだ五十三歳よ、キム。人生が終わったわけじゃない」

「終わったみたいな気分」

「いまはそうかもしれない。でも、あきらめないで。あなた自身に機会を与えてあげて」

再び洟《はな》をすする音。

再びしゃくりあげる音。

「あなたのやりたいことリストだけど」やがてキムが切り出した。

「あれは、あなたのリストよ」

またひとしきり洟をすする音がして、やがて大きくゆっくりした呼吸に変わった。

「ロジャーのことで息子から電話がかかってきたとき、実はそのことを考えていたの。夕食をとりながら、いくつか書いてみたわ」

エマは笑みを浮かべ、スカウトを呼ぶために布団を叩いた。「教えて」

キムは答えるつもりがないのかと思ったが、やがて何度かの呼吸音と体を動かすような音が聞こえてきたので、それ以上促す必要はなかった。

「大学三年の半ばごろからロジャーと付き合うようになったの。そのあとは、彼のすべてに夢中になった――彼の友だち、取っている授業、目標、結婚して子供を持とうっていうふたりの夢。でも彼と会う前は？　自分のことだけ考えていたときは？　わたしはものを書く人になりたかった」

「どんなものを？」エマは興味をそそられた。

「わかっていたのは、フィクションを書きたいということだけ。子供向けかもしれないし、ロマンスかもしれないし、ミステリかもしれない。子供のころのわたしにとって、本はすごく大きな意味を持っていて、いつか表紙に自分の名前が載ることを夢見ていた」その言葉から、さっきまでの苦痛や苦悩は消えていた。代わりに伝わってくるのは……希望？「そのためになにかをしたことはなかったけれど、一度はそんな夢を持っていた」

「それなら、いま書けばいい。最高の気分転換になるわ！」

「いまさら無理だと思う。でもあのころのことを考えていたら、ほかにもやってみたかったことを思い出した」

「書くことについては、いずれまた考えましょうよ。続きを聞かせて」

なにかを置くような音とページをめくる音が聞こえてきた。

「あなたと一緒にできるかもしれないことのリストを作ったの。あなたがやってくれるなら」

「続けて」

「読書会を始められないかって思ったの。ふたりだけなのに大げさかもしれないけれど、でも楽しそうじゃない？　あなたが本を好きならだけれど」

「偶然だわ。本ならなんでも大好きな年配の友人のおかげで、わたしもつい最近、また本を読むようになっていたところなの。〝コージーミステリ〟っていうものの面白さを教えてくれて、いまは彼女のお気に入りのシリーズを読んでいるのよ」

「それじゃあ、できる？」キムが訊いた。

「読書会？　もちろんよ。すごくいいアイディアだし、どんなジャンルを選ぶかによっては、参加者も増やせるかもしれない」エマは、公園で作り始めたリストに読書会を付け加えることと頭の中でメモを取ってから、あくびを嚙み殺した。「ほかには？」

「ほかは……ほかは……」苦しそうなすすり泣きに続けて、またしゃくりあげる音が聞こえてきた。

「キム？　どうしたの？　話を続けて。聞こえている？」

「ええ、聞こえている。ただ……そのあとにわたしがリストに書いたのは――」キムは震える声で言った。「ロジャーを絞め殺す」

エマはぎゅっと目をつぶった。

「彼が出ていったとき、わたしはひたすら泣いた。朝も昼も夜も。わたしのなにが悪かったの？　彼にずっとわたしを見ていてもらうには、なにをすればよかったの？　そんなことばかり考えていた。でもあるとき、悲しみが怒りに変わった。わたしたちの人生を捨てて、どんなときも子供たちの拠点であるべき場所を台無しにしたロジャーに対する怒りよ。その怒りを発散するために、彼に復讐することを考えるようになった。最初のうちは、捨てられたときにだれもが考えるようなありふれたことだった――タイヤを切りつけるとか、お腹を壊すようなクッキーを食べさせるとか、彼の顧客全員にメールを送って、彼がひどい男だっていうことを伝えるとか。でもある夜、眠ろうとしていたときに、車のタイヤを切るんじゃなくて、ブレーキに細工をしたらどうだろうって想像したの。もしそうしたら、彼の乗った車はカーブの向こうに消えていって、二度と見ることはないんだって。

気がついたら、ブレーキの細工だけじゃなくて、公園であなたに話したピニャータのことを考えていた。次々にアイディアが湧いてきたわ。なかにはあんまりばかばかしすぎて、笑っちゃったものもあったけれど、それでも笑えたのよ。ほかのアイディアも、痛みと怒りをどこかに追いやってくれた。そういうアイディアを書き出すことで、心が軽くなったの。とりあえず、しばらくはね。

でもね、エマ、わたしは彼の身に本当になにかが起きてほしかったわけじゃない。わたし――わたしはただ、彼がわたしを傷つけたみたいに、彼にも傷ついてほしかっただけ。そして、わたしを捨てたことは彼の人生で最大の過ちだっていうことを知って、そして覚えておいてもらいたかった」

エマは、キムが泣き、叫び、そしてまた泣くのをじっと聞いていた。夫を失った痛みと苦しみは、彼の裏切りで味わった痛みと苦しみと同じで、どこまでも現実だった。離れた場所で聞いているのは辛かったが、これがいま、キムが必要としていることだ――なだめられたり、慰められたりすることなく、自分の感情を受け止めてもらうこと。

やがて泣き声が収まってきて、時折しゃくりあげるだけになった。

「ありがとう、エマ。自分で思っていた以上に、泣く必要があったみたい」

「当然よ。いまのあなたの感情は、いたって当たり前だわ。かつては愛した人だったんだもの」

「それは間違い。わたしはいまでも彼を愛しているの。彼はわたしにとってすべてで……」

エマの言葉が途切れたが、すぐに驚いたような声が聞こえてきた。「エマ？　家の私道に、パトカーが二台入ってきた」

エマは頬に携帯電話をさらに押しつけながら、体を起こした。「パトカー？」

「ロジャーのことを知らせるために来たのかしら？　わたしがまだ知らないかもしれないと

わ」

「通路を歩いてきた。四人いる」短い沈黙のあと、キムはさらに言った。「ノックしている

思って」

「ありうるわね」

エマは落ち着かない気分で、スカウトの無防備な横腹を撫でた。

「あなたが警察官と話しているあいだ、このまま待っていましょうか？」

「いいえ。もうずいぶん長い時間、あなたを引き留めたわ。それもこんな時間に。ひとりで大丈夫だと思う。ありがとう」

「本当に？　わたしは待つのは構わないのよ」

「大丈夫。でも、ありがとう。新聞であなたの広告を見てよかった。自分の直感に耳を傾けて、あなたにメールをして本当によかった」

「わたしもよ」エマは再び枕に頭をのせた。「ほら、警察官と話をして、そうしたら少し寝るといいわ。明日でもいつでもその気になったときに、電話をちょうだい。そのときに、わたしたちのリストにあなたが書いたほかのことを教えてもらって、いつ、なにをするかを考えましょうよ」

「そうするわ。おやすみなさい、エマ」

「おやすみなさい、キム」

6

高齢者センターの外で東を向いて待っていたエマとスカウトは、突如として車列の動きが遅くなり、助手席側の窓からカメラが突き出されるのを見て、マックスウェル・グレイベン、またの名をビッグ・マックスが西から近づいてきたことを知った。それが名誉の印であるかのように常に風変わりな服装をしている七十八歳の男性に挨拶をしようと振り返ると、そこには想像どおりの姿があった。

しばしば人に見つめられたり、型どおりの判断しかしない人間から冷ややかな言葉を浴びせられたりしていることに気づいていたとしても、彼がそれを態度に表すことはない。エマのお気に入りの顧客は常に人生を楽しんでいて、いまこのときだけを生きることのできるその能力は、見事であると同時にうらやましくもあった。

「おい、じいさん！　どこに行くんだ？　ハロウィーンはまだ四ヵ月も先だぜ！」

エマは通りの反対側に顔を向け、あたかもサーカスに来たかのようにビッグ・マックスを指さして笑っているふたりのティーンエイジャーをにらみつけた。さっさと家に帰って、親に礼儀を教えてもらいなさいと怒鳴りつけたかったが、そんなことをする価値はないと思い直した。彼らにそれだけの価値はない。ビッグ・マックスが全身から放っている純粋な喜びを感じるか、感じないか。それだけのことだ。

エマはつかの間目を閉じて残った怒りを吐き出すと、ビッグ・マックスにこそふさわしい笑みを浮かべて西へと向き直った。足取りを速めたりゆるめたりしながらこちらに近づいてくる穏やかな大男の姿に、朝からずっと感じていた眠気が消えていく。サイズが合っていない格子縞のトレンチコートに不釣り合いな帽子という格好のビッグ・マックスは、右手にパイプ、左手に虫眼鏡を持っていた。彼は二度足を止め、前かがみになって歩道の上のなにかをしげしげと観察したあとで、エマの前に立った。

「今日も素敵ね、ビッグ・マックス」エマは爪先立ちになって、彼の風雨にさらされた頬にキスをした。「すごく、シャーロック・ホームズっぽい」

ビッグ・マックスはうなずくと、スカウトに虫眼鏡を向けながらしゃがみこみ、顔じゅうに笑みを浮かべてトレンチコートのポケットからチェリオをひと粒取り出した。

「ほら、おやつだぞ。朝食のとき、おまえのためにひと粒取っておいたんだ」

スカウトは尻尾を振り、エマを見あげて彼女がうなずくのを確かめてから、ビッグ・マックスの指から小さなおやつをありがたくなめ取り、短く吠えてお礼を言った

「元気だった、ビッグ・マックス？」エマはスカウトの頭を軽く叩いた。「忙しかったの？」

彼はうなずいたが、なにも説明しようとはしなかった。

「あなたが見つけたあのウクレレは、まだ修理中なの？」

「完成したよ」彼は誇らしげに答えた。

「すごいわ、ビッグ・マックス！　演奏を聴くのが待ちきれない！」

ビッグ・マックスはエマの左方向へと数歩移動すると、体をかがめ、ゴミ箱の外に落ちていた丸めたナプキンに虫眼鏡をかざした。なにごとかをつぶやきながら、吐き古した黒のコンバット・ブーツの爪先でナプキンをひっくり返していたが、やがて首を振りつつ、体を起こした。

「なにかなくしたの？」彼がコートの前ポケットから輪ゴムで留めた索引カードの束と短い鉛筆を取り出すのを見て、エマは尋ねた。

「いいや」

「あなたのお友だちのだれかが――」エマは高齢者センターのほうを手で示した。「――なにかなくしたの？」

「いいや」彼は輪ゴムを外すと、一番上の索引カードを一番下に移動させ、新たに現れたカードに丸と矢印らしきものを書いた。「捜査をしているんだ」

スカウトは首を右にかしげてビッグ・マックスを眺め、それからエマに視線を移して待った。

エマはスカウトにウィンクをしてから、彼もまた聞きたがっているに違いない質問をした。

「なんの捜査をしているの、ビッグ・マックス？」

「友人――クッキー・レディがどこにいったのかを」

　エマはビンゴや、集会や、スイート・フォールズの高齢者のために三ヵ月に一度開かれるダンスパーティーといったものに使われる煉瓦の建物を再び手で示した。

「あそこで彼女のことを尋ねればいいわ。それとも、スカウトとわたしは外で待っているから、あなたが中に入って……」

「彼女の名前がわからない」

「その人って、高齢者センターが雇っているイベントのときにお菓子を持ってきてくれる人？　それとも、彼女自身も高齢者なの？」

　ビッグ・マックスはスカウトの尻尾の先に視線を向け、コンクリートにへばりついたガムに気づいた。慎重に犬の向こう側にまわり、ピンク色の塊に虫眼鏡をかざして永遠にも思えるあいだ観察したあとで、再び索引カードを取り出した。またもや丸と矢印を書いたあと、首を振った。

「高齢者センターの人じゃない。水曜日の朝の散歩で会う人だ」

「あなたは、水曜日の朝も散歩をしているの？」

「毎日しているよ。土曜と月曜は町の広場まで行って、ブランコに乗っている子供たちに手を振る。火曜日は、可愛らしいリンゴの木のそばを歩くんだ」

「デイヴィス・ファーム・アンド・グリーンハウスのこと？」エマは尋ねた。

「そうだ。いまはまだリンゴはなっていないがね。だがもうじきだ」

「あそこまでずいぶんあるわよ、ビッグ・マックス」

「わしにはたいした距離じゃないさ」彼は索引カードに輪ゴムをかけると、ポケットに押しこんだ。「水曜日は花が咲いている湖のまわりを歩く。木曜日はあんたとスカウトと一緒にここを歩く。金曜と日曜は引き返す時間がくるまで、ただそこらを歩く」

「つまりあなたは、カムデン公園の湖のまわりを歩いているときに、そのいなくなったお友だちと会っていたのね?」

「通りで彼女を見かけていたんだ。公園に入る前に」

「その人は、散歩の途中であなたにクッキーをくれるの?」

「クッキーを一枚くれる」ビッグ・マックスは、そうするだけの価値があると考えた別のなにかに虫眼鏡を向けた。書き記すだけのものが見つからないとわかると、虫眼鏡をおろした。

「彼女は歩いてるわけじゃなくて、車に乗っている。車を止めて降りたときに、いつもバスケットに入ったクッキーを一枚くれる」

エマはビッグ・マックスを見つめた。「親切な人みたいね」

「車を止めるときには笑っている。でも車から降りて家に入るときには、もう笑っていないんだ。顔をあげてくれないかっていつもわしは思っている。そうすればもう一度彼女を笑わせることができるのに。でも彼女はわしを見ることなく、家の中に入っていく」

「どの家?」

「マクガーディ・ストリートにある黄色い家だ」

その通りの名前にエマはなにか引っかかるものを感じ、理由を探ろうとしたが、なにも浮かんではこなかった。

「それじゃあ、昨日は彼女に会わなかったっていうことね？」

「会った」

「クッキーをくれなかったの？」

ビッグ・マックスは首を振った。「バタースコッチのクッキーをくれた。どんなクッキーが好きかを訊かれたんで、わしは答えた」

「よかったわね」

「そのあと彼女は家に入った」

「いつもはあなたにクッキーをくれたあと、家に入らないの？」

「いや、入る」

エマはパイプを握っているほうの彼の手をそっと握った。「それじゃあ、なにも変わってはいないわよ、ビッグ・マックス。またすぐに水曜日が来るわ」

ビッグ・マックスは高齢者センターの前に植えられた植物に近づき、葉の上を這《は》っている一匹の虫を観察した。望んでいた答えが虫から得られないとわかると、エマとスカウトのところに戻ってきた。

「ゆうべ彼女が通り過ぎたとき、きれいな青い光が見えた気がしたんだが、月の男の白さだけだった」

「きれいな青い光？」エマは繰り返した。「月の男？」

「月の男がやってきたときには、わしは散歩することにしているんだ」エマがどう答えようかと考えているあいだに、ビッグ・マックスは帽子をかぶり直して言葉を継いだ。「クッキー・レディがあの車のうしろに乗せられて行ったとき、わしはほんの家一軒分離れているところにいた」

「ビッグ・マックス、まさかひとりで夜中に出歩いていたの？　スイート・フォールズは安全な町だけれど、それでも……。転んだり、怪我をしたりするかもしれないのよ」

彼は肩をすくめた。「あのきれいな青い光がなくても、暗くはなかったよ。月の男が照らしてくれたからね」

「あなたの言う青い光がなんなのか、よくわからないんだけれど」

「屋根の上でぐるぐる回る青い光だよ。ゆうべは回っていなかったがね」

エマはビッグ・マックスの言葉を頭の中で繰り返し、ようやくなにかに思い当たった。

「その青い光って……パトカーの屋根についているあの光のこと？」

「そうだ」

「クッキー・レディはパトカーに乗っていたの？」

「一台目に乗っていた」

エマはたじろいだ。「パトカーは何台いたの？」

「二台」

「警察官は何人？」

「四人だ」ビッグ・マックスはトレンチコートの下で胸を張った。「数えたからね」

暖かな六月の日には無縁のはずの寒気が首の付け根から始まって、背筋をおりていき、エマはうしろのポケットに入っている携帯電話に手を伸ばした。画面を数回素早くタップして、一番新しい顧客に関する情報を表示させた。

キム・フェルダー
25　マクガーディ・ストリート
スイート・フォールズ、TN

エマはごくりと唾を飲んで、ビッグ・マックスを見つめた。

「そのクッキー・レディの髪って、わたしみたいな明るい茶色？　ところどころ白いものが混じっている？」

ビッグ・マックスは笑顔で応じた。

「眼鏡はかけている？」

「わしは青い眼鏡が一番好きだが、車で通り過ぎたときの彼女は黒いのをかけていたな」

エマは目を閉じた。息を整えようとした。再び目を開けると、ビッグ・マックスは足元に虫眼鏡を向け、歩道の継ぎ目に沿って移動しているところだった。

「ビッグ・マックス？」エマはスカウトと一緒にそのあとを追った。「点滅しているライトはなかったたって言ったわよね？」

ビッグ・マックスは足を止め、ある箇所の継ぎ目を念入りに観察したあと、次の継ぎ目に移った。「月の男の明かりだけだった」

エマの全身に安堵が広がった。「クッキー・レディだけれど、家から出てきたときは警察官と並んで歩いていたのよね？」

「いや、先に立っていた」

恐怖の指に手足をつかまれる気がした。「ほかになにか覚えている？」

「わしが手を振っても、彼女は笑わなかった」ビッグ・マックスは一歩前に足を出したが、きびすを返して戻ってきた。その顔にも笑みは浮かんでいなかった。「クッキーのバスケットも持っていなかった」

エマはありったけの自制心をかき集め、ビッグ・マックスとの散歩を大急ぎで終えたくなるのを我慢した。けれど散歩が終わってスカウトと一緒に車に戻るやいなや、胸に巣食う疑念を裏付けてくれる、あるいは否定してくれるはずの人物に電話をかけた。

「やあ、エマ。きみは超能力者なの？　ちょうど電話しようと思っていたところだ。調子はどう――」

「お願いだから、ロジャー・フェルダー殺しの犯人はまだ捕まえていないって言って」エマはダッシュボードの画面に映し出されたジャックの名前と、交通量の多い前方の道路のあいだに目をやった。「お願い、お願い、そう言って」

「正式な逮捕はまだだが、時間の問題だ」

「どうして？」

「どうして逮捕がまだなのかって？」

「そうじゃない。どうして、時間の問題なの？」

「犯人だという確信があるからだ」紙をぱらぱらとめくる音に続けて、机の上で紙の束をまとめる音が聞こえ、その後すぐに椅子がきしむ音がした。「どうしてだい？　被害者と知り合いなの？」

エマはバックミラーに視線を向け、歩道を遠ざかっていくビッグ・マックスと虫眼鏡を眺め、やがて角を曲がって姿が見えなくなると息を吐きだした。

「ううん、被害者じゃない。あなたが犯人だと考えている人のほう」

椅子がきしむ音が激しくなり、エマは自分の言葉に彼が興味を持ったことを知った。

「前妻を知っているの？」

「長年の知り合いっていうわけじゃない。でもわかるの——犯人は別にいるってわたしの直感が教えてくれている。ほかのだれかなのよ」

「続けて」

「彼女は毎週水曜日にクッキーを焼いて、ビッグ・マックスにひとつくれるのよ。ついさっき聞いたところだけれど、かなり長いあいだ、そうしてくれていたみたい」

重苦しい沈黙のあと、ジャックはひとつ咳をして、明らかにさっきとは違う口調で言った。

「クッキーを焼くから無実だって言うのかな？」

「ううん、そうじゃない。でもある意味、そうなの。わたしは彼女に会っているのよ、ジャック。彼女は理想的な母親だった――いまでもそう。子供たちが大きくなったいまも」

「そうか……」

「彼女は前に進む方法を探していた。秘書を選んだ夫に捨てられたあと、自分の人生を取り戻す方法を」

「ちょっと待って。それって、昨日の電話できみが話していた女性？　一緒にやりたいことのリストを作っていた人？」

エマはうなずいた。「そうよ！」

「気づかなかった」

「昨日の真夜中にキムから電話があったの。ロジャーが死んだことを聞いたあとで。彼女は打ちのめされていたわ」

「感情を露わにしたり、クッキーを焼いたりするからといって、彼女が犯人じゃないということにはならないよ、エマ」

エマはハンドルから手を離し、花柄のズボンで手のひらを拭った。

「わたしが言いたいこと、わかってくれないのね」

「わかるように話してくれないか」

「重要なのは、クッキーを焼くことじゃないの。ほかの人たちが奇異な目を向けがちな人に対する態度が――」エマはヘッドレストに頭をもたせかけ、車の天井のクロスを見つめた。「ほら、だれだって時々、言っちゃいけないことを言うときがあるでしょう？　傷ついていたり、怒っていたりするときには」

彼が発した声を同意だと受け止めたエマは、さらに言葉を継いだ。「でもそれって、口にしただけなのよ……言葉のあや……すごくすごく辛いときに鬱憤《うっぷん》を晴らしているだけ。そういうことをするときって、だれにもあるものじゃない？」

「そういうことって？」彼が訊いた。

「ほら、道で割り込まれたり、ひどいことをされたり、なにか腹の立つことをされたりしたとき、殺してやるって言ったりしない？　でも、そう言ったからって、本当に実行するわけじゃない。違う？　それに彼女は昔からライターになりたかったの。だから、そういう思いを吐き出すためにペンと紙を使うのは、自然なことよ。でしょう？」

沈黙がたっぷり一分続き、エマは画面に保安官補の名前が表示されていることを確かめた。

「ジャック？」

「実際に死体があるってこと、わかっているかい、エマ？　状況はまったく違ったものになっているんだ」

「偶然なのよ、ジャック！　それだけのこと」

返ってきた彼の笑い声に温かみはなかった。「偶然？　冗談だろう？　死体があるんだぞ、エマ。そして、被害者を殺す計画を立てていた容疑者がいる」

「計画じゃない」エマは反論した。「ただ……考えていただけ」

「それを書き留めていた」

「物事に取り組むときに口に出して言う人もいれば、書き出す人もいる。それで解決。ふんぎりがつく」

「ふんぎりがつく？」

「キムの場合はね」エマは目を閉じたが、再び目を開けてみると、スカウトの鼻と舌が電話を当てていないほうの耳を狙っているところだった。「それで、間違いはないの？　ロジャー・フェルダーは絞殺されたの？」

「彼は……」

「それって、人を殺すにはありふれた方法でしょう？　銃とナイフを除けば」エマは彼のうめき声をイエスと解釈し、さらに言った。「彼女が言っていた方法はそれだけじゃなかった。違う？　キムは彼に復讐する方法をいくつも考えていたの――なかにはばかみたいなものも、現実離れしたものもあったけれど、とにかく絞殺以外の実行可能な方法があった」

　また椅子のきしむ音。さらにうめき声。再び紙をめくる音。

「エマ、ぼくはもう行かないと」

「そうね。あなたが忙しいのはわかっている。あなたがわたしの言ったことを忘れないで、見当違いのことに無駄な時間を使わずにすむといいんだけれど」

「忘れないよ。約束する」

7

マクガーディ・ストリートから二ブロックのところで、聞き流していた音楽が電話の呼び出し音に変わった。エマは道路からダッシュボードの画面に目を向け、道路に視線を戻してから緑色のボタンを押した。

「もしもし、ドッティ、一時間後くらいに折り返すのでもいい？　いま運転中で、もうすぐ――」

「ニュースを聞いた？」ドッティは興奮した口調だった。「スイート・フォールズは、次のスイート・ブライヤーになるのよ！　あなたが夢中で読んだコージーミステリの舞台になった町よ」

エマはアクセルを緩め、次の道路標識を確かめて左折した。最初のふたつの郵便箱に記された数字が、目的地に近いことを教えている。いらだちを募らせるドッティに何度も名前を呼ばれて、返事を怠っていたことに気づいた。「スイート・フォールズが次のスイート・ブライヤーになるのね……わかった。どうして？」

「また殺人が起きたのよ！」

エマは目的地のほんの少し手前で路肩に車を寄せ、ギアをパーキングに入れた。

「聞いたのね？」

「聞いたに決まっているじゃないの！　わたしが岩の下で暮らしているとでも思うの？　朝からずっとトップニュースよ！」

「わたし──知らなかった。今朝はいつもより起きたのが遅かったし、そのあとはビッグ・マックスと一緒だったから」

「早起きの鳥が虫を捕まえるのよ、ディア。覚えておくのね」

エマはため息をつきたくなるのをこらえ、その代わりに目をぐるりと回した。

「そうね、ドッテイ、ありがとう。でもゆうべはとんでもない時間に電話で起こされて──」

「礼儀知らずのあなたの友だちの話をするために電話したわけじゃないのよ、エマ、それをどうにかするのもしないのも、あなた次第。わたしは戦略の話がしたいだけ」

「戦略？」

「虫を捕まえる戦略よ。ステファニーが一緒であってもなくても」

「虫？」エマは訊き返した。

ドッテイのため息にはたっぷりのいらだちがこもっていた。「虫が一匹しかいないなら、捕まえるのは最初にやってきた鳥なのよ。いまの状況にいたってふさわしい言い回しね」

「言い回しはわかったけれど、わたしが寝坊したこととステファニーにどういう関係があるのかがわからない」

「あなたって時々、本当に鈍くなるのね。あなたらしくない」

シフトレバーを握るエマの手に力がこもった。

「わたしは鈍くなんかない。あなたの言っていることを考えている時間がないだけで――」

さっきよりも大きなドッティの二度目のため息を聞いて、エマはバックミラーとピンと立ったスカウトの耳に視線を向けた。

「スイート・フォールズで新たな殺人事件が起きたということは、わたしたちが解決すべきふたつ目の事件が起きたということなのよ。ステファニーが一緒であってもなくても」

「わお！」エマは片手をあげた。「ちょっと待ってよ。わたしは個人事業主なの。ステファニーは働きすぎの正看護師。あなたは……」エマは言葉を切り、年齢を持ち出すのは得策ではないと考えたので、大きく息を吸ってからはっきりした答えを告げた。「とにかく、これはわたしたちには関係ないことだから」

「マーガレット・ルイーズ・デイヴィスは八人の孫がいるおばあちゃんなのよ！　トーリは司書！　だからといってふたりは殺人事件を解決することをやめなかった！」

コージーミステリと現実は違うと思わず言いかけたが、分別――と、仕事を失いたくないという思い――がそれを思いとどまらせた。「ロジャー・フェルダーを知っていたの？」エマは尋ねた。

「だれ？」

エマはバックミラーに目をやり、それからスカウトを見た。「被害者よ」

「いいえ」

「それなら、放っておきましょうよ。あなたにもわたしにもステファニーにも関係ないんだから」

「でも、なにかしなくてはいけないわ、ディア」

「今回はなにかする必要なんてない」エマは歩道からキムの郵便箱に視線を移し、そこから私道をたどって玄関を眺めた。「でもあなたが本当になにかしたいのなら、キムとわたしと一緒に読書会を始めることを考えて。月に一度集まって、読む本のテーマに沿ったおやつを出すの。そうしたければ、最初の課題本に南部裁縫サークルミステリを選んでもいい。みんな気に入るわ」

「キムってだれなの？」

「被害者の奥さん。っていうか、前の……」ドッティが息を呑み、エマは自分の過ちに気づいて、その先が言えなくなった。

「ロジャー・フェルダーの奥さんを知っているの？」ドッティが訊いた。

エマは両手で頭を抱え、自分で仕掛けた罠にはまった自分を心の中で叱りつけた。

「聞かなかったことにしてくれない？」エマはつぶやき、いらだちのため息と共に両手を膝の上におろした。「無駄なお願いよね」

「話してちょうだい、ディア」

「昨日、キム・フェルダーに会ったの。公園で。彼女は自分を見つめ直すために、わたしを雇ったのよ」

一拍の沈黙のあと、もう一度小さく息を呑む音がした。

「火曜日のお茶のとき、メールを送ってきた人なの？　結婚して三十年経つ夫から捨てられた人？」

「そう」

「その夫が死んだのね？」

エマはキムの家の玄関にもう一度目を向けて、うなずいた。「そう」

「つまり、時間の問題ということね、ディア」

「なにが時間の問題なの？」

「彼女が事件の容疑者とされるのが」電話をかけてきたときのドッティの興奮した口ぶりが戻ってきていた。「つまり、わたしたちがこの事件に関わる理由があるということよね！　わたしたちの友人が刑務所に入らないようにするという理由が！」

エマはダッシュボードの画面に視線を戻した。「わお。わお。わお。わたしたちの友人？」

「もちろんそうよ。一緒に読書会をするんでしょう？」

エマの笑い声に合わせて、スカウトが尻尾を振った。

「読書会の話は、わたしがほんの二秒前にしたことよ！」

「わたしはそれに同意したのよ。だからわたしは――」エマの車内にパチンという音が響いた。「彼女の名前はなんていったかしら、ディア？」

「キムよ」

「そうだった。読書会の――」

「まだ始まっていないけれどね」エマはにやにやしながら言った。

「読書会のおかげで、キムはわたしの友人になったということよ。友人を助けるためなら、わたしは地の果てまでも行く」

「それを聞いて安心したわ」エマはスカウトの頭を撫でてから、エンジンを切った。「ともあれ、キムのことはジャックと話をしたの。言葉のあやについてとか、彼女が容疑者のはずがないっていうこととか」

「なのにどうして警察はキムを疑っているの？」

エマは手を振ってその質問をいなすと、車のキーを抜いた。

「最初の数時間は疑っていたかもしれない。でもそれは、ゆうべ警察が彼女の家にやってきて、ノートを見たからよ。でもわたしが理由を説明したから、警察は真犯人を見つけようとするはず」

「ノート？」

エマはドアのノブに手を置いたまま、肩をすくめた。「キムはノートにいろいろと書いていたの。彼女を捨てた夫への怒りを吐き出すための方法を。それだけのことよ。たいした意味はない」

「なるほどね。夫が死んで、彼女は落ち込んでいる？」

「ゆうべ電話をかけてきたときには、落ち込んでいた。でもそれはもっともなことだと思う。たとえ、秘書に乗り換えた夫に捨てられたとしてもね。三十年も結婚していたんだもの。それに子供がふたりいるし――」

「それなら、秘書の仕業かもしれない」

エマはその可能性を考え、口元に笑みが浮かぶのを感じた。「想像できるわけ？」

「当然よ。少なくともわたしたちの友人のキムは、子供たちのためにも法の裁きがくだされることを願うでしょうね」

「でしょうね」

「そしてわたしたちは彼女の友人として、そのためにできることをしなくてはいけない。そうじゃない？」

エマの笑みが凍りついた。「ちょっと待って……この話がどこに行き着くのかは想像がつくけれど、わたしは興味がないから」

「なにに興味がないの、ディア？」ドッティが追及した。「心を痛めているふたりの子供のために正義を求めること？　それとも罪に問われるかもしれない大切な友人を助けること？」

鏡を見ずとも、頰が赤く染まっていることはわかっていた。不意に汗ばんだ両手と同じくらい、はっきりと感じられた。

「ふたりはもう子供じゃないのよ、ドッティ。もう大きくなって、家を出ているの」

「被害者が父親であることに変わりはないわよね？」

「ねえ、ドッティ、もうたくさん。こんな話をしている時間はないの。本当にもう切らないと」

「わかったわ。あなたは、助けを必要としている友だちに手を貸す以上に大切なことをしてくればいい。でもね、エマ・マリー・ウェストレイク、わたしは心底あなたにはがっかりして――」

すばやく車のドアのノブを引っ張ると、画面からドッティの名前が消えた。

「さあ、スカウト。キムに会いに行きましょう」


エマはドアをノックする直前で手を止めると、スカウトに向かって言った。

「たくさん尻尾を振って、たくさんなめるのよ。わかった、ボーイ？」

スカウトはほんのわずか左に首をかしげ、尻尾を振った。

「あなたが頼りになることはわかっているから」エマはいかにも夏らしい綺麗なリースが飾られたドアに視線を戻し、ノックしようとしたが、また手を止めた。「わたしはいい友人よね、ボーイ？」

スカウトは右に首を傾けて、もう一度尻尾を振った。

「そうだと思った。ドッティはただ、わたしにうしろめたさを感じさせて、関係ないことに首を突っ込ませようとしただけ。そうよね？」

エマはドッティとの電話のせいで落ち込んだ気分を振り払い、木のドアをノックすると、一歩さがってスカウトと並んで待った。

私道には車が止まっているにもかかわらず、数分が過ぎても二階建ての家からは物音も聞こえてこなければ、人のいる気配もしなかった。聞こえなかったのかもしれないと思い、もう一度ノックしようとも考えたが、自分もまたあくびをしていることに気づいて思い直した。

「あんな夜を過ごしたあとだもの、きっと寝ているのね」エマはスカウトを見おろした。「出直したほうがいいわね。そう思うでしょう?」

スカウトの尻尾が振っている途中で一度止まり、それから急にスピードがあがった。彼の大きな目が見つめている先をたどってエマもドアに視線を向けると、ちょうどノブが回るところだった。

ゆっくりと、ためらいがちにドアがわずかに開き、琥珀色の点がある茶色の目が片方のぞいた。エマを、それからスカウトを見て取ると、その目が大きく開いた。

「こんにちは、キム!」エマは親指を曲げて、右下を指した。「どうしているかと思って、スカウトと一緒に来てみたの。思っていた以上にあなたが長い夜を過ごしたって聞いたものだから」

キムは大きくドアを開くと、うしろにさがった。

「エマ! 入って! お願い! その子も一緒に!」

「本当にいいの?」エマは顎でスカウトを示した。「そのほうがいいなら、フロントポーチでもいいのよ」

「いいから、入ってちょうだい」キムはエマたちが入るのを待ってドアを閉めると、ほっとしたように壁にもたれかかった。「また警察じゃなくて、あなたで本当によかった。これ以上、尋問に耐えられる自信がないわ」

「もう来ないと思うわよ」

「そうかしら。ゆうべはそうは思えなかった」

「あの人たちが、もう少しちゃんと物事を見てくれればよかったのにって思うわ」

キムは壁から体を起こすと、ひとつ深呼吸をしてから、ついてくるようにとエマたちに身振りで告げた。廊下の突き当たりを左に曲がると、そこは淡い黄色の壁に青いキャビネットが取り付けられた広々としたキッチンだった。六口のコンロの隣にあるカウンターには、コック帽をかぶり、水かきのついた手に麺棒《めんぼう》を持ったアヒルが描かれた保存容器がずらりと並んでいる。冷蔵庫のマグネットにも、低い方のキャビネットの取っ手にも、シンクの上の窓の前飾りにも、丸い田舎風のテーブルに並べられた八角形のランチョンマットにも、同じアヒルの絵があった。

「なにも言わないで。アヒルは……」キムはエマたちをテーブルにいざなってから、ガラスの蓋をかぶせたケーキ入れが中央に置かれたアイランドカウンターに足早に近づいた。「幼い頃、ナタリーが大好きだったから揃えたの。でもいまは、処分する気になれなくて」

「そんな必要はないわ。とても可愛いもの」

キムはアイランドの下のキャビネットから皿を二枚取り出し、ケーキ入れの横に置くと、警戒しているようなまなざしをエマに向けた。「そんなこと、言ってくれなくてもいいのよ」

「そうかもしれないけれど、わたしは好きよ」

「わたしにはほどほどという概念がないって、ロジャーがよく言っていたわ」キムは気持ちを落ち込ませる記憶を振り払い、ケーキを切ることに集中して、ふた切れを皿にのせた。

「牛乳はいかが？　それともコーヒーがいいかしら？」

「牛乳をいただくわ、ありがとう。それからさっきの話だけれど、ご主人はわたしのキッチンを見るべきだったわね――っていうか、わたしの家全部を」

キムはテーブルに皿を運ぶとアイランドに戻り、またすぐに牛乳を入れたグラスとフォークを持って戻ってきた。顔を赤くしながら、アヒルのスタンプがあるナプキンを二枚、ホルダーから取り出す。「あなたもアヒルにこだわりがあるわけじゃないわよね？」

「アヒルじゃなくて、花なの。とりわけデイジーが好き」エマは、シンプルな青い壁かけ時計を指さした。「わたしのキッチンの時計はデイジーの形なんだから」

「実を言うと、時計も見つけたのよ。でもロジャーが箱をひと目見て、だめだって」

「残念ね」

キムはにやりとしながら立ちあがり、キッチンの奥にあるドアを開けた。

「そうでもないの。やっぱり買ったから」

エマは、開いたドアの先の食料品庫の壁を眺めた。その真ん中には、コック帽をかぶったアヒルがいる――麵棒を持った手が短針になっていた。「可愛い！」

「いいでしょう？」キムは応じたが、その顔から笑みは消えていた。「彼が出ていったとき、みんなに見えるところにこれをかけようと思ったんだけれど、結局やめたの」

キムは唇を手で押さえて首を振り、食料品庫のドアをゆっくりと背中で閉めた。気持ちが沈んでいくのがありありとうかがえた。テーブルの下でにおいを嗅いでいたスカウトは動きを止め、クンクンと小さく鳴きながらキムからエマに、そして再びキムに視線を移した。

「もっとしっかりもてなせって言っているのね？」キムが訊いた。

「とんでもない。あなたを心配しているだけよ。わたしも」エマはテーブルの向かい側の席を示してキムが腰をおろすのを待ち、二層のチョコレートケーキとフォークを指さした。

「すごくおいしそう」

「これは、わたしがストレスを感じたときの定番のレシピなの。ゆうべ、焼いたのよ。警察から帰ってきたあとだから、今朝早くって言うべきね」

エマはケーキを見つめ、キムに尋ねた。「寝ていないの？」

「ええ、寝ていない。これを作ったあとは――」キムはそれぞれの皿の上のケーキを示した。

「――掃除を始めた。ナタリーがお葬式後の食事をレストランでしたがるのはわかっていたけれど、お葬式の前かあとでロジャーのお母さんか義理のお父さんがここに来るかもしれないから、きちんとしておきたかった」

「ナタリーっていうのは娘さん？」

「ええ。息子はケイレブ」

「そう」エマはそれ以上我慢できなくなって、ケーキをひと切れ口に運んだ。とたんに口の中でおいしさが爆発して、思わず感嘆の声が漏れた。「わお、ものすごくおいしい。これって――」もうひと口、食べた。「あなたが作ったの？」

「ええ」

「わお、わお、わお」エマはさらにもうひと口食べて、フォークをスカウトに向けて言った。「普段はあなたもそれほど気にしないってわかっているけれど、これを食べられないのは気の毒だわ」

キムは椅子を引いた。「ごめんなさい。気がつかなくて。なにかスカウトのおやつを取ってきましょうか？」

「いいえ、いいの。座って。大丈夫だから。ね？」エマはスカウトの尻尾を指さした。「ここにいられて、喜んでいるから」

「たいしたことじゃないのよ。食料品庫に入っているの」

「本当にいいのよ。ここに来る前にチェリオを食べたから。そうよね、スカウト？」

スカウトはまた尻尾を振った。

「そっちのほうがよければ、チェリオもあるわよ」キムは立ちあがった。

「お願いだから。気にしないで」エマは出窓越しに裏庭を眺めた。芝生からパティオ、鳥の水浴び用水盤、最後に木に目をやってから、スカウトに向かって言った。「スカウト、ほら、見える？　あの木にのぼっているわよ――見て！」

スカウトはエマを見ながら首をかしげただけだった。

「スカウト、見てったら!」エマは窓を指さした。

スカウトはエマの指に目を向けたが、またすぐに顔に視線を戻し、尻尾を振るスピードをあげた。

エマはうんざりしたかのように首を振ると、まっすぐにスカウトの目を見つめた。

「リスよ!」

思ったとおり、スカウトは興味を引かれて一直線に出窓に向かった。エマはもうひと口ケーキを頬張りながら、笑顔でキムに言った。

「さあ、座って。スカウトはあのリスがすることをいつまでも喜んで見ているから。本当よ」

キムはのろのろと椅子に座り直した。あらゆる動きが、彼女自身も認めようとはしない疲労を物語っている。

「どうやって進めていけばいいのかわからない。お葬式やそのあとの食事や埋葬の手配について、わたしはなにをするのがふさわしくて、なにがふさわしくないの?」

「あなたはそういうことをしたいの?」エマは空の皿を脇に押しやった。

キムはあげた両手を、ため息と共にテーブルにおろした。

「わからない。したかったのかもしれない。したかったと思うべきなのかもしれない。でも……わからない。彼はわたしを捨てて、結婚の誓いを裏切ったの」

「そうね」

「でもわたしの子供たちは、彼の子供たちでもある。ほかのことはともかく、あの子たちのために、やるべきことはやりたい」

エマは彼女の言葉を受け止め、じっくりと考えたあと、テーブルに手を伸ばして落ち着きのないキムの手を握った。

「一番いいのは、子供たちのためにただそこにいてあげることかもしれない。いまあなたに必要なのは睡眠よ。ご主人の知らせを聞いて受け止めて、電話でわたしと話をして、警察署に行って、ケーキを焼いて、掃除をして、そしていまわたしと一緒にここに座っているのよ。まだ動けているのが驚きだわ」

「わたしはいつだってそうしてきたの」キムは息を吐き出して、顔をしかめた。「わたしに人生があったときには、そうだったって言うべきかしらね」

「いまでも人生はあるのよ、キム」

キムは判読しがたい表情でしばしエマを見つめたあと、キッチン全体を示して言った。

「わたしはひとりぼっちなのよ、エマ。この三十年間、家族のために温めてきた巣は空っぽになった」

「それは違う」エマは応じた。「まだあなたがここにいるじゃない」

キムの笑い声には悲しみが満ちていて、エマはまぶたが熱くなるのを感じた。

「わたしは間違っているって、あなたは考えているのね。でもそうじゃないって、証明してみせるわ。でもまずは、あなたは眠らないとだめ。そのあとのことはそれから考えましょう。ね？」

「ゆうべあなたと話ができたことに、いまあなたがここにいてくれることに、わたしがどれほど感謝しているか、とても言葉にできない」キムは立ちあがり、キッチンの奥の隅に置かれた机に近づくと、一番上の引き出しから小切手帳とペンを取り出した。「ゆうべと今日の分で、いくらお支払いすればいいかしら？」

「支払い？」エマは驚いて訊き返した。「払う必要なんてない。わたしが今日来たのは、あなたに雇われたからじゃない。あなたが大丈夫かどうかを確かめたかったし、あなたがひとりじゃないっていうことを伝えたかっただけ」

キムは小切手帳をおろした。「あなたとは昨日会ったばかりよ。友だちになってもらうためにあなたを雇ったんだわ」

「あなたのリストにある事柄を実行するときには、支払ってもらうわ。でもこれは違う」

キムは下唇を嚙み、片方の足からもう一方の足へと体重を移し替えた。

「なんて言えばいいのかわからない。あなたはすごく親切で――」

大きなノックの音にキムは黙りこみ、ふたりは揃って廊下に目を向けた。キムは首の付け根に手を押し当て、呼吸を整えようとした。「驚いた」

「わたしも」

再びノック。さっきよりも大きな音で、より執拗だった。

キムはエマと視線を見かわしながら、玄関へと急いだ。

「ばたばたしていて鍵を忘れたナタリーかケイレブかもしれない」

けれど廊下を半ばまで進んだところで、キムの足取りは重くなり、やがて止まった。

「ああ、これってまずいわ——すごくまずい」

「どうしたの？」エマは尋ねたが、玄関のドア脇の床から天井まである横窓からその答えが彼女を見つめていた。

キムの手が首から顎、そして頰へと移動していき、また首へと戻った。

「わ、わたしはどうすればいい、エマ？　弁護士に連絡するべき？」

エマは、玄関口に立つふたりの隣に見慣れた顔があることに気づき、つかの間ためらってから、氷のように冷たいキムの手を自分の手で包みこんだ。

「深呼吸して、キム。大丈夫。あなたは大丈夫。ロジャーを殺した犯人が見つかって、あなたに直接伝えるために来たのかもしれない」

キムは顔を伏せ、唾を飲み、それから視線をあげてまずエマを、それからドアの外に立つ三人の保安官補を眺めた。「そうね……あなたの言うとおりかもしれない……ご、ごめんなさい。わたし、自分で思っているよりも疲れているのかも」

「無理もないわ」エマはキムの手を離し、ジャックたちを示した。「わたしがドアを開けましょうか？」

「いいえ、わたしが開ける」

キムは大きく息を吸いながら肩をそびやかすと、ドアを引き開けて笑顔を作った。

「こんにちは。ロジャーの死について、なにかわかったんですか？」

「いいえ、そうではありません」封筒を手にしたジャックが一歩前に出た。「キム・フェルダー、あなたの家を捜索する令状が出ています」

キムはよろめきながらあとずさり、エマにぶつかった。「令状？」

「そうです」

「いったい、どういうことなの、ジャック？」エマは心臓が激しく打ち出すのを感じながら、キムの肩越しに尋ねた。「さっき、わたしが言ったことを聞いたでしょう？　わかってくれたと思ったのに」

ジャックはキムに令状を突き出した。「しっかり聞いたよ」

「それなら、どうして令状なんて？」

「きみが言ったことを踏まえて、判事がこの家の捜索を許可したんだ」

エマはキムの視線を感じていたが、唖然としていてそれどころではなかった。

「ただの言葉のあやだって言ったじゃない――同じような状況なら、だれだって言うことだって。どうしてそれが捜索令状を取ることに――」

エマは悟った。最初にこの家を訪れたときには、ジャックはキムのノートを見ていなかったのだ。キムが書くことで怒りを吐き出していたのを知らなかった。エマは自分が口にした愚かさ以外の何物でもない言葉の記憶を消し去ろうとするかのように首を振り、息をしろ、考えろと自分に命じた。ジャックの顔の前でドアを閉めたくなるのをこらえた。スイート・フォールズ保安局が家宅捜索令状を持って、キムの戸口に立っている。すべてはひとりの、たったひとりの人物――エマのせいで。

「キム」エマは同じくらい冷たくなった手でキムの手をきつく握り閉めた。「弁護士に連絡したほうがいい。いますぐに」

8

エマがステファニーのえび茶色のセダンのうしろに車を止めてエンジンを切ったのは、夜八時をわずかにまわったころだった。まっすぐ家に帰り、お腹を空かしているに違いないスカウトに餌をやり、ソファに倒れ込んで泣き崩れたいという思いが、自分の中にあることは否定できない。けれど、まだだめだ。自分の愚かな不注意が引き起こした恐ろしい事態を正すために招集した仲間たちに、事情を説明するまでは。

「あなたを見つけに行ったとき、わたしがこんなにばかだっていうことを保護施設の人たちに知られていなくてよかったわ。そうじゃない？」エマはキーを握り閉めると、右手にある堂々とした家と彼女を交互に眺めているふたつの目を見つめた。「だってもし知られていたら、地球上で心から信頼できるだれかさんとは出会えていなかったでしょうからね」

スカウトは立ちあがり、前部座席のあいだに体を押しこんでエマの頬と顎をなめ、それから助手席側の窓枠に前足をかけて尻尾を振った。餌のボウルが待つ家には帰らないと知ってがっかりしていたとしても、この私道の先にある家で待つ友人たちに会える喜びの方が大きいらしい。

「そのとおりよ、スカウト。わたしたちは事態を正すためにここにきたの。それだけの値打ちのないだれかを慰めるためじゃなくて」エマはスカウトの向こうに見える、年配の友人の応接室の窓の明かりを眺めた。「行きましょうか？　ふたりが待っている」

エマは大きく深呼吸してからドアを開け、広々とした円形の私道に降り立つと、スカウトが前部座席から降りるのを待った。スカウトと並んで、花のついた生垣が歩哨のように両側を囲むアーチ形の大きなドアに向かって通路を進んだ。自然の美は、人生のほぼすべてのものを癒してくれると信じていた男性が植えた生垣だ。その存在に気づいて愛でる時間があればの話だが。

「愛でようとしているのよ、アルフレッド」エマはドアの直前で足を止め、彼が遺した自然の美から暗くなりつつある空へと視線を移した。「本当だって。これ？　これは本当にきれい。どんな花も鳥も。でも――」

ノックをしてもいないのにドアが開いて、胸の前で腕を組み、いかにもいらだっている様子の老婦人が車椅子に乗って現れた。「わたしたちが待っているというのに、あなたはこんなところでひとりごとを言っていたの？」

「ひとりごとじゃなくて……」喉がどんどん締めつけられて、それ以上言うことができなくなったので、エマは思考と呼吸を整えようとしながら左側にある花と木を眺め、それから右側の花と木を眺めた。気持ちが落ち着いたところで視線を戻すと、上品な遠近両用眼鏡の奥でドッティが思いやりのこもったまなざしを向けていた。

「お入りなさい、ディア」ドッティは尻尾を振っているエマの同伴者に目を向けた。「あなたも一緒に。わたしたちの友人を助ける方法を考えましょう」

エマは〝わたしたち〟という言葉について思わず訊き返したくなるのをぐっとこらえ、代わりにうなずいて家の中に入った。「こんな遅い時間にお邪魔してごめんなさい。でもほかにどうすればいいのかわからなかった」

「あなたは正しいことをしたのよ」ドッティはエマとスカウトを応接室に案内した。「そうよね、ステファニー？」

「なにが正しいって？」ステファニーは、ドッティの花柄のソファから顔を持ちあげると、あくびをした。二度。

ステファニー・ポーターは四十歳になったばかりなのに十歳は年上に見えるが、その理由を探すのは難しくなかった。ＶＡで超人的な量の仕事をこなすだけでなく、ようやく自宅に帰りついたあとは深夜までカルテを確認しているせいでまともに眠れていなかったから、ココアパウダー色の髪に増えていく一方の白髪に対処するだけの時間がないのはもちろんのこと、筋の通った事柄を口にできることすら驚きだった。

「あなたを起こしたのよね？」エマはうめくような声で訊いた。「ステファニー、本当にごめんなさい」

「朝までに目を通さなきゃいけないカルテの数をあなたが知っていたら、そんな質問はしなかったと思うわ。でも、訊かれたから言うけど、あなたに起こされたわけじゃない」

エマはソファに近づくと、ステファニーの隣のクッションに腰をおろした。

「それはよかった……わたしはあなたの仕事の邪魔をしたわけね。その結果、あなたはいつも以上に睡眠時間が少なくなった」

「あなたが邪魔をしたのは、母さんの延々と続くおしゃべりだけ。それ自体は素晴らしい偉業よ」ステファニーは向きを変えて肘掛けに背中をもたせかけ、脚を曲げてソファにのせた。「だから、わたしはあなたにお礼を言わなくちゃ。たとえほんのしばらくでも、情けないわたしじゃないようにしてくれたんだから」

「ステファニー……」

ステファニーは目をぐるりとまわしながら、両手をあげた。

「わかってるって。なにも言わないで。わたしは情けなくなんてない。これがわたしで、わたしの暮らし方だっていうだけ」

エマは反論したくなるのをこらえた。「あなたは進歩しているわよ」

「そうね。今週は、二回のうち一回はジムに行ったし」

「明日の朝行けば、三回のうち二回になる」

ステファニーの笑い声は、三度目にして一番大きなあくびに変わった。「考えておく」

「それにこの週末は、わたしと一緒にジョン・ウォールデンとアンディ・ウォールデンに会いに行くのよ。覚えている？」

「交換条件だったはずだけれど」

エマはぐったりとソファにもたれた。「そのとおりよ。だからいまここにいるの」興味津々で身を乗り出したステファニーから、疲労の色は消えていた。

「まあ。彼女がやったのね？」

「彼女？」エマが訊き返した。

「あなたの顧客」

「そしてわたしの読書会のメンバー」ドッティが車椅子のロックをかけた。

遠慮を知らない老婦人の姿がよく見えるように、ステファニーは左側に体を傾けた。

「あなたが読書会をしていたなんて、知らなかったわ、ドッティ」

「新しいものなの。エマとわたしで始めたばかり」

ステファニーの緑色の目がエマに向けられた。「わたしも本が好きなのよ……朝のジムをやめて、読書会にしない？」言い終えてすぐに彼女はソファの隅にもたれこんだ。「そのためにあなたを雇うことに同意してくれたとしても、わたしには本を読むような時間はないわ」

「第一に、読書会なんてない」エマはドッティに向かって眉を吊りあげた。「いまはまだね。楽しいだろうし、キムにとっていいことだと思って、そのアイディアを出しただけ」

「あら」

エマはステファニーに視線を戻した。「〝あら〟なんて言う必要はないから。実際に計画を立てていたなら、あなたを誘っていたわよ」エマはあわてて言った。「念のため言っておくと、仕事じゃないから。ひと月に一度のお楽しみというだけよ」

「前からそういうことをしたいって思っていたのよ」ステファニーはため息をついた。「でもこの仕事、労働時間、母さんとの暮らし――」

エマは天井を見あげて目を閉じた。「この件についてこれ以上話をしている時間はないの。わたしは今日、余計なことをしゃべったせいですべてを台無しにしてしまったのよ」

「ようやく本題ね」ドッティが言った。

「読書会の話題を持ち出した人がなに言っているのよ」エマは急いで息を吸い、吐き出した。

「キムが困ったことになっているの。ものすごく。全部わたしのせいで」

「話してちょうだい、ディア」

エマはゆっくり目を開けると、頭の中で十まで数え、立ちあがって落ち着きなく歩き始めた。

「警察はゆうべ彼女の家に行っているから、もう知っているものだと思ったの。ノートを見たから、警察署に連れていったんだと思った。ノートに書かれていたことを質問するために」暖炉に行き着くと、エマはくるりときびすを返してソファに戻ってきた。「だから今日の午後、彼に電話をしたのよ。あれはただの言葉のあやだっていうことを理解してもらおうと思った。ロジャーがキムを裏切ったみたいに、だれかに裏切られたら言いたくなるようなことなんだって」

ソファまであと数歩というところで、エマは廊下のほうへと向きを変え、それから暖炉に戻った。

「でも、実際は彼は見ていなかったの。そんなものがあることすら知らなかった。彼がキムを連れていったのは、ロジャーの妻で、ロジャーがほかの女性の元に走って、離婚の手続きが進んでいて、キムがそれに納得していなかったから。それだけだった。だから、それが口にして言ったものであれ、書いたものであれ、彼女の言葉にはなんの意味もないんだって、わたしが彼に向かって延々としゃべり続けたのは、大失敗だった」エマは片手で顔を覆い、指のあいだからステファニーとドッティを見つめた。「彼はわたしが言ったことを理由にして、捜査令状を取ったの……そしてノートを見つけて……彼女が夫を殺す方法をいくつも書いていたことを知って……その場で逮捕したのよ！」

「彼っていうのは、リオーダン保安官補のことね？」ドッティが確認した。

エマは両手を体の脇におろし、握りしめた。「そうよ」

ステファニーが顔をしかめた。「彼女はノートに書いていたの？」

「そう」

「うわ」

「まさしく、〝うわ〟よ」エマは再び応接室をうろつき始めた。いらだちはすぐにジャックと自分自身に対する怒りに変わった。「わたしは彼の手助けをするつもりで連絡したのよ。キムを傷つけるためじゃなかった。でも、わたしがしたことはキムを傷つけただけだった！」

「わお」ステファニーがつぶやいた。「なんて言えばいいのかわからない」

エマはくるりと向きを変えた。

「大丈夫、わたしが言うから。わたしは正真正銘のばかよ。ぴかぴかのリボンをかけて、決定的な証拠を差し出したも同然だわ。そのせいで、キムはいま留置場にいて、保釈が可能かどうかの判断を待っている。こんなの、ばかげている」

「こんなふうに考えてみて、エマ。もしキムが犯人なら、彼女はいま、いるべきところにいるのよ。ジャックはあなたに感謝するでしょうね。そんなに悪いことじゃないとわたしは思うけれど」

「キムは犯人じゃない」

ステファニーは顔をしかめた。「彼女の事情はわかるけれど、ほかにも顧客はいるわよ、エマ」

「そういうことじゃないの」

「それじゃあ、キムが夫に捨てられたから？　確かにそれを考えれば、ロジャーが死んだことも少しは受け入れやすくなるわよね」

不意にどうしようもない疲労感に襲われて、エマは暖炉前の高くなったところに座りこんだ。

「ううん。そういうわけでもない」

「それじゃあ、どうして？」

「わからない。ただ、キムじゃないって思うだけ」

「あえて、反論してもいい？」ステファニーはひと息ついた。「彼女には会ったばかりよね？　ほんの数日前だった？」

エマは頭を抱えながら、首を振った。「昨日よ。昨日の午後」

「昨日」ステファニーが繰り返した。「バーで会ったばかりの男を素敵だと思った若い女性が、何人くらい死体になって側溝に捨てられていると思うの？」

ステファニーの言うとおりだとわかっていた。キム・フェルダーを全面的に信じるのは早計だと言われても仕方がないが、エマの気持ちはいささかも揺るがなかった。

「説明はできないわ、ステファニー。直感とでも、ばか正直とでも、好きなように呼んでくれていいけれど、キムに対して感じているものは、あなたに初めて会ったときとまったく同じなのよ」

「わたしにはそれで充分」ドッティは車椅子のブレーキをはずすと、部屋の隅にあるアルフレッドのロールトップ・デスクに近づき、一番上の引き出しを掻きまわして、一冊のノートを取り出した。「アルフレッドには人を見抜く直感があった。わたしには納得できないときもあったけれど。いい例があなたよ、ディア。あのとき彼がわたしの意見を受け入れていたら、いまあなたはここにいなかった」

「えーと……ありがとうって言うべき？」エマが顔をあげると、ステファニーはにやりと笑ってから咳払いをした。「心を打たれたわ」

ドッティはしつこいブヨを追い払うように、手を振ってエマの言葉をいなした。

「いま大事なのは、アルフレッドが教えてくれたとおり、直感に従うべきときがあるということ。ろくでなしに対する様々な復讐方法を書き留めることで怒りと向き合おうとしていた捨てられた妻じゃないのなら、いったいだれなのかしら？」

「だれって？　なんのこと？」

「だれがロジャーを殺したのかよ、エマ！」

エマは再び両手で頭を抱えて、うめいた。「そんなこと、知らないわよ、ドッティ。彼には一度も会ったことがないんだから。だれが殺したのかは、問題じゃないの。わたしのせいで入ることになった留置場からキムを出すことが目的なのよ」

「あなたが愚かにも彼氏にわざわざ提供してしまった証拠のことを考えれば、それは難しいでしょうね」

エマはまたさっと顔をあげたが、今度はノートを手にしている老婦人にまっすぐ視線を向けた。

「彼がもう知っていると思ったのよ！　それにジャック、じゃなかったリオーダン保安官補はわたしの彼氏じゃないから！」

「言い方の問題」ドッティとステファニーが声を揃えて言った。

「違うってば！　いままではそういう雰囲気があったかもしれない。今日までは」エマはさっと立ちあがった。「でもいまは違う。もうありえない！」

ステファニーも立ちあがり、三度目に部屋を歩きまわろうとするエマの足を止めた。

「エマったら、なに言ってるのよ。彼はただ自分の仕事をしているだけよ」

「わたしが彼を信用して打ち明けたことを、無実の女性を逮捕するために使ったのに？」

「彼は警察官なのよ、エマ！」ステファニーが反論した。「あなたは、殺人事件の重要な証拠かもしれないことを教えたの！　あなたの気持ちを傷つけるからといって、それを無視するなんてできるはずがないじゃない！」

「ステファニーの言うとおりよ、ディア。自分の仕事をしているのに責めることはできない」ドッティは車椅子をふたりに近づけると、閉じたノートをペンで叩きながら、遠近両用眼鏡の縁の上からエマを見つめた。「つまり、あなたがキムを留置場から救い出したいのなら、真犯人を見つける必要があるということ」

「それはジャックの仕事だわ」

「彼は、するべきことをしたと考えている」

「でも、そうじゃない」エマが言った。

「だれがそう思っているの？」

「わたし」

「本当にそう信じているのね、ディア？」

「ええ」

「それなら、本当の犯人を探し出して、あなたが正しいことを証明しなくてはいけないわ」

ドッティはエマを見つめたまま膝の上でノートを開き、カチリとペン先を出した。「文句のつけようのないくらいにね」

9

時間を確かめようとしてダッフルバッグから携帯電話を出したところで、エマは近づいてくる彼に気づいた。ジャック・リオーダンの動きには迷いがない。常に。それが、ハンサムな保安官補の数ある魅力のうちのひとつだと思っていた。けれど今日は、彼の足音が聞こえても、胸がざわざわすることはなかった。乱れた髪を耳にかけたくなることはなかった。背筋を伸ばしたり、満面の笑みで挨拶したくなることはなかった。

キムを逮捕するのがジャックの仕事だという昨日の夜のステファニーの言葉はもっともだったが、それでもまだ怒りがあった。さらに言うなら、傷ついていた。

「やあ、エマ」

エマは顔をあげることなく、携帯電話を見つめたまま、待ち受け画面からすでに確認済みのメールの受信箱を表示させた。「ハイ」

「ステファニーはまたサボり？」

「いいえ。じきに来る」

「もう五時四十五分だ」ジャックがさらに近づいてきて、スニーカーの先端がエマの視界に入った。「来るつもりなら、五時半には来ているはずだろう?」

「来るわ」エマは繰り返した。その声にいささかの温かみもないことは、彼女自身の耳にも明らかだった。

「どうかした?　きみはなんだか……変だ」

「なにも。わたしは元気」

スニーカーが視界から消えたが、彼がまだそこにいることはわかっていた。次になにを言えばいいのかを考えているのだろう。つかの間の重苦しい沈黙のあと、彼は咳払いをして言った。

「この週末のことだが……ちょっとほかのことに気を取られてしまったけれど、スカウトも一緒に連れていけるようにピクニックから始めたらどうだろうと思っていたんだ。そのあとで映画を見るというのは?　きみがよければだが」

二十四時間前であれば、彼がデートについて考えていただけでなく、彼女の犬にまで気を配ってくれたことを知って、胸がいっぱいになっただろう。けれどいまは二十四時間前ではないし、〝気を配る〟という言葉が、彼女の返事を待っている男性にふさわしいとは思えなかった。

「エマ?」

エマは奥歯を噛みしめながら、実際は見ていなかった画面から視線をあげ、近くにある街灯の明かりがなくても海の色だとわかっている瞳を見つめた。「週末は事件の捜査をしなくていいの？」

「少しはね。でも、犯人は捕まえたから」

「犯人……」

「きみのおかげだよ」ジャックはジムバッグのストラップを肩にかけ直し、建物にもたれた。

「彼女が書いていたことを教えてくれたんで、助かった」

エマは携帯電話をおろした。「わたしがあなたに話したのは、あなたがすでに知っていると思ったからだし、あれがどういうものなのかをあなたにわかってもらいたかったからよ。まさかあなたがあれを……」エマは息を吐き、首を振った。「あなたにだけ話したつもりだった」

「ぼくにだけ——ちょっと待ってくれ」ジャックは煉瓦の壁から背中を離すと、エマに向き直った。「きみはぼくに腹を立てているの？」

早朝の空気の中にエマの笑い声が響いた。「そう思う？」

「どうして？」

「どうして？」エマは繰り返した。「どうして？　本気で訊いている？　キムはそれでなくても、辛い思いをしていた。いい、わたしにできないのと同じくらい、彼女にもできないことをしたって責めるのは、二度と立ちあがれないくらいに叩きのめすのと同じことよ！」

エマを見つめるジャックの顔には、ショックと彼女にはよく理解できない表情が浮かんでいる。「彼女は夫を殺したがっていたんだぞ、エマ。何度も書いていた。八つもの違う箇所に。なんだってそれをきみが理解できないのか、ぼくにはわからないよ。どうしてぼくに腹を立てるのかも」

エマはしばし彼の言葉を考えてみたが、そのとおりであることに思い至ると頬が熱くなり、それでなくても速くなっていた鼓動がさらに速度を増した。

「わかった。そうね、理解はしたわ。彼女が書いたものがどんなふうに見えるのかもわかる。でも、そういうふうに見えるものが、実際にそのとおりであるとは限らない。だからわたしはあなたに連絡を取ったのよ。あなたがそのことを見逃してしまうといけないから。ただあのときあなたは、彼女が書いたもののことを知らなかった。わたしが教えた形になった」

ジャックは濃い金色の髪をかきあげながら、歩道の端まで歩いていき、そして戻ってきた。

「そうだ、ぼくは知らなかった。あのときは。だがきみは正しいことをしたんだ、エマ」

「彼女を逮捕するのに必要な理由を教えたのが、正しいことなの？」

「当たり前じゃないか！　人が死んでいるんだ！　自分の家の居間で。だれかがその責任を取らなきゃいけない。きみにもわかっているはずだ」

彼が使った言葉とそこに含まれたいらだちに、エマの怒りは不安と後悔と寝不足の夜から来る疲労と呼ぶのにふさわしいものに変わっていった。

「正義がくだされなきゃいけないのはわかっている。過ちは正されるべきだって、わたしは信じている。本当よ。でもあなたがしていることは違う。それどころか、キムを逮捕することで新たな過ちを作り出しているのよ」

彼がなにも言わないので、エマはさらに言葉を継いだ。手錠をかけられているキムの顔の記憶が、それをあと押しした。

「わたしはなにもあなたの仕事をしようとしているわけじゃないの、ジャック。ただ――」

「面白いね。そうしようとしているみたいに聞こえる……」

「でも違うの。わたしは――」エマは言葉を切り、手を顔に当ててうめいた。「ごめんなさい。どう説明すればいいのかわからない。どう言えば、わかってもらえるのか」

彼の笑い声は短かった。ぎこちない。怒っている？

「いや、よくわかった。これ以上ないほどね」

「ジャック、わたし――」

「ここで時間を無駄にしすぎたよ、エマ。いますぐ中に入らないと、ほんの二十分ほどしかワークアウトができない。だから……その……じゃあ、また」

エマは週末のデートについて尋ねようとして口を開いたが、彼の最後の言葉が頭の中に響き、その口を閉じた。肩をそびやかし、涙をこぼすまいとしてまばたきをしながら、ステファニーが来るはずの方向に視線を向けた。

「そうね、わかった。じゃあ、また」

二度目の呼び出し音で応じたステファニーの声は、いかにも眠たそうだった。

「もしもし？」

「こっちに向かっているわけじゃなさそうね」エマは煉瓦の壁にもたれかかった。

「エマ？」

「そうよ」

ステファニーの声から眠気が消え、警戒するような口調に変わった。

「どうかした？　なにかあったの？」

「なにも」

「わたしは質問をふたつしたのよ」

「両方に対する答えよ」

「どこにいるの？」ステファニーはあくびしながら訊いた。

「ジムの外。あなたを待っている」

「わたしを――え！　わお！　六時じゃない！」

エマはうなずいた。

「まだベッドの中なのよ」

エマは目を閉じ、背中に当たる硬い煉瓦の壁に頭をもたせかけた。

「そうじゃないかと思っていた」

再度のあくびのあとに小さく伸びをする音が続き、その後、ステファニーが行動を起こしたことを教えるベッドのスプリングがきしむ音や、絨毯を敷いていない床にスリッパがこすれるらしい音や、ほとんど聞き取れないつぶやきが聞こえてきた。

「ごめんね、エマ。ゆうべドッティの家から帰ってきて、カルテを見終わったときには、午前二時をまわっていたの。アラームに気づかずに寝過ごしたか、そもそもアラームをセットしていなかったのかのどちらかね。でも、今週の分はちゃんと払うから。心配しないで」

「一週間に三回はジムに来ることになっているのに、今週あなたは一回来ただけよ」エマは言った。「こんなふうにお金を無駄にするべきじゃないわ。ばかげている」

「行きたいのよ、エマ。本当だって」

「ジムに来たいの？　冗談ばっかり！　そんなの嘘だって、あなたもわたしもわかっているじゃない。トレッドミルが大嫌いなくせに」

「心の底からね」ステファニーは認めた。「でもわたしと一緒にジムに行ってもらうためにあなたを雇っている理由は、前と変わっていない。わたしには運動が必要だし、ストレスを解消しなきゃいけないし、世界に出ていかなきゃいけないし、口を大きく開けてとか、わたしの指の動きを追ってって言う相手以外の人との関わりが必要なの」

「でも、やっていないわよね」

「やる。来週は三日全部。約束する」

「前の夜に遅くまでカルテを見ていたとしても？」

「五時半に角を曲がったときには、むっつりしているでしょうけれどね」

エマは声に出して笑った。「つまり、いままでどおりということ？」

「そのとおり。ただし、今度こそわたしはそこにいるから。いない理由を電話で言い訳するんじゃなくてね」電話の向こうで、ドアが開いて閉じる音がした。「歯を磨くあいだ、スピーカーにしてもいい？」

「気にしないで。仕事に行く準備があるでしょう？」

「大丈夫よ、エマ。わたしは意外とマルチタスクが得意なんだから。それで――」ステファニーの声が小さくなったかと思うと、再び大きくなり、別の音――水を流す音が混じった。

「機嫌が悪いのは、わたしのせい？　それともほかに理由がある？」

エマは壁から体を離し、一瞬迷ってから、駐車場へと歩きだした。「別に悪くはないわよ」

「悪い……わ……よ」

「なに？」

「ごめ……顔をあら……」こする音のあとに、なにかを吐き出す音。それからガラガラというがいに続いて、再び吐き出す音がした。「悪いわよ。間違いないわ。いつものあなたとは違う」

「わたしは疲れているみたい」

「あなたはいつだって元気よ」

エマは角を曲がりながら肩をすくめた。

「あなたを待っているあいだに、ジャックと会ったわ」

二度目のうがいの音は、始まったときと同じくらい唐突に止まった。

「あらま。あまりいい話じゃなさそう」

「そうなの。ジャックを怒らせたみたい」

「どうして？」

「キムを逮捕したのは間違いだって言ったから」

水が止まり、便器の蓋がタンクに当たる音がした。

「そうね、男の人って間違っているって言われるのを嫌がるから」ステファニーが言った。

「でも週末のデートで仲直りできるわよ」

「デートってなんのこと？」車までやってきたエマは、運転席のドアに背を預けてもたれた。

「嘘でしょう？」

エマは唾を飲んだ。せわしなくまばたきをした。もう一度唾を飲んだ。「本当よ」

なんであるかは考えまいと決めた音に続いて、水を流す特徴的な音がした。

「わお、残念だわ、エマ」

「わたしもよ」

再びシンクまわりの物音がしたあとドアが開き、ステファニーの声が近くなった。

「それはそれとして、新たな事件が楽しみじゃないって言ったら、嘘になるわ」

「新たな事件……」エマはゆっくりと車のほうに向き直り、ダッフルバッグからキーリングを取り出し、ドアの鍵穴にキーを差しこんだ。「ドッティみたいなことを言ってるって、わかっている？」

「でしょうね。でも、わたしたちで調べるんでしょう？」

エマは助手席にダッフルバッグを放り込むと、運転席に座った。

「わたしは、ロジャーの恋人について調べてみるつもり。でも――」

「ドッティはどうにかして、あなたとキムを会わせようとするでしょうね……」

「そうね、でも――」

「それに警察の調書も手に入れようとする」

「でも――」

「エマ、現実を受け入れないと。わたしたちは事件の捜査をするの」

視界の隅でなにかが動くのが見えてそちらに目を向けると、汗に濡れたジャックがジムの裏口から駐車場に入ってくるところだった。いつもの確たる足取りで階段をおり、実用的な彼のセダンのほうへと歩いていくが、なにかが違うように見えた。「ジャックはわたしが彼の仕事の能力を疑っているって思っているの」

「だってそうだもの」

エマはステファニーの言葉にたじろいだ。「そんなことない！　わたしはただ、彼が選んだ容疑者を疑問に思っただけよ」

「それって、仕事の能力を疑問に思ったのと同じことよ」ベッドのコイルが軋む音が返ってきて、エマはステファニーがベッドの縁に腰かけたのだろうと考えた。「少なくとも、彼はそう受け取った」

「つまり、こういうこと？　キムの件に関してわたしが自分の気持ちと直感に従えば、ジャックとわたしは始まる前から終わってしまうの？」

「それはなんとも言えない。でも本当にあなたの言うとおりキムが無実で、わたしたちがそれを証明できれば、事態は好転するかも」

エマは、ジャックが車に乗りこみ、エンジンをかけ、駐車スペースからそろそろとバックで出ていくのを眺めた。「しなかったら？」

「彼が、正しいことをするよりも正しくあることを選ぶタイプの男だってわかる」

エマはステファニーの言葉を考えてみた。自分が人として大事にしているすべてのものと照らし合わせ、唯一のふさわしい答えを出した。「あなたの言うとおりね」

「そういうこと」

「それなら、わたしは始めたほうがいいわね？」

「なにを……」

「事件の捜査よ」

エマはステファニーの笑みが聞こえた気がした。

「ドッティはさぞあなたを誇らしく思うでしょうね、エマ」

「あなたの真似に聞こえそうだけれど、そういうこと」

10

いまのキムを表現する言葉をひとつ選ぶとすれば、〝打ちひしがれた〟がふさわしいだろう。目の下にできた黒い隈も、落ち着きなくもみしだいている手も、うなだれた姿勢も、すべてがそう語っていた。

けれど、それをどうにかするのは簡単なことではない。十分近くもこうしているというのに、キムが口にしたことといえば、子供たちを心配する言葉だけだったからなおさらだ。父の死を悲しむだけでなく、母親がその死の責任を問われているという事実を子供たちは受け止めなくてはならないのだと、彼女は繰り返した。

武器を帯びた保安官補に見張られながら、エマは座り心地がいいとは言えない金属製の椅子の上で身を乗り出し、慌てて買ったノートの空白のページに目をやって、訊いてくるようにとドッティから言われたいくつかの質問を思い出そうとした。

「ロジャーが死んだことを息子さんから聞かされたのよね？」エマはキムの答えを書き留めようとペンをかまえた。

キムは目を閉じた。うなずいた。

「水曜日に町の公園でわたしと会ったあと、あなたはなにをしていたの？」

「食料品店に行った。ガソリンを入れたと思う。娘に電話をかけて、一緒にコーヒーをどうって訊いた」キムは目を閉じたまま、ゆっくりと息を吐いた。「でも断られた」

「ほかには？」

「なにも。家に帰って、なにか食べて、例のリストにいくつか書き加えて、それからソファで眠った」

「あなたと結婚していたあいだ、ロジャーに敵はいた？」エマはペンを止めた。「彼を傷つけたいと思っていたような人は？」

キムは両手を離してシャツの両脇を撫でおろしたが、またすぐに手をもみしだき始めた。

「いいえ。ロジャーはわたしや、子供たちや、仕事に夢中だった。バーで時間を過ごすようなことはなかった。彼に秘密はなかった」

笑っているようにも、泣いているようにも聞こえる声がキムの唇から漏れた。「秘密を持つまでは。ブリトニーとのことを」

「そうね。ブリトニー」エマはその名前を書き記した。「彼女の苗字は？」

「アンダーソン」

「彼女はご主人の秘書だったのよね？」キムがうなずいたのを見て、エマはそれを書き加えた。「どれくらいのあいだ？」

キムは目を閉じると息を吸い、それから目を開けてエマの頭のすぐ上の一点を見つめた。

の？」

「四年」エマは繰り返しながら、ノートに書いた。「ロジャーはどういう仕事をしていた

「四年ちょっと」

「広告会社を経営していた」

「従業員はたくさん？」

「いいえ。ロジャーとブリトニーとリースだけ――」キムの顔が歪んだ。「ああ、リース

……だれかロジャーのことを彼女に伝えたかしら。ひどくショックを受けるでしょうね」

「リース？」

「リース・ニューマン。あまり環境のよくない家で育った可愛らしい娘さんなの。意志の強さと気概だけで大学を卒業して、三年前にわたしたちのところで働き始めたのよ」

「わたしたちのところ？」エマは訊き返した。「あなたも仕事に関わっていたの？」

キムは手を振った。「〝関わっている〟というのが、会社の名前を考えたり、立ちあげの手助けをしたり、ロジャーが仕事に集中できるように子供たちの面倒を見たっていうことなら、答えはイエスよ。でも実際のところ、〝わたしたち〟って言ってしまうのは、単なる習慣。だって、もうずっと長いあいだ、わたしは会社もわたしたちの一部だと思っていたから。家や子供たちや人生と同じように」

エマはいくつかメモを取り、疑問に思ったことを余白に書き留めた。

「仕事の分担はどうなっていたの？」

「ロジャーが代表者だった。彼が顧客を見つけて、キャンペーンを取り仕切っていた。リースは広報の学位を持っていたから、実際に顧客と仕事をしていたわ。とてもエネルギッシュな人なのよ。ブリトニーは――」キムはエマを見つめ、それからテーブルに視線を落とした。「秘書は絶対に必要だってわたしが言ったの。そうすれば彼が、ウェブサイトを更新したり、ソーシャル・メディアに発信したり、面会のスケジュールを立てたりして、時間を無駄にしなくてすむから」

「彼女を雇ったのは、あなたの考えだったの？」

キムはほんのかすかにうなずいただけだったので、その表情にじっと目を凝らしていなければ見過ごしてしまっていただろう。

「まあ」

「それだけじゃないの……」キムはもう一度息を吸って止め、ドアの脇に立っていた保安官補がこちらに視線を向けるほどの強さで吐いた。「大勢の応募者の中から彼女の履歴書を選び出して、雇うべきだってロジャーに言ったのもわたし」

どう反応すればいいのかわからなかったので、エマは黙って待った。

「初めのうちは、いい決断だったように思えた。ブリトニーは充分に有能だったから、ロジャーの負担は減って、だいたいいつも夕食の時間には家に帰ってこられるようになったの。すごく――」キムはまたシャツの脇で両手を拭った。「うれしかった。ロジャーはあれもこれもしなくてすむようになってストレスが減ったし、ケイレブは家を出ていてナタリーも遠くの学校に行っていたから、わたしは料理を振る舞う相手ができた。それに、ロジャーは余裕ができて、わたしが仕事の提案をしても耳を傾けてくれるようになった」

エマは埋まり始めたページから顔をあげた。「どんな提案？」

「どんな顧客に目を向けるべきかとか、慈善事業に寄付をしたり地元の高校で講演をしたりすることで評判があがるとか、そういったこと。なにかが大きく変わるようなものじゃないけれど、ちゃんとやれば仕事にも彼のイメージにもプラスの影響がある。わたしたちのどちらも予想もしていないような形で結果が出たこともあった」

エマはしばしキムの言葉を考えていたが、やがて気まずい話題に話を戻した。

「ブリトニーはいつから働いていたんだった？」

「四年とちょっと前」

「ロジャーとはそれからずっと関係があったと思う？」エマはブリトニーがロジャーの会社で働いていた期間を書き留めた。

キムは再び音を立てて息を吸い、さらに大きな音を立てて吐いた。

「いいえ。働き始めたとき、ブリトニーは結婚したばかりだったもの」

エマの手が止まった。「ブリトニーは結婚していたの？」「ええ」

キムはすでに乱れている髪を両手でかきあげた。

「彼女の夫のことをなにか知っている？」

「彼は……いい人だった」キムは両手をテーブルに戻し、そこにいくつも残されている傷をなぞった。「だけどそれだけ。ロジャーとわたしは、彼女にはもっとふさわしい人がいるはずだって思っていたから」

キムが笑い声をあげたので、保安官補がまたこちらを見たが、気づいていたとしても彼女はそんな素振りは見せず、椅子の背もたれに体を預けてため息をついただけだった。

「そしてそれから二年か三年たつあいだに、彼女はたしかにいい人を見つけたのよ。わたしのいい人を」

「彼があなたを失ったのよ、キム」

しばらくキムは無言だった。なんの表情も浮かんでいない顔を見て、聞こえなかったのだろうかとエマは思い、もう一度言おうかと考えたところで、キムの頬を一粒の涙が伝った。

「そう考えるべきなんだってわかっている。でもできなかった。ロジャーはわたしが愛した初めての、そしてただひとりの人だったの。もちろん高校生の頃はデートもしたけれど、あれはぱっと燃えあがって、始まったときと同じくらいあっという間に消えてしまうような関係だった。でもロジャーとわたしは？　違っていた……すべてを包みこむような……ずっと続くものを作って……家族を一緒に作りあげて……わたしたちのどちらも知らなかった人生……。わたしの世界はロジャーと子供たちを中心に回っていたの。それなのに、わたしたちを捨てようとする理由を訊いたとき、ブリトニーは彼を一番に考えてくれたからだってロジャーが言ったのよ。子供が生まれてからわたしはそんな素振りを見せなくなったけれど、ブリトニーは愛情に満ちたまなざしを向けてくれるって。

それは違うってわたしは言った。あなたが部屋に入ってくると、いまも心臓がどきどきするし、毎朝着替えをするときには、あなたはどんな服が好きだろうって考えるって。そうしたら、もうわたしにはそういうふうには感じないっていうのが返ってきた答えだった」

エマは立ちあがって正方形のテーブルの向こう側に回り、キムを抱きしめたくてたまらなかったけれど、それはできなかった。保安官事務所にいるドッティの知り合いのおかげでキムとの面会が可能になったものの、一切の体の接触は禁止されている。それにいまキムが必要としているのは、ハグではなくエマの助けだ。

「もう一度言うわ。失ったのは彼のほうよ」

さっきよりも大きなふた粒めの涙が反対側の頰を伝い、震える手の中に消えていった。

「彼を深く愛していたのよ、エマ。とても信じられない。彼が……」キムはこみあげる涙をこらえた。「いなくなったなんて」

エマはキムがひとしきり声もなく泣くのを見つめていたが、やがて落ち着いたころ合いを見計らって、無神経とも思われかねない質問を慎重に切り出した。

「ふたりは結婚の話をしていたと思う？」

「わからない。訊かなかったから。そんな話は聞きたくなかった。わたしは、彼の頭がどうかしただけだっていうふりをしたかったの」キムは残った涙を拭うと、椅子をきしらせながら少しだけ身を乗り出した。「そういうわけだったから、わたしはケイレブかナタリーと過ごすとき以外は、家に閉じこもった。あの子たちと会ったときですら、ロジャーの話はしなかったわ。それでなくても厄介な状況にあの子たちを巻き込みたくないからって自分に言い聞かせていたけれど、本当は、彼女と一緒にいるロジャーがどれほど幸せかなんていう話を聞きたくなかっただけなんだと思う」

「心が痛むわ、キム」エマの本心だった。気の毒でたまらなかった。陳腐で哀れな中年男のロジャーに腹も立っていた。

エマは再びペンを構え、キムが息を整えるのを待った。

「ブリトニーの夫はどうしたのかしら？」

「知らないわ」

「怒ったのか、悲しんだのかも？」

「訊かなかったから」キムは涙に潤んだままの目を天井に向けた。「自分の痛みと、そのあとは怒りで頭がいっぱいで、捨てられたのがわたしだけじゃないっていう事実を考える余裕なんてなかった」

「当然よ」

キムは再びエマを見た。「そうかしら？　本当に？　だっていまになって考えてみると、とても身勝手に聞こえる。彼は話し相手が必要だったかもしれない。彼も同じ苦しみを味わっていたんだから、それを理解してあげられる人間が」

「あなたに嫌な思いをさせたくて訊いたわけじゃないの。ただあなたが知っていたのかどうかを――」

「彼に食事を持っていってあげることができた。クッキーを焼いたり、あなたを紹介してあげることもできた。そうすれば、あなたがわたしを助けてくれているみたいに、彼を助けることができたのに」

エマは苦々しい顔になった。「そうだったらよかったんだけれど」

「どういうこと？」

「そもそも捜索令状が出されたのはわたしのせいなのよ、キム。警察があなたのノートについて知っているなんてわたしが思いこんでいなければ、あなたがいまここにいることはなかった」

キムは身を乗り出し、エマの目をじっと見つめた。「あなたはわたしを助けようとしてくれたの」

「たいした助けよね」

「冗談でしょう？　ここに来てくれているじゃないの。あなたは天の恵みだわ」

エマはノートの上にペンを置くと、キムを見つめ返した。「だから言うわけじゃないけれど、わたしがここにいるのはあなたが犯人じゃないって知っているからよ」

「そう思っているのはあなただけね」

「それは違う」

キムは悲しそうに微笑んだ。「それじゃあ、どうしてわたしはいまここにいるの？」

「残念だけれど、それは事実だわ」エマはノートを叩いた。「でもだからこそ、あなたの代わりにここにいるべき人間を見つけるために、わたしはできることをなんだってするつもりよ」

「わたしのために時間を無駄にする必要なんてない！」

キムが言い終えるより早く、エマは首を振っていた。「あなたがここにいること。ここにいる理由。それこそが時間の無駄なのよ、キム」

「なにを――なにを言えばいいのかわからない」キムはまたこみあげてきた涙を拭った。

「わたしもなにを訊けばいいのかわからないから、わたしたちってある意味、似たもの同士なのかも」エマはノートに目を向け、書いたものを二度読み直してから、再びキムを見た。

「質問。あなたとロジャーはどうしてブリトニーにはもっとふさわしい人がいると思ったの？夫にはなにか問題があった？」

「トレヴァーに問題？　いいえ、そういうわけじゃない。ただブリトニーに比べると、平凡すぎただけ。彼女はとても社交的で、面白くて、興味深くて……」

エマはその続きを待ったが、キムはただ唇を震わせながら、もう一度涙を拭っただけだった。

「ごめんなさい、キム。いま以上にあなたに辛い思いをさせたかったわけじゃないの。ただ、どこから始めればいいのか、糸口をつかみたかったのよ」

ひとつきりしかないドアが開く音がしたかと思うと、制服姿の保安官補が脇に移動し、長身で見覚えのある別の保安官補が入ってきた。ジャックは同僚に向かってうなずいたが、部屋を見回した先にまったく予期していなかった顔を見つけて、笑みが途中で凍りついた。

「エマ？」

エマは咄嗟に、ペンとノートを自分のほうに引き寄せた。「ハイ、ジャック」

「いったい――」ジャックの青い目がキムに向けられ、それからエマに戻ってきた。「ここでなにをしているんだ？」

「友人と話をしているの」

「友人……」彼はさっと同僚に視線を向けた。「どういうことだ、チャック？　会えるのは弁護士だけだということはわかっているだろう？　判事との面談が終わるまでは」

保安官補は肩をすくめた。「命令に従っているだけさ、ジャック」

「命令？　だれの命令だ？」

「保安官代理だよ。ロンダ経由で。容疑者とミス・ウェストレイクが監視つきで三十分の面会することを許可したと、彼女が言っていた」

「ロンダか」ジャックはつぶやきながら、信じられないといったまなざしで再びエマを見つめた。

「そうだ。残りは――」チャック保安官代理は壁の時計を見あげた。「五分もない。そのあとは、〈ジュゼッペ〉に電話をしてランチを頼もうと思っている。あんたもいるか？」

「エマ？」

エマはキムに意識を戻した。「なに？」

「本当にわたしをここから出せると思っている?」

ドアのほうを見ずとも、キムの質問が彼女以外の人間の耳にも届いていることはわかっていた。その後、部屋を支配した沈黙がすべてを物語っていたが、かまわなかった。エマが自分の言葉どおりキムの無実を信じているのなら、だれが聞いていようといまいと、答えはひとつだ。

「そう思っているし、そうするつもりよ」エマはノートを閉じて、立ちあがった。「約束する」

11

保安官事務所の裏にある駐車スペースからバックで車を出したところで呼び出し音が鳴り、エマはダッシュボードの画面に表示されたドッティの名前の下の受信ボタンを押した。

「ハイ、ドッティ」

「どうだった?」ドッティが尋ねた。「なにかわかった?」

エマはギアをドライブに入れて、駐車場の出口に向かった。

「あなたって超能力者なの?　たったいま車に戻ったところよ」

「そんな気がしたのよ、ディア」

ドッティがとぼけようとしているのはわかっていたのでエマはにやりと笑い、バックミラーで煉瓦造りの建物を最後にもう一度ちらりと見てから、左に曲がってメイン・ストリートに出た。

「わたしが建物を出た直後に、ロンダから電話があったっていうことね」

ドッティが憤慨したように鼻を鳴らすのが聞こえた。「そうかもしれないわね」

「イエスっていうことね」

「キムに会えたんでしょう?」

エマは止まれの標識で車を停止させ、画面を地図表示に戻して右折した。

「会えた。ありがとう。あなたがどうやったのかは知らないほうがよさそうだけれど、でも手をまわしてくれてよかった。キムには必要なことだったから」

「それで、なにがわかったの?」

「なにかわかったのかどうか、自信がないわ、ドッティ」

「わたしが言ったとおり、メモは取った?」

エマは助手席に置かれたノートとペンに目を向け、それから画面に表示された予測到着時刻を見た。「ええ」

「それを持ってきてね。引っ掻いたみたいなあなたの字を解読するのは、以前から得意だから」

「自分の字くらい読めるわよ、ドッティ」

「でも、なにかわかったのかどうか、あなたは自信がないんでしょう? 最後の数分以外は、だれにも邪魔されずに三十分彼女と過ごしたっていうのに」

驚きのあまり、アクセルを踏んでいた足が離れた。いらだちと共に再び踏み直した。

「なんですって? あなたの情報源は、わたしが気づかなかった字幕付きのテレビかなにかで、ずっと見張っていたの?」

「ばか言わないの、ディア。ポジショニングって言うのよ。今年の初めにわたしが用意した受付用の新しい机についているの」

運転中だったので、エマは目を閉じるのはやめて、代わりにため息をついた。

「あなたは今日、少しばかり調子に乗りすぎたみたいよ、ドッティ」

「そうなの？」

「弁護士以外は、だれもキムと会ってはいけなかったの」

「つまり？」

「手順に反しているっていうことよ」

「かの有名な保安官代理ベン・ワトキンスは、手順を重視しないの。自分の良識に従うのよ」

エマは全方向一旦停止の標識で車を止め、もう一度地図を見てから右折した。

「そしてもちろん、あなたが長年、事務所にしてきた多大な寄付に」

「彼は自分の良識に従ったの」ドッティは意に介さなかった。

エマは短く笑い、さっきの台詞を繰り返した。「さっきも言ったけれど、あなたは少し調子に乗りすぎたかも。こうしているいまも、ロンダは叱られているんじゃないかしら」

「あなたの彼氏に？」

「ジャックはわたしの彼氏じゃないから、ドッティ」

「ふーん」

次の停止の標識で、エマは目を閉じた。そしてため息。「違うってば」

「あら、そうは思えないけれど。どう見ても明らかよね」

「わかったわよ。そうかもしれない。でもいまは、そんなことを考えている暇はないの」クラクションの音に目を開けたエマは画面をちらりと見てから、目的の通りに曲がった。「キムのためにここを訪ねたら、スカウトがわたしに捨てられたと思う前に急いで家に帰るわ」

「キムのために訪ねる？」ドッティが繰り返した。「どこに？　どうして？　なにをするの？」

「彼女は――」

「待って！　マイクをつけていない！」

エマは目的地の前で路肩に車を止めると、エンジンを切った。「なんですって？」

「隠しマイクをつけていないじゃないの！」

「冗談でしょう？」

「いたって真面目よ。このあいだの事件のあと、一式注文したんだから」

エマは、冗談だとドッティが言いだすのを待ったが、その言葉が聞こえてくることはなかったので、ヘッドレストに頭をもたせかけ、天井を見あげながら心の中で〝どうしてわたしがこんな目に？〟とつぶやいた。

「ディア？　まだそこにいるの？」

「いないって言ってもいい？」

「だめ」

「わかった。隠しマイクはいらないから、ドッティ。いまは。これからも。わたしはエマ・ウェストレイク。人類史上、もっとも賢くてもっとも可愛い犬と一緒に暮らしている。新しいビジネスを軌道に乗せようとしている。あなたはドッティ・アドラー。八十代半ば。かなり押しが強い。わたしたちは警察官じゃない。私立探偵じゃない」

「素人探偵が正しい表現ね。犯罪者がわたしたちの町で暴れまわらないようにするのが、わたしたちの仕事」

「あなたは少し頭を冷やさなきゃいけないみたいね。コージーミステリに対するこだわりが、ちょっと度を越しているわ」エマは言葉を切り、それ以上言ったらどうなるかを考えたが、結局はその続きを口にした。「あれはフィクションなのよ」

返ってきた沈黙は耳に痛いほどだった。

無言の時間があまりに長く続いたので、言いたいことを言った満足感は、手をもみしだくような、心臓がバクバクするような、顔が熱くなるような罪悪感にかき消された。

「隠しマイクは素晴らしいアイディアだわ、ドッティ」ついにエマは、尻尾を巻いて逃げ出す代わりにそう言った。「明日顔を出すから、そのときに見せてもらえる？」

「最後に貸したコージーミステリを持ってきてちょうだいね」

エマは背筋を伸ばした。「まだ読み終えていないのよ！」

「どうでもいい」

「ドッティ、お願い。まだ三章しか読んでいないんだって！」

「三章読めば充分」

「でも──」

「いまはこれ以上言うことはないから。背表紙が折れていないといいわね」

エマは最後に読書をしたときの記憶を探り、大きく本を広げたときに聞こえた音が本そのものからのものだったのか、それともそのときに彼女が噛んでいたなにかだったのかを思い出そうとした。ジーンズの縫い目で両手を拭い、からみつく不安に負けまいとできるかぎり明るい口調で言った。「折れて──ないから。大丈夫」

「よかった」

「ごめんなさい、ドッティ。今日は本当に長い一日だったけれど、昨日はそれ以上に長かったのよ」

「わたしの本を持って午前九時にいらっしゃい。時間厳守よ。それから、トップスはゆったりしたものにすること」

エマは画面の名前を見ながら顔をしかめた。「ゆったりしたトップス?」

ドッティが怒りのこもった目でにらみつけながら、いらだちのため息をつくのが目に見えるようだった。「マイクを隠すためよ、エマ」

前庭の中央に立てられた趣味のいい白い看板とインターネットに記されているものと同じ住所表示がなければ、〈フェルダー広告〉が会社であるとはわからなかっただろう。実際のところ、そのふたつがなければ、目の前にある家はよく言われるアメリカンドリームそのものだ。

白い杭柵で囲まれたふたつの側庭……

玄関の階段につながる自然石の通路の縁には見事に手入れされた花……

コマドリの卵のような青色の鎧戸がある白い家……

広々としたフロントポーチに置かれた、午後の微風《そよかぜ》を受けてごくかすかに揺れているクッションつきのブランコ……

けれどエマは、その風景が意図しているものに心を奪われることはなかった。逆に冷静になっていく。経営者の陰の右腕として、キムがここを作りあげる手助けをしたのは明らかだった。目の前の家のあらゆる箇所から伝わってくる温かな雰囲気は、ここの経営者のためにキムが作りあげた自宅が醸し出していたものとそっくり同じだったからだ。

「あなたはばかよ、ロジャー・フェルダー」エマは花に縁取られた通路を進みながらつぶやいた。「本当のばか」

ポーチの階段の下でエマは頭からドッティを振り払うように息を吸い、ここに来た理由を思い出しながら、階段をあがった。エマがキムの夫のことをどう思っていようと、ドアの向こう側にいる女性と彼には別の関わりがある。仕事上のやりとりがあり、目的や成功を共有していたのだ。彼の死を知らされるのは辛いことだろうから、ひとりの人間として慎重に接する必要があった。

窓の向こう側でなにかが動くのが見え、エマはドアが開いてだれかが現れるだろうと思いながらポーチに足をのせたが、予想どおりにはならなかった。困惑しながら窓に視線を戻すと、開いたカーテンの向こうに机と額入りの写真、そして車を止めたときにはついていたような気がするランプが見えた。けれど、想像力が過敏になっているだけかもしれない。彼女のいまの気分や睡眠が足りないことやドアノブにかかっている〝どうぞお入りください〟の看板を考えれば、ささいなことで大騒ぎをしてしまうのは決してありえないことではなかった。

エマは念のため看板をもう一度読み、中に入った。ドアを開くと、短いけれど特徴的なベルの音がして、エマはいざなわれるように座り心地のよさそうな椅子や、大量の雑誌や、フレーバー・ウォーターらしきものが入ったピッチャーとカップの山が置かれた、明らかに待合室として使われている場所に足を踏み入れた。窓のそばには外から見えた机がある。額入りの写真とコンピューターのモニターのあいだには口紅の染みが残るコーヒーマグと、ライムグリーンの付箋紙の束と四角いペンホルダーが並んで置かれていた。壁にかけられた金縁の時計が刻む、静かだけれど確かな音だけが静まりかえった部屋に響いていた。

「こんにちは」エマはドアが三つ——どれも閉まっていた——並ぶ左側の廊下に向かって声をかけた。「だれかいますか？」

突然椅子がきしむ音がしたかと思うと、絨毯を敷いていない床を歩くローヒールの音が聞こえ、数秒後、部屋を日光が満たした。

「あら、ごめんなさい。ほんの十秒ほど前まで、そっちにいたのに」

二十代後半から三十代初めの女性が廊下に出てきて、自分のオフィスのドアをきっちりと閉めると、足早にエマに近づいて手を差し出した。

「〈フェルダー広告〉にようこそ。リース・ニューマンです」

「こんにちは、リース。わたしはエマ——エマ・ウェストレイク」

リースの手は暖かくて力強く、穏やかな笑顔はプロのものだった。おしゃれな淡いピンクのワンピースにシンプルな銀のペンダントをつけた彼女はエマの手を離すと、待合室にある座り心地のいい二脚の椅子のうち手前のものを彼女に勧め、自分は奥の椅子に腰をおろして当然のように仕事に取りかかった。「今日はどういったご用件でしょう、エマ?」

「キムに頼まれて来たんです」

リースの笑みが揺らいで、消えた。「彼女は——どうしていますか? 彼女は……」リースは口ごもった。自分の膝を見おろす。やがてエマに視線を戻した。

「昨日、車で彼女の家の前を通ったんです。でも彼女の車が見当たらなかったから、子供たちのどちらかのところに行っているのかと思っていました」

「それじゃあ、知っているんですね?」エマは訊いた。「ロジャーのこと」

「彼を見つけたのはわたしなんです。彼のコンドミニアムで」リースは立ちあがって窓に近づくと、なにを見るともなく道路に視線を向けた。「忘れることはできないと思います。首に巻きついていたスカーフ……彼の目……肌の色……」

リースは首を振った。「現実じゃないってずっと自分に言い聞かせています。ロジャーがいまにもわたしのオフィスにぶらりと入ってきて、本や顧客について訊いてくるんじゃないかって。でもそんなことはなかったし、これからも絶対にない。なにもかも……現実とは思えなくて。どうしても理解できないんです」

「まあ。ごめんなさい。見つけたのがあなただなんて知らなかった。彼とは親しかったんですよね？」

リースは振り返って自分を見つめているエマを見つめ返し、それから一度だけ小さくうなずいた。「彼がキムにしたことや見捨てたやり方は、わたしも納得できなくて。それも――」リースは口をきゅっと結び、マニキュアをした手で隅の机を示した。「――ブリトニーのような人のために。でもきれいな顔に目がくらんだ男の人は彼が初めてではないし、もちろん最後ではないでしょうね。悲しいことですけれど。

そうは言っても、わたしはロジャーのおかげで大好きな仕事につけたし、それを忘れることはできません。この仕事が大好きなんです。顧客のことも。わたしが取った行動、わたしがくだした決断が、この会社をテネシーのどこか小さな町の小さな広告会社以上のものに育てるのにひと役買ったんだと思うと、わくわくします。正しいことをしているって思えるんです」

リースは椅子に戻ってきて、ため息をついた。「だからここにいるんです。今日も。ここにいると落ち着きます。ここではわたしが物事をコントロールできて、わたしが植えた苗が実をつけたのを見ることができる。ロジャーを生き返らせることは、わたしにはできません。彼が結婚生活で犯した過ちや、ブリトニーのせいで分別をなくした事実をなかったことにもできない。でもこの場所でわたしの人生に蒔いた種を育てることはできるし、そうするつもりです。わたしにはそれしかできないから」

「わかります」エマは答えた。彼女にとっても仕事は生きる指針だ。金銭的に苦しくなってきたら、仕事に精を出す。孤独を感じたときには、仕事に没頭する。どうやって解決すればいいかわからない問題が生じたときには、仕事に向き合う。人生に不安を感じたときには、仕事に集中する。自宅でトラベル・エージェントの仕事をしていたころは、精神的に、ときには現実でも現実から逃避することができた。けれどレンタル友人という仕事を始めたいまも、仕事部屋にこもってひと晩中新しいチラシを作ったり、広告を考えたりしていることがしばしばあった。彼女にとっての仕事は、眠りが訪れないときの温かい牛乳やお風呂のようなものだった。

そしてスカウトも。

エマは炉棚の上の時計をちらりと見て、スカウトが家でひとりで過ごしている時間を計算した。長くてもあと二十分。そうしたら帰らないと――

「キムがどうしているのか、わたしには想像もできません。ロジャーと別れて、ナタリーは町を出ていって、ケイレブは恋人と暮らし始めて、そして今度はロジャーの死。彼女には夢中になれるものがなにもないのに。彼女はただ――」リースは両手の指を組み、またすぐにほどいて椅子の肘掛けをなぞった。「その渦中にいるだけ。ずっと。夢中になれるものも、気持ちを紛らせるものもない。それって……悲しいと思いませんか？」

エマにはよくわかっていた。自分も同じように感じていたからだ。

「わたしはキムのためにここに来たんです」エマは椅子を前にずらした。「もしもあなたがロジャーのことを知らなかった場合、ほかの人から聞かされるのではなくて、彼女から伝えたかったそうです」

リースは困惑したように眉間にしわを寄せた。「だからあなたをよこしたんですか？」

「彼女が家に帰れるかどうかを判事が決定するまでは、そうするほかはなかったんです」

「判事？　どうして？　どうしてキムのことを判事が決定するんですか？」

さっきまでは、知らない女性に彼女のボスの死をどうやって伝えるべきだろうと考えていたが、今度は誤認逮捕の知らせを、ボスの死と折り合いをつけようとしている女性に伝えなければならなくなった。「キムが逮捕されたんです」

「逮捕？」リースはさっと手を引っ込めた。「どうして？」

エマは目を閉じ、勇気をかき集めてからゆっくりと目を開いて、返事を待っているリースを見つめた。

「彼女はなんで逮捕されたんですか？」リースが繰り返した。

「ロジャーの殺人容疑で」

リースはじっとエマを見つめている。けれどその表情が伝えているのはいらだちではなかった。あたかもひとコマひとコマ移り変わる古い映画のように、そこに映し出される感情は刻々と変化していた。

ショック。

信じられないという思い。

再びショック。

恐怖。

またショック。

そして最後に……面白がっている？

「そんなことって……キムが？　そんなのありえない」

エマはリースの視線が戻ってくるのを待って、ごく小さくうなずいた。

「本当です。彼女は保安官事務所に勾留されています」

再びショックが戻ってきた。数秒後、彼女は小さく唾を飲み、うろたえたように椅子から糸くずをつまみあげ、頬を押さえ、そしてまた立ちあがった。

「わけがわからないわ。警察はばかなの？　キムにとってロジャーと子供たちが世界のすべてだったの。言葉だけじゃないから。彼女の、世界の、すべてよ。彼女は三人のためにどんなことでもしていた。いつだって。本当にどんなことでもよ。とりわけ子供たちには。彼らがくしゃみをしたら、ティッシュペーパーを差し出した。問題を抱えたときには、解決法を示した。なにかちょっとしたことをやり遂げたら、マーチングバンドを呼んでお祝いした。

辛いことがあった日は、気分が上向くようにクッキーを焼いた。いったいなんだって警察は彼女が……」

リースは言葉を切り、一歩前に出たが、またぐったりと椅子に座りこんだ。

「嘘よ、嘘よ、嘘……彼女が……わたし……彼女……」リースは前のめりになり、髪をかきむしった。「てっきり冗談だと……鬱憤を晴らしているだけだって……まさか彼女が――いいえ、ありえない！　絶対に！」

リースは頬を膨らませて息を吐きながら手をおろし、首を振った。

「キムは傷ついていた、それは確か。怒っていた、それは確か。あんな目にあって怒らない人なんていないでしょう？　でも本当にそんなことをする？　本当に……。いいえ。悪いけれど、わたしは信じません」リースは再び立ちあがった。「彼女は朝も昼も夜もクッキーを焼くような人よ。チョコレートチップ、バタースコッチ、ピーナッツバター、オートミール・レーズン、どんなものでも。彼女は人を殺したりしない。三十年も一緒に過ごした相手ならなおさらだわ。どうしてそんなことをするというの？」

「それこそが理由じゃないかしら」エマは言った。「復讐。彼女の夫は彼女を捨てた。秘書に乗り換えるために」

「だからって、彼女が彼を殺したことにはなりません」

エマは両手をあげた。「わかっています。でも彼女はそういうことを口にしたり、書いたりしていて――」

「ただの言葉にすぎないわ。キムのような人がいらだちを吐き出す手段。ただそれだけのこと。彼女は創造的な人なんです。そういう人はあれこれと想像する。そうすることで乗り越えていくんです」

「それじゃあ、彼女はあなたにもそういうことを話していたんですか？」エマは片手で顔をこすった。「ロジャーを殺したいというようなことを？」

リースは唇を噛んでうなずいた。

「どこで？」エマはバッグを椅子にのせ、ドッティに指示されたノートを取り出すと、膝の上で開いてペンを構えた。「ここですか？」

「いいえ。ロジャーが出て行ってから、彼女はここには来ていません――彼女を責めることはできないわ」

「それなら、彼女はそういったことをいつあなたに言ったのかしら？」

「様子を訊くために電話をかけたり……ちゃんと食事をしているかどうかを確かめるために家に立ち寄ったりしたときに。彼女は落ち込んでいました。傷ついて、打ちのめされていた。ああいうことを言うしか、できることはなかったんです」

今度はエマがうなずく番だった。考えこみ、いらだちのため息をついた。

「問題は、それを書いていたということね。紙に。いろいろなところに。だから警察は、彼女がロジャーを殺した確たる証拠をつかんだと考えた」

「わたしのせいで」リースは大きなうめき声と共に言った。

「思っていることや感じていることを書くように勧めたのはわたしなんです。日記でも、そのへんのノートでもなんでもいいからって。決して楽しいとは言えなかった子供時代に向き合うために、大学生のころ、わたしがセラピストに勧められたやり方なんです。吐き出すのは内に溜めこむよりいいんだって、教わりました。そのためには、書き留めるのがいいって」リースは机を、ペンホルダーを、そして最後にコンピューターのスクリーンの縁を指でなぞってから、丸みを帯びた机の端に腰かけた。「でも、わたしがそんなばかなことを勧めたせいで、キムはやってもいない殺人の罪に問われて留置場にいるんですよね？　ああ、わたしったらなんていい友人なのかしら……」

「こんなことになるなんて、あなたは知らなかったんだもの。それに、いらだちや怒りを書き出すことを勧めたのは、ばかなことなんかじゃない。それを保安官補に話したのは、ばかなことだけれど」

リースは恐怖に押されたかのように机からおりた。顔じゅうにおののいたような表情が浮かんでいる。

「わたしはキムが書いていたもののことを保安官補に話したりしていない！」

「わかっています」エマはつぶやいた。「その栄誉と素晴らしい友情は、ほかでもないわたしのものだから」

「あなたの？」

「あなたの？」

「ええ」

不信と困惑のあいだで揺らぐ半ダースあまりの感情は、最後に嫌悪に行き着いたらしかった。「どうしてそんなことを？」

「保安官補がすでに知っていると思って、それがどういうものなのかを教えようとしたんです。ただいらだちを吐き出しているだけで、それ以上の意味はないと」エマは芯を出していないペンの先でノートを突いた。「でも、保安官補は知らなかった」

「まあ」

「わたしが伝えた情報を元に、彼はキムの家の捜索令状を取ったんです。そして彼女は逮捕された」エマは顔をあげた。「キムはいま殺人の容疑で留置場にいて、判事の判断を待っている。それはすべてわたしのせいなんです。あなたじゃない」

「なんて言っていいのか、わからないわ」

「ご心配なく。わたしがわかっていますから。その令状を持って保安官補がキムの家にやってきたときから、わたしの頭の中ではその言葉がずっと響いています。わたしはばかだって。単純明快。でも間違いは正します。必ず」

「間違いを正す？　どうやって？」

「本当にあなたのボスを殺したのがだれなのかを突き止めることで」リースがノートに目を向けたのがわかったので、エマはパラパラとページをめくってここに来る前に書き留めておいた事柄を眺めた。「友人が手をまわしてくれて、わたしは今日キムと会うことができたんです――実を言うと、ここに来る前に。いくつか質問をして、メモを取りました。まだなにもつかめてはいませんが、いずれつかみます。必ず。キムのために、つかまなきゃいけないんです」

永遠にも思えるあいだ、静まりかえった部屋に時計が時を刻む音だけが響いていた。容赦のないその音に、しなくてはならないけれどまだしていない事柄がいくつも思い出されて、頭がおかしくなりそうだとエマが思ったちょうどそのとき、リースがこわばった声で言った。

「なにかトラブルがあったのかもしれません」

エマは彫像のような金髪女性にさっと目を向けた。

「トラブル？　どんなトラブルですか？」

「ロジャーとブリトニーのあいだで」リースは両手を顔に当て、ぎゅっと目を閉じて息を吸った。「詳しいことは、わかりません。訊かなかったし、ふたりのことをわたしがどう思っているのか彼は知っていたから、わたしに話すことはなかったんです。でもなにか――大きなトラブルでした。それは確かです」

12

「ハイ、ボーイ、あなたにこの声が聞こえているのかどうかはわからないけれど、もし聞こえているなら、わたしはいま家に向かっているところだから。本当よ。一ヵ所、その前を通ってみたいところがあるだけ」エマはダッシュボードの画面の一番上に示された指示に従って交差点を曲がると、中央に表示されている名前に視線を戻した。「車は止めないし、長くはかからない。ただどこにあって、どんなところかを確かめたいだけ。散歩のふりをしてあたりをうろついてもおかしくないところかどうか。わかった？」

エマは言葉を切り、散歩という言葉に必ず反応するスカウトが首をかしげているところを想像してから、次の停止の標識で左折した。「あと五分だけ——ひょっとしたら十分だけ、我慢してね。そうしたら——」

リースから聞いた番地を探して郵便箱をひとつひとつ確かめていた視線が不動産業者の看板に留まると、そのあとの言葉は途切れた。その下にはもうひとつ看板があり、そこには〝売家〟と記されていた。

「あらまあ、興味深いじゃない？」エマは看板から私道に止められた不動産業者のつややかなSUVを、そして最後に家を眺めた。これといった特徴のない、小さな平屋建ての家だ。見込み客や詮索好きな隣人が家の中を隅々まで見ることができるように、ありふれた木目調の玄関ドアは開け放たれている。

エマはギアをパーキングに入れて、ダッシュボードの画面に再び目を向けた。

「スカウト？　ちょっと確かめたいことができたから、ほんの少しだけ寄ってみることにしたから。終わったら、大急ぎで帰る。いい？　帰ったら、あなたの好きな犬用ビスケットを二枚あげるわ。いい子にしていたご褒美よ」

赤いボタンを押して電話を切ると、通りの反対側にある家を眺めながらエンジンを切った。ブリトニーの家が売りに出ているのは、彼女の離婚が成立間近なので資産を分割するために現金化する必要があるという、ただそれだけの理由なのかもしれない。けれどひょっとしたら、そうではないかもしれない。逃げ出そうとしているのかもしれない。

エマは心を決めると、バッグの外側のファスナー付きポケットにキーリングを押しこんでから、道路に降り立った。さっきは見逃していた細かい箇所を心の目に焼きつけた。

左右両側の家と同様、小さな家だった。せいぜい寝室はふたつ。玄関に続くコンクリートの通路は、足首をくじきそうな穴やひび割れだらけだ。ポーチの手すりはすぐにでもペンキを塗り直す必要があったし、いっそのこと作り直したほうがいいかもしれない。

「こんにちは！　ようこそ！」アイロンを当てたばかりのカーキズボンに水色のワイシャツを着た男性がポーチに出てきて、手を差し出した。「フォレスター不動産のブラッド・フォレスターです」

エマはその手を握り返した。「エマです」

「ようこそ、エマ。どうぞ中へ」ブラッドはエマが通れるように脇に寄り、唇を笑みの形に固めたまま、彼女を中へといざなった。「ここをどうやってお知りになったんですか？」

「たまたま車で通りかかったら、〝売家〟の看板が見えたの」

「気づいてくださってよかったです」彼はエマの前に回り、ドアロのすぐ内側に置かれた小さなテーブルに近づくと、きれいに重ねられたチラシの山から一枚手に取った。「この近辺と町の様子が書いてありますから、参考になさってください。一番下にはわたしの名前と電話番号もあるので、あとからなにか訊きたいことが出てきたときにはいつでもどうぞ。地元の業者に家探しを依頼なさっているんですか？」

エマがチラシを受け取って首を振ると、彼の笑みが広がった。

「それはよかった。わたしにぜひお手伝いさせてください」彼は狭い廊下をついてくるようにと身振りで示しながら言った。「この家は典型的な平屋建てです。寝室はひと部屋ですが、表側の部屋は変更可能です。いまからお目にかけますが」

彼は廊下のなかほどで足を止め、エマを振り返った。「この書斎はふたつ目の寝室として使えます」

エマは彼の手の先にある、クローゼットほどの大きさの左側の部屋を見た。

「ここを寝室に？」

「たいして費用もかけずに寝室に改装できます」

「広さはどれくらい？」

「縦二・五メートル、横一・五メートルですね」

「縦二・五メートル、横一・五メートル？　それって――」エマは携帯電話を取り出すと、ブラウザを開き、素早く検索した。「ツインサイズのベッドがかろうじて入る大きさね」

「でも入ります」

「部屋を出入りするための空間が三十センチしかないけれど」

ブラッドの笑みが一瞬かげったが、またすぐに満面の笑顔になって見学ツアーを続行した。

「こちらが居間です」

エマは部屋に足を踏み入れ、床がむき出しになっているわずかな箇所に立った。それ以外の箇所には適当に切られた絨毯の残骸が敷かれ、三本の木の脚と四本目の代わりのコースターの束に支えられたソファが、ずれないようにそれを押さえている。ひとつきりのサイドテーブルの上にはランプと折り畳み式の眼鏡、そして演出用に違いないとエマが確信した本が開いて置かれていた。残りの空間のほとんどを占めるソファの前のコーヒーテーブルにはフルーツの入ったボウルがのっている。近くでよく見ると、リンゴのひとつに歯形が残っていた。

本来であれば、こういう状況にあっても心の中だけで身震いするべきなのだろうが、ブラッドががっくり肩を落としたところを見ると、態度に出てしまっていたようだ。

「わかっていますよ、わかっているんです」ブラッドはドア口にもたれてため息をついた。「でもこれがせいいっぱいだったんです。ペンキを塗り直して、きれいな前飾りをつけて――」ブラッドは部屋の窓を指さした。「床を新しくすれば、この部屋も素晴らしいものになるかもしれない」

まあまあにはなるかもしれない。

でも、素晴らしいものになる？　そのためにはかなりの想像力が必要で――

唯一美しさを保っている炉棚の中央に写真を三枚入れられる写真立てが置かれているのが目に留まり、エマはコーヒーテーブルをまわって暖炉に近づいた。

「これがブリトニー？」エマは、顔を赤く染めて目をきらきらさせている中央の写真の花嫁を示して訊いた。「ここの持ち主？」

ブラッドは素っ気なくうなずいた。「依頼人には、内見の前に個人的な写真は片づけておくように頼んでいるんですが。そうすれば見込み客は、そこを自分たちの家として想像できますから。たいていの人は従ってくれるんですが、なかにはその……なんて言うか……嫌がる人も」

エマはキムの結婚生活に割り込んだ女性をしばし観察した。金色に染めた髪は染め直す必要があるし、シンプルなオフホワイトのサマードレスは、結婚式よりは夏のバーベキューにふさわしい。満面の笑みで彼女が見つめている花婿は……

「エルヴィス・プレスリー？」

「なかなかハンサムな花婿ですよね？」ブラッドは彼女の隣に立つと、炉棚の上を指でなぞり、ほこりが舞いあがったのを見て鼻の穴を膨らませた。「なんてこった」

エマは問題ないといったことをつぶやきながら、花婿を眺めた。花嫁からほんの二センチほど背が高いだけのトレヴァー・アンダーソンは、とりたてて言うべきこともない男だった。肩よりも長い髪は、色も質感も濡れた泥のようだったし、鼻が一度か二度、折れたことがあるのは明らかだ。なかば閉じられた目の下がむくんでいるのは、手にした瓶ビールを主食代わりにしているからだろう。たいていの女性の眼中に彼が入らない理由は山ほどあるけれど、彼がブリトニーを見るまなざしは疑いようがなかった。

「ふたりはとても愛し合っているのね」

「おふたりに会うたびにそう感じますよ」

エマは思わず、ネクタイの端で炉棚の反対側を拭いているブラッドを見た。

「なんですって？」

「このふたりですよ」ブラッドは無意味な掃除の手を止めて、写真立てを顎で示した。

「この家を除けば、ふたりは全部持っていますよね。見た目。お金。愛。なにもかもすべて」

「ちょっと待って」エマは彼女の前のあたりのほこりをブラッドがはらえるようにうしろに下がり、結婚式の写真を指さした。「このふたりの話をしているのよね？」

ブラッドはネクタイの端を眺めると、顔をしかめて首からはずした。

「彼には結婚生活がとても合っているようですね」

「ふたりが一緒にいるところを見たの？」エマは尋ねた。

「もちろんです。この家の持ち主ですから」

エマは自分がまじまじと彼を見つめていることを承知していたが、どうにもできなかった。ブラッドが彼女の知らない言葉で話しているように思えて、なにか――なんでもいい――理解できることを口にしてほしいと必死に願った。しかし彼がそれ以上なにも言おうとしなかったので、エマはいま聞いたことを理解する手助けになるようななにかが書かれてはいないかと、手の中のチラシに目を向けた。

「この家はいつ頃から売りに出されているの？」エマはブラッドに尋ねた。

「正式にですか？　四週間ほど前からです。ですが、内見を始めたのは先週の週末からです」

彼の答えにエマは一歩あとずさった。「それじゃあ、あなたがふたりが一緒にいるのを見たっていうのは、最近のこと……」

「今朝も会いましたよ」ブラッドはネクタイを小さく丸めると、カーキズボンの前ポケットに押しこんだ。

「一緒にっていうのは、この家に関する書類にサインを一緒にしたっていうことかしら？　それとも本当の意味で一緒っていうこと？」

「たとえば、わたしが来ることを知らせてからこの家に入るべきだったたっていうことですかね。寝室から出てきたみたいでしたから」ブラッドは手を伸ばして写真立てを五ミリほど左に移動させてから、親指で廊下を示した。「キッチンを案内しましょう」

ブラッドが歩き出したので、エマはおそらく無意識のうちにうなずいたか、少なくとも肯定らしい言葉を口にしたのだろうと思ったが、なにひとつ確信は持てなかった。耳の奥でヒューヒューとなにかが鳴っているだけだ。

ブリトニーとトレヴァーはまた一緒に暮らしているの？

ロジャーが死ぬ前、リースが気づいていたというトラブルの原因はそれなんだろうか？

もしそうだとしたら、彼はどうしてなにも言わなかった——

「キッチンは確かに狭いですが、より使い勝手のいいように改装できます」ブラッドの言葉がエマを現実に引き戻した。「たとえば、このカウンター部分を取りはずして移動式のアイランドにすれば、必要なときだけ作業スペースにできますから、それ以外のときはここを広く使えます」

彼の唇が動いているのは見えていたし、その言葉のところどころは耳に入っていたが、どれほど集中しようとしてもエマの思考はブリトニーとトレヴァーの写真に引き戻された。リースと交わした会話……なにも間違ったことはしていないというキムの主張……そしてまたふたりの写真——

「ふたりはスイート・フォールズを出ていくのかしら？」エマは尋ねた。

ブラッドは、キッチンのひとつきりの窓のそばに置かれているカフェのようなテーブルの向こう側にまわり、シンクの前で足を止めた。「ここの所有者ですか？」

「ええ」

「いいえ」彼は玄関でエマを出迎えたときと同じ笑みを浮かべた。「ウォールデン・ブルック・コミュニティに家を買ったんです。湖のそばに。今朝、ふたりとここで会うことになるとは思わなかったのはそれが理由です。忘れた箱を取りに戻ってきたということでしたが、まあ……。あまり見たくはなかったですね」

「ちょっと待って。ウォールデン・ブルック？」

彼の笑顔が一段と明るくなった。「そうです」

「そこって高いんじゃない？」

ブラッドは胸の前で腕を組み、カウンターの端にもたれた。

「あそこには、五十万ドルに届く家があります。ですが、広さや家のスタイル、湖、周辺の環境がもたらす快適さといったものを考えれば、驚くことではありませんよ」

「でもここから――」エマはキッチンを見回し、はがれかけているリノリウム、ところどころかけているフォーマイカのカウンタートップ、なくなっているキャビネットの取っ手、取り外せるのではなく、取り外すしかない傾いたカウンターといったものに、ようやく気づいた。「ウォールデン・ブルックにある家に？　いったいどうやって？」

「確かに異例ですが、それはわたしが考えることではありません。わたしの仕事は、お客さまが望むものを見つけ、それを手に入れる手助けをすることですから」ブラッドはカウンターから離れ、キッチンの奥にあるドアを示した。「裏庭をご覧になりますか？　しっかり柵で囲ってあるので、犬か猫を飼っていらっしゃるなら――」

「スカウト！」

ブラッドは眉を寄せ、出しかけていた足を止めた。「どうかしましたか、エマ？」

エマはバッグを抱えこみ、中から携帯電話を取り出して時間を見た。

「やだ……もう行かなくちゃ」

「ですが、まだ裏庭を見ていませんよ。裏庭はこの家のセールスポイントですし――」

「ごめんなさい。だめなの。本当に帰らなくちゃいけないのよ。こんなに長くいるつもりはなかったの」

「この家があなたをそんな気にさせたのかもしれませんね」ブラッドの声には期待がこもっていた。「家にはそんな力があるんですよ。わたしはいままで何度も見てきました」

エマは笑うつもりはなかった。本当にそんなつもりはなかった。けれど思わず漏れた笑い声に彼ががっくりと肩を落とすのを見て、あわてて言った。「家を見せてくれてありがとう、ブラッド。助かりました」

玄関まで戻ったところで、彼はチラシの山からさらに一枚取って、エマに突き出した。

「この地域の情報が載っています――学区、ハイキングコース、一番近い空港までの所要時間、チャタヌーガやナッシュヴィルやアトランタやノックスヴィルまでの所要時間」

「もうもらったわよ」エマはさっきもらったチラシを掲げて見せた。「どうもありがとう」

ブラッドは玄関の階段までついてきた。「この家についてなにか訊きたいことがあったり、まだ見ていないところを見たくなったら、わたしの電話番号が一番下に書いてありますから」

「ありがとう」

「この家がお気に召さないようでしたら、ご連絡いただければ喜んでほかの物件をご案内しますから」

エマはじりじりと階段をおり、通路を進んだ。「覚えておくわ、ありがとう」

「そうだ、わたしのアシスタントのグウェンからご連絡させていただくときには、どうすればいいですか?」彼はシャツの前ポケットを叩き、次にズボンのポケットを探ったが、なにも見つからなかったのでドアのほうへと一歩さがった。「一分待っていただければ、ペンを取ってくるので——」

「いいえ、大丈夫。あなたの電話番号はわかっているから」

13

　自分がだれかの人生で大切な存在になれるだろうか。そんな疑問も、七ヵ月前にスカウトと一緒にスイート・フォールズ動物保護施設をあとにした瞬間に、過去のものになった。それ以来、玄関のドアをくぐるだけで、朝、目を開けるだけで、シャワーから出てくるだけで、自分が彼の世界のすべてだと知ることができる。

　スカウトは目で、尻尾で、そしてもちろん舌で語る。自分にそれだけの価値はないとエマが思っているときでさえも。

　エマはスカウトの毛皮に顔をうずめ、彼女が帰宅したことをいつまでも喜んでくれる彼の思いを受け止めて、残っていた罪悪感を捨てた。

「わたしは地球上で一番幸運な犬の飼い主よ。知っていた、ボーイ？」

　スカウトの舌が一瞬引っ込んだが、またすぐに現れてエマの顎と頬を延々となめ始めた。

「わかった、わかったって。わたしが帰ってきてうれしいのね。わたしも同じくらい、帰ってきたのがうれしい」エマは戸外でとった夕食で使ったナプキンで顔を拭き、空の皿の上に置いた。「さあ、どうする？　なにがしたい？　もう少しここに座っている？　ボールで遊ぶ？　散歩に行く？　なにがいい？　とってもいい子でお留守番していたあなたが選んでいいのよ」

　スカウトはエマを見つめ、彼女の皿、前庭、リスのいない道路と視線を移し、最後にまたエマを見た。そのあいだじゅう、尻尾を振りっぱなしだったから、なにがしたいのかはわからない。

「ちょっと落ち着いてくれる？」スカウトの舌が再びエマの顎から額までなめあげた。エマは笑いながら皿を手に取ると、背後のドアのすぐ内側に押しこんでから立ちあがった。「散歩に行こうか？　ちょっと歩くのはどう？　景色を見たり、リスを脅かしたりするのよ。途中で見かけたペットに挨拶して」

　エマがひとこと付け加えるごとに尻尾を振る速度があがっていく。エマは立ちあがってドアを閉めると、スカウトの首輪にリードをつけた。

「あなたが先導してね、ボーイ。今日の散歩の行先はあなたが決めるのよ」

　最後まで言うか言わないうちに、エマは笑いだしていた。つまるところ、スカウトはいつだって先導している。聞こえてくるどの音に一番興味を引かれるかで、右に行くのか左に行くのか、それともまっすぐ行くのかを彼が決めるのだ。

　バスケットボールがはずむ音のときは、ピートの家がある左へと進む。十代の少年はいつもひとりでやっていた練習の手を止めて、道路に出てきてスカウトの腹を撫でてくれる。かくれんぼをしていたり、私道で三輪車に乗って遊んだりしている子供の声が聞こえるときは、右に進んでエリオットの家を目指す。そこではうれしそうな甲高い声が迎えてくれるし、すごく運がいいときはシャボン玉を追いかけることもできる。

最近では、エマ自身のあと押しもあって、まっすぐ進んで、右に曲がり、次に左に曲がり、ジャックの家のある通りまでまたまっすぐに進むこともある。かなりの距離だが、保安官補の八歳になる息子トミーがいるときには、スカウトはこれ以上できないくらい尻尾を振るのだ。

庭を出たところで、スカウトは立ち止まり、いつものように首をかしげて数秒間考えたあと、前方へとリードを引っ張った。

「あらあら、本当にそっちでいいの?」エマは尋ねながら、ごく優しくリードを引き戻し、同じくらい優しくスカウトの視線を右へと誘導した。「シャボン玉があるかもしれないわよ……」

スカウトは脚を止めた。しばし考えてから、また前方へ歩き出そうとした。

「ピートがいるかもしれないわよ……」エマは再びリードを引いた。「バスケットよ？　バスケットをしたくない、スカウト？」

スカウトはまた脚を止めて、考えた。そして前方へと歩き出した。

エマは息を吸いながら、スカウトが進んでいる方向の先にあるものを思い浮かべ、目的地以外の選択肢を考えた。止まれの標識で右ではなく左に曲がれば……あるいは大きな木のところで左ではなく右に曲がれば……きっとスカウトが抗えない音が聞こえてくるはずだ。

途中のどこかでシャボン玉を吹いている子供がいれば、スケートボードで縁石を飛び越えているティーンエイジャーがいれば、犬の撫でるべき場所を知っていそうな老人がいれば、開いた窓からおいしそうなチキンのにおいを漂わせている家があれば、スカウトはどこに行こうとしているかを忘れてくれる。わかっていることだった。何十回もこの目で見ているのだから。それなのにどうしてリードを握っている手がじっとりと湿ってくるの？　心臓がどきどきするの？　一歩ごとに足が重くなっていくのはなぜ？　どうして――

エマは夏の夕方の空を見あげながら頰を膨らませ、あきらめたように息を吐いた。

トミー以上にスカウトを惹きつけるものはない。

ジャックの息子にはスカウトに強烈に訴えかけるなにかがあるらしく、一緒にいるときにロティサリー・チキンのパレードがすぐ脇を通り過ぎても、スカウトは気づかないだろうと思えるほどだった。それはトミーにも同じことが言えた。ジャックの家のポーチの階段に彼と並んで座り、ふたりを眺めるのはいいものだった。

けれど、キムの逮捕に疑問を抱いていると彼に言ってしまったいま、あの階段に座らせてもらえるのか、スカウトを歓迎してもらえるのか、エマは確信が持てずにいた。

「だからね、スカウト、あなたがどこに向かっているのかはわかっているし、とても楽しいだろうっていまでも思ってはいるけれど、でもそこに行くわけにはいかないの」エマの視線の先でスカウトが振り返った。「新しい友人のキムを覚えている？　昨日公園で会ったでしょう？」

ご飯、外、散歩、リスに続いて五番目に好きな言葉を聞いて、スカウトの歩く速度がほんの少しだけ遅くなったが、またすぐに元通りの足取りになった。「彼女が困ったことになっているの。彼女はやっていないってわたしにはわかっているんだけれど、ジャックはそのことでわたしに腹を立てている。だから、わたしたちに会っても喜んではくれないわ」

スカウトは歩き続けている。

「それに今日は金曜日。ジャックとわたしはこの週末に正式なデートをする予定だったから、トミーはお母さんのところに行っているはずなのよ」

トミーの名前を耳にして、スカウトの足取りが早まった。

「つまり、彼はいないっていうことよ、ボーイ」エマはリードを引き戻した。

スカウトは脚を止め、首をかしげてエマを見ながら、ごく小さな声でクンクンと鳴いた。

「ああ、ボーイ。そんな声を出さないで。あなたが今日は長い時間、ひとりだったってことはわかっている。これから帰るって電話をしたのに、わたしが実際に家に着いたのは一時間後だったっていうことも。でも……」エマはリードを握っている手の力を抜いた。「いいわ、わかった。そっちに行きたいたいなら、行きましょう。でも、ジャックの家の前を通り過ぎるだけよ。止まらないし、私道には入らないし、フロントポーチにも行かない。いい？」

スカウトは前進を続けた。目的地が近づくにつれ、彼の足取りが速くなる一方で、エマの胃は締めつけられていった。通りの突き当たりでスカウトは左に曲がり、エマと競うようにして右側の端から三番目の家に視線を向けた。

黒い鎧戸とえび茶色のドアのある灰色の平屋を見て、もちろんスカウトの尻尾の速度はあがった。家の前の一台分のガレージに止められている中型の黒のセダンは、エマの心臓に同じ効力を発揮した。

エマが息を吸って止め、その息をゆっくり吐き出すと、スカウトがじっと彼女を見つめた。

「ほらね、わかった？　外にいないでしょう？　残念だったわね、ボーイ」

エマは余ったリードを手の中にたくしこみ、来た道を戻ろうとした。けれどスカウトは納得しなかった。エマから家に視線を移し、ここについたときと同じクンクンという鳴き声を合間にはさみながら再びエマを見つめた。

「それはやめて、スカウト。ビスケット三枚と、持ってこいを一時間と、あなたに任せてここまで散歩したんだから、今日の埋め合わせはできたと思わない？」エマは向きを変えさせようとした。「ほら、帰ろうよ。今夜はここまでにして――」

ドアが開くカチリという音に、まずスカウトが、そしてエマが反応してジャックの家に目を向けた。濃い金色の髪から体格、左の頬にえくぼができる笑顔まで保安官補をそのまま小さくしたような少年がフロントポーチに走り出て、階段を駆けおりてくるところだった。それに応じるように、スカウトはぐっとリードを引っ張ってエマの手から自由になると、なにが起きているのかエマが把握できずにいるうちに、八歳の少年に向かって走り出していた。

「スカウト！　いますぐに戻って……」目の前の芝生の上で肉球とスニーカーと毛皮がからまりあい、再会したトミーとスカウトのあまりにうれしそうな様子を見て、その先の言葉は途切れた。

「トーマス・マシュー・リオーダン！」その声と口調に、エマは家の前の階段の一番上に立つ男性に視線を向けた。息子とは違い、その顔に笑みは浮かんでいない。「こんなふうに家から走り出ちゃいけないことはわかっているだろう！」

「でも見てよ、パパ！　スカウトだよ！」少年は立ちあがり、頬にくっきりとえくぼを作りながらエマを見た。「それにエマだ！　ハイ、エマ！」

「ハイ、トミー！　こんばんは――」

「トミー、おまえに言っているんだ」

トミーの笑顔が曇ったが、スカウトがジャックに向かって階段を駆けのぼっていくと、また顔いっぱいに笑みが浮かんだ。尻尾を大きく振りながら手と手首をぺろぺろとなめるまたの名を緊張緩和機ともいうスカウトに、ジャックが抗えるはずもなかった。

「わかったよ」ジャックはスカウトの首輪からリードをはずすと、頭のてっぺんを撫で、庭に戻るように促した。「十分だぞ。それだけだ。無駄にするんじゃないぞ」

「ありがとう、パパ！」

そういうわけで、トミーの全神経はスカウトに、スカウトの全神経はトミーに集中し、ジャックはエマへと視線を向けた。

エマは彼の視線の重さを感じながら静かに息を吸い、五秒間止めたあと、その息を吐き出しつつ家のほうへとためらいがちに足を踏み出した。

「こんなことになってごめんなさい。本当に悪かったわ。あなたがいま一番会いたくないのがわたしだっていうことはわかっているの。でもスカウトが今夜はどうしてもこっちに来たがって――」エマはトミーとスカウトを手で示した。「納得したわ。スカウトは、わたしが知らないなにかを知っていたのね」

沈黙が返ってきただけだったので、エマはスカウトとトミーに視線を戻した。

「あなたとトミーの邪魔はしたくないから、わたしたちはもう帰るわね」

「十分と言った。まだ二分しかたっていない」ジャックの口調は素っ気なかった。

「それはそうだけれど、あなたはわたしに怒っているみたいだし」

「悪いかい?」

エマは肩をすくめた。「いいえ。無理もないと思う。あなたはわたしに批判されたと思っているのね」

「違うのか?」

「違う」エマは安定した心臓の音を耳の奥で聞きながら、ゆっくりとポーチの階段に近づいた。「全然違う。少なくとも、わたしにとっては」

彼の笑い声に明るい響きはかけらもなかった。

「ぼくが逮捕した殺人事件の犯人は間違っていると言い、ぼくの知らないところで彼女と面会していたのは、ぼくに対する批判じゃないと言うのか? 本当に? なるほどね、言葉もないよ」

エマは体の横で両手を握りしめ、彼の冷ややかな視線を正面から受け止めた。

「あなたにどうこう言っているわけじゃない。重要なのはキム・フェルダーなのよ」

「その女性と知り合ってどれくらいたつんだい？　一日？　二日？」

「どう思われるかはわかるわ、ジャック。本当よ。でも会った瞬間にだれかに本能的なものを感じたことはない？　その人のことをずっと前から知っていたみたいな気持ちになったことは？　強いつながりを感じたり、もしくはひと目で不信感を抱いたりしたことは？」

返事の代わりに、ジャックは咳をした。唾を飲んだ。息子を見つめた。

「わたしはある。何度も。このひと月ほどでも、何回かあった」

彼はエマに視線を向けたが、それでもなにも言おうとはしなかった。

「キムはそんな人のひとりだったの。温かさや寛容さがはっきりと感じられた……いまは隠れてしまっているけれど、でも確かにそこにある。彼女は夫を殺していないって、わたしは直感で知っているの」

「その夫は、秘書のために彼女を捨てた」ジャックが言い直した。「そこが重要だ」

「彼女はいまでも彼を愛しているのよ」

「殺す計画を立てていたんだぞ、エマ」

「空想していただけよ。苦痛を和らげる方法として。殺す計画を立てていたっていう言い方はまるで、彼女が本当にそうするつもりだったみたいに聞こえる」エマは階段の一番下の段に少しだけ近づいたが、座ることはなかった。「でもそれって、わたしがこのあいだ会った女性とも、今朝警察署で話をした女性とも一致しないの」

「離婚で人は変わる。そういうものだ」

エマは彼の言葉を考えてみた。口調が変わり、いつもは鮮やかな青い目が曇っている。

「あなたは変わったの？」

答えるつもりはないのだろうとエマは思った。それどころか、ほんのわずかに奥歯を噛みしめる様子がなければ、自分の言ったことが聞こえなかったのだと思っていたかもしれない。けれどジャックは一番上の段に腰をおろして言った。「自分で認めている以上にね」

「どんなふうに？」

「用心深くなった。あまり心を開かなくなった。それに、息子とのあいだで失ったものを考えると、苦しくなることもある」

エマは彼の視線をたどって前庭を眺め、彼女の飼い犬の心を奪った少年を見つめた。

「彼はあなたが大好きよ、ジャック。知っているでしょう？」

「ああ。ありがたいと思っているよ。だが失ったものを思うと、辛くなることがあるんだ。朝、学校に行くあの子を見送ること……夕食のあと、ボール遊びをすること……テレビの音を小さくしろとか片付けをしろとか言うこと……寝室のドアを閉めておやすみと声をかけること……」

ジャックは顎をあげて空を見あげ、長々と息を吐いた。

「出ていくと彼女に最初に言われたとき、ぼくは傷ついた。怒っていた。そして――」ジャックは手を振った。「途方に暮れたよ。その後、法的な手続きを進めるうちに、冷酷になっていった。息子と過ごすぼくの人生は、彼女のせいで変わってしまった。そのことに腹を立てた。いまでもそうだ」

「あなたはうまくそれを隠しているわ」

「そうする必要があるからね。トミーのために。ぼくが離婚を望んだわけじゃないが、いまから思えば、どうしてうまくいかなかったのかはわかる。ぼくたちには違う優先順位、違う人生のゴールがあったんだ。だがそんなものは、トミーには関係ない――あるべきじゃない。だから彼の母親との関わりは、できるかぎり丁重に、でも最低限にして、必要なことに集中するようにしている。トミーを立派な人間に育てることに」

エマは再び、木の向こう側でかくれんぼをしているふたりを眺め、笑みを浮かべた。

「こんなことをわたしが言っても価値はないかもしれないけれど、あなたはとてもよくやっているとスカウトとわたしは思うわ」

「ありがとう」ジャックが小さく笑い、ふたりのあいだの緊張がいくらかほぐれた。

エマは一番下の段にゆっくりと腰をおろすと、彼から渡されたリードをせわしなくいじり始めた。

「今日はごめんなさい、ジャック。あなたを差し置いてなにかしようとしたわけじゃないのよ、本当なの。わたしがキムを心配していることを知ったドッティが、彼女と会えるように手配してくれたの。面会には手順があるなんて、わたし、知らなくて。こういう――」エマは膝の上で手を開いた。「殺人事件の容疑者と話をするようなことには、慣れていないんだもの」

「きみの友人は変わった人だね」

「だれのこと？　ドッティ？」ジャックがうなずき、エマはそれ以上に大きくうなずいた。

「そのとおりよ。でも彼女は必要とあれば、わたしやスカウトのためならなんでもしてくれる」

「どうやって彼女と知り合ったの？」

エマはリードを置くと、曲げた膝に頬をのせた。口にする言葉が過去の扉を開いていく。

「わたしは小さな頃から花が大好きだったの。デイジー、チューリップ、オニユリ、薔薇、マツカサギク、そのほかなんでも。アニメのキャラクターのシャツか花柄のシャツかを選べるときは、花柄を選んだ。ガールスカウトに入っていたとき、それぞれのレベルでもらえる最初のワッペンは草や花に関係しているものだったの。すごくうれしかった。だから、ようやく自分の家を手に入れたときに、庭を花の咲く木や植物や茂みでいっぱいにしたくなったのは、自然なことだったと思う。でも、わたしはそういうことが全然上手じゃないってすぐ気づいたの」

「園芸の才能はなかった？」ジャックは笑いながら訊いた。

エマは目を閉じた。うなずいてから、目を開けた。「こう言えばいいかしら。植物にとってのわたしは、デザートについて話し合っているときに出てきた〝ブロッコリー〟っていう言葉みたいなものだったって」

夏の空気の中に彼の笑い声が響いた。「畑違いってこと？」

「そういうこと」エマはかつての日々を思い出して首を振った。「そんなとき、アルフレッドに出会った」

「アルフレッド？」

エマはうなずいた。「ドッティの夫。ふたりは夕食のあと、毎晩わたしの家の前を散歩していて、わたしが庭に植えた植物をすべて枯らしているのを見ていたの。ある日ふたりが通りかかったとき、わたしはたまたま外にいて、一番最近の犠牲者を悼んでいた。そうしたらアルフレッドが足を止めて、わたしに話しかけてきたの。わたしが枯らしてしまったその植物は、家の別の場所に植えるほうがいいって教えてくれた。

だから、そのとおりにしてみた。数ヵ月後、またわたしの家の前を歩いているふたりを見かけたから、わたしは彼に助言をくれたことのお礼を言って、別の植物について尋ねた。週に数回、植物について話すようになったのは、それからすぐだった」

「ドッティは？」

「車椅子でそこにいたけれど、わたしのことはそれほど好きじゃなかったみたい」

「どうして？　きみのことを好きじゃない人なんているの？」

彼がいたって真剣にそう尋ねたので、エマの顔が熱くなった。

「わたしは鈍いって思われていたのよ」

ジャックはまた笑った。

「とにかく、アルフレッドとわたしはとても親しくなって、ドッティは、まあなんとかそれを許していた。彼はそのうえ、自分の庭にわたしを招待してくれたの」エマはそのときのことを思い出して、息を吸った。「見事だったわ。言葉もなかった。わたしの庭も少しずつだけれど、整っていった。もちろんアルフレッドの庭には及びもつかないけれど、植物は生き生きと茂って花が咲いて、近所の人たちにも褒められるようになった。そうしたら……」

エマは言葉を切り、肩をすくめた。「アルフレッドが病気になったの。重い病気だった。彼は死にかけていた。すごく優しくしてくれて、よくしてくれて、勇気づけてくれた彼のためにに、わたしはなにかしたかった。最初のうちは、わたしができることはなにもないって彼は言っていたんだけれど、亡くなる直前になって、毎週火曜日の午後のお茶をこれからもドッティと続けてほしいって頼んできた。わたしはそれを引き受けて、彼はこれまでと同じようにするための進行表をくれた。あとはあなたも知っているとおりよ」

「彼はいつ亡くなったの？」

「一年七ヵ月前」

「そのお茶の時間はいまもまだ続けているの？」

「毎週」

「わお」ジャックは両手の指を組み、前かがみになった。「彼女はもうきみを鈍いとは思っていないってことだね？」

今度はエマが笑う番だった。「うーん、そうとは言えないかも」

「ちょっと待って。本当に？」

「いいのよ。そんな態度を取ってはいても、実はわたしを気にかけてくれているのはわかっているから」エマは庭を走りまわるふたりを顎で示した。「実際のところ、ドッティがいなければ、わたしは保護施設に行っていないし、スカウトとも会っていない。そうしたら、どうなっていたかしら？　想像もできないわ」

「スカウトはいい犬だ」

「素晴らしい犬よ」エマは言い直した。「そしてそれ以上にいい友だち」

「そうなるようにしてくれたのがドッティ？」

「保護施設に行くように勧めてくれたのがドッティなの。行ってみたら、ぼくを選んでって、スカウトが言っていた。そのとおりにして、本当によかったって思っている」エマは落ち着いた声が出せるのを待って、ジャックに向き直った。「レンタル友人をやってみろって、わたしの……その……背中を押してくれたのもドッティだった」

「無理強いしたっていう意味？」

エマの笑い声がジャックの笑い声と混じり合った。

「そうね。でも、正直に言うと、彼女がそうしてくれてよかったって思っているの。いまのところ、この仕事はわたしにとても合っている。もちろん、目の前で亡くなった最初の正式な顧客は唯一の例外だけれど。それから、殺人事件の容疑をかけられて留置場で判事との面談を待っている一番最近の顧客と」エマは両手で顔を覆ってうめいたあと、背筋を伸ばして座り直した。「それを除けば、何人もの素晴らしい人たちに会ったわ。なかには本当の友人になった人もいる」

「ジムのステファニーとか？」

「ステファニーはもちろんそうよ。でもビッグ・マックスや……ジョン・ウォールデン……ジョンの息子のアンディ……」エマは両脚を前に伸ばし、ビーチサンダルのなかで爪先をもぞもぞさせた。「この数ヵ月間でほかにも何人かの顧客がいたけれど、とりわけこの四人にはわたしの心に訴えかけるものがあったの」

「話してくれる？」

エマは彼に話した。ステファニーがどんなふうに彼女を笑わせてくれるのか。ビッグ・マックスがどれほど純粋で、彼と一緒にいると物事がどう違って見えるのか。老いた父親に対するアンディ・ウォールデンの献身的な愛情はとても感動するものだし、ジョン・ウォールデン本人が語る身の上話を聞くたびに、もっと多くの時間を彼と過ごしたいと思うのだと語った。

「彼らは一緒の時間を過ごすために、わたしを雇った。でも――」エマは両手を広げた。「本当に助けてもらったのはわたしだっていう気がしている」

「素晴らしいことだね」

「そうなの。それにね、その四人とは初めて会ったときからそんなつながりを感じていたのよ。このあいだと同じように」

ジャックはつかの間エマを見つめていたが、やがて長々と息を吐いた。

「容疑者のキム・フェルダーと会ったときのことだね」

「そうよ」

「ノート以外にもあるんだよ、エマ」

エマは彼を見つめた。

「凶器がある」エマの耳の奥でヒューという音がした。「キムのものだった」

「彼の首にはスカーフが巻きついていたってリースが言っていた」

「それがキムのものだった」

「どうしてキムのものだってわかるの？」

「捜索しているときに見つけた写真に、そのスカーフをつけた彼女が写っていた」

エマの胃がぎゅっと縮こまった。「オーダーメイドしたものでない限り、それが彼女のものだって断定はできないはずよ」

ジャックの眉が吊りあがった。

「彼女にスカーフがどこにあるのかを訊いて、わたしがあなたのところに持っていくから」

ジャックは胸の前で腕を組んだ。「どこにあるのか、彼女は知らない」

「訊いたの？」

「もちろんだ。なくしたと言っていた」

「ほらね！　真犯人は、キムがやったように見せかけるためにそのスカーフを使ったのよ！」

「そいつはずいぶん大胆な推測だよ、エマ」

「そうかもしれない。でもキムは人殺しなんかじゃない。あなたには悪いけれど、違うの」

「きみがぼくになにを言わせたいのか、ぼくにはわからないよ、エマ」

「わたしもわからない。でも、いまわたしがこんなふうに感じているのは、あなたやあなたの仕事の能力を批判しているわけじゃないっていうことはわかってほしい」

「違うの？」

「違うわ。昨日わたしが話したことを、あなたがキムの家を捜索する理由に使ったのは腹が立った。でもステファニーの助けもあって落ち着いて考えてみたら、警察官としてのあなたの立場から見てみたら、理解できたの」エマはいま一度両手を広げた。「気に入らなかったけれど、理解できた。だから、あなたも同じようにしてみてくれない？　キムの友人として？」

「だがきみはほんの二日前に彼女に会ったばかりで……」ジャックは口をつぐみ、短く刈った濃い金色の髪をかきあげてから、首を振った。「わかったよ。完全には理解できないが、尊重はできる」

「ありがとう」

「どういたしまして」ジャックはエマを見つめ、握りしめた自分の両手に視線を移し、それからまた、エマを見た。その表情は読み取れない。「自分たちがどれほど幸運なのか、彼らがわかっていることを願うよ」

「彼ら？」エマは訊き返した。

「ドッティ……ステファニー……年配の男性とその息子……そしてビッグ・マックス」

名前を聞いてそれぞれの顔が思い浮かび、エマは笑みを浮かべて立ちあがった。

「幸運なのはわたしのほうよ、ジャック。いまが幸運なように」

彼も立ちあがった。「どういうことだい？」

「ここにいること。あなたといること。そしてトミーと」エマは階段の上のリードを拾いあげ、笑顔でスカウトとトミーを見つめ、それからジャックに視線を戻した。「わたしがほかの人たちに感じたつながりだけど、あなたにも同じものを感じた」

「ぼくが扱った最初の殺人事件の被害者ときみにどういう関係があるのか、探ろうとしていたときのこと？」

エマは声をあげて笑った。「そうね、もう少しあとだったかもしれない。でもそれは、わたしがやってもいない罪のせいで牢屋に入れられるんじゃないかって、怯えていたからよ」

「ぼくがキム・フェルダーにそうしていると、きみが思っているみたいに？」

「あなたはあなたがするべきことをしなきゃいけない。それはわかっているから」

エマはそう言い残すと、庭におり立った。

「さあ、スカウト、もう帰る時間よ。長い一日だったから、わたしはもう寝ないと」

スカウトは脚を止めた。トミーを見た。尻尾を振った。そして少年の顔を顎から髪の付け根までたっぷりとなめたあと、エマのほうへと戻ってきた。

「いい子ね」エマは首輪にリードをつけてから、彼女の動きをじっと見つめている赤い頬をした八歳の少年に言った。「スカウトはあなたが大好きなのよ。知っている？」

トミーは満面の笑みで大きくうなずいた。

「よかった」エマはスカウトを見おろし、その横腹を軽く叩いた。「家まで連れて帰ってね、ボーイ」

「おっと、ちょっと待って」ジャックはエマとスカウトに追いつき、庭から通りまで並んで歩いた。「来てくれてうれしかったよ、エマ」

エマは心臓がどきどきするのを感じ、つかの間その感覚を楽しんだ。安堵が爪先まで広がっていく。「わたしも」

「キムは運のいい人だ。きみがいてくれるんだから」

「それはどうかしら」

「そうに決まっているさ」ジャックはかがみこんでスカウトの耳のうしろを掻いてやり、それからエマを見つめて言った。「もうひとつ言っておくけれど、ぼくも自分は運がいいと思っているよ」

14

エマとスカウトが車を降り、ドッティの家の横手にある曲がりくねった石畳の通路を歩き始めたのは、九時ちょうどだった。錬鉄の柵の向こうから漂ってくるにおいが、朝食のメニューにオーブンから出したばかりのスコーンがあることを教えている。私道にステファニーの車があったから、そのスコーンがすでに食べられていることも――平らげられたと言うべきだろうか――わかっていた。

「着いた。着いた」エマはうしろ手にゲートを閉めると、アルフレッドの遺産である花のついた生垣と茂みの脇を進んだ。途中で足を止めてオシロイバナをそっと撫で、ジャスミンの香りを嗅ぎ、自分の庭の配置のヒントになりそうだと思ったことを頭の中でメモした。

家の裏手にジャスミンを移し替えたら、居間の窓の下の花壇にはまったく違う花を植えてもいいかもしれない……

きっと素敵になる――

「遅刻よ、ディア」

ぎくりとして顔をあげると、ドッティが車椅子の肘掛けをこつこつと指で叩いているのが目に入った。その向かい側では、ステファニーがなにかを待っているかのようにコーヒーカップを見つめている。

「九時って言ったじゃない」エマは反論した。「いま、九時よ」

「九時七分ね」

ひとつだけ空いている椅子の脇にトートバッグを置きながら、エマはドッティを見つめた。

「エンジンを切ったのは九時ちょうどだった。時計を見たもの」

「私道からここまで七分もかかりませんよ」

「あなたの時計が進んでいるのかもしれない」

ドッティが顎を突き出した。「それとも、あなたがぐずぐずしていたか」

「ぐずぐずなんてしてしていない。わたしはただ……」エマは通路を振り返り、深々とため息をつきながら腰をおろした。「わかったわよ。いつものごとく、アルフレッドの園芸の腕前に見とれていたの。でも、こうしてここにいるんだから。そうでしょう？」

「そうね」

「それじゃあ、始めましょうか？」エマはステファニーを見たが、彼女がぴくりとも動かず、エマが来たことにも気づいていないらしいのがわかって、パンと手を叩いた。「ステファニー、聞こえてる？　起きて、ステファニー」

「彼女は朝が苦手なのよ、ディア。でも少なくともここにいる——それも時間どおりにね」

エマはぐるりと目をまわしながら、スコーンをひとつ、ベーコンをふた切れ、スクランブルエッグをスプーンに一杯分皿に取った。「わたしは昨日、ふたつつかんだことがあるの。そのうちのひとつは、なかなか興味深かったわ」

ドッティはティーカップをテーブルに置き、代わりにノートとペンを手に取った。

「続けてちょうだい」

「ロジャーが死んだとき、彼と秘書の関係は終わっていたと思う」

ステファニーが隣で身じろぎした。「へえ、本当に？」

「パーティーにようこそ」エマは笑いながら言った。

「パーティーは土曜日の朝のとんでもない時間に始まったりしないわよ」

「確かにね」エマはステファニーがコーヒーをひと口飲み、スコーンをかじるのを見て、同じようにコーヒーとスコーンを口に運んだ。「昨日キムに会ったとき、ロジャーのオフィスに行って、彼が死んだことを従業員のリースが知っているかどうか確かめてほしいって頼まれたの」

「知っていたの？」ペンを構えたドッティが訊いた。

「死体を発見したのが彼女だったから、答えはイエスよ」

「わお」ステファニーが身を乗り出した。「テレビではそういうのをしょっちゅうやっているけれど、実際に家に入っていって死体を見つけたわけ？　とても想像できない」

「でもリースは、キムが逮捕されたことは知らなかった」エマは言い添えた。

ドッティはノートから顔をあげた。「それを知った反応は？」

「動揺していた。キムが逮捕されたのはわたしのせいだって言ったら、もっと動揺していたわ。でもどうしてそうなったのかを説明して、キムが犯人じゃないっていうことを証明するために、わたしはできることをなんでもするつもりだって言ったら――」

「わたしたち」

「え？」

「キムじゃないということを証明するために、わたし、、、わたしたちはできることをなんでもするのよ」

「もちろんそうね」エマはテーブルを、料理を、ドッティのノートを、そしてステファニーを示して言った。「忘れるなんて、わたしはどうかしている」

「それでいい。続けて」

エマは卵をひと口食べ、もっと大きくスコーンを頬張った。

「とにかく、キムを助けるつもりだって言ったら、ロジャーとブリトニーの間にはなにかトラブルがあったみたいだってリースが言ったのよ」

「それって痴話げんかみたいなこと？」ステファニーはエマの皿から奪ったベーコンを食べながら訊いた。

「わたしも最初はそう思ったの。でももっと深刻なものだったみたい。別れ話につながるような」

ドッティは書く手を止めてエマを見つめ、続きを待った。

「ブリトニーと彼女の夫は家を売りに出しているの」エマは言った。

「離婚するから？」

エマはステファニーに向き直った。「違うの。ふたりは、ウォールデン・ブルックに家を買おうとしているのよ。ふたりで。夫婦として」

「それならどうしてキムは、ブリトニーとロジャーがまだ付き合っていると思っているのかしら？」ドッティが訊いた。

「いい質問ね。キムが知らなかったから、てっきり最近の話かと思ったのよ。でも、ブリトニーの家を売っている不動産業者から聞いたところによると、彼女たちはすでに新しい家の契約が済んでいるらしいわ」

「ウォールデン・ブルック」ステファニーが繰り返した。「聞いたことがあるけれど、どこでだったのかは思い出せない。わたしの家を探すときに、あなたが連れていってくれた場所のひとつ？」

エマは笑った。「まさか。そこに住むには大金が必要よ。かなりの額が」

「そんなところが買えるなんて、ブリトニーの夫はどんな仕事をしているの？」ドッティはペンをティーカップに持ち替えた。

「そこなのよ。キムによれば、ブリトニーの夫のトレヴァーは売れないミュージシャンなんですって」

ステファニーはエマのベーコンを食べ終え、ふたつ目のスコーンに取りかかった。

「彼がレコード会社にスカウトされたとか？　それとも彼女とうまくいっていたときにロジャーが昇給してあげて、別れたあともそれをさげることができなかった？」

「ウォールデン・ブルックで家を買おうと思ったら、ものすごい額の昇給が必要よ」エマは内見した家を思い出し、ぶんぶんと首を振った。「いまより少しいい家に引っ越すっていうような話じゃないのよ。ふたりが売ろうとしている家と、ウォールデン・ブルックにある家との差はかなりのものよ」

ステファニーは興味津々でエマを見た。

「かなりって、一万ドル単位？　それとも十万ドル？」

「後者ね。間違いなく」エマはトートバッグから、内見のときに不動産業者にもらったチラシを取り出し、まずステファニーに、それからドッティに見せた。「これが、ふたりが売ろうとしている家」

ドッティはチラシを受け取り、一番下に記されている価格を確かめると、再びペンを手にした。「よくやったわ、エマ。本当によくやった」

「これに意味があるのならね」

「なにか意味があるはずよ、ディア」

「でもどんな？」エマは戻ってきたチラシを皿の横に置いた。

「それをこれから突き止めるの」

「ロジャーに訊くことはできない」エマはパラソルの下から椅子を押し出して、朝の日光を顔に受け止めた。「それにキムから聞き出せた話からすると、彼女は、ロジャーがしていることは見ないようにしていたみたい。だとすると、残るのはブリトニーね」

「よくできました、ディア」

エマはドッティが視界に入るまで、顎を引いた。「だからどうするっていうの？　彼女と会って、ロジャー・フェルダーとの不倫について訊くの？　終わった理由も？　まったくの他人に、いったいだれがそんな話をしてくれるの？」

「皮肉はあなたに似合わないわよ、エマ」

「ごめんなさい。でも真面目な話よ。彼女はわたしたちと会ったこともないのよ」

ステファニーはベーコンの最後のひと切れをつまむと、縁をぐるりとかじり取り、残った部分を口に放りこんだ。「だから、わたしたちはもっとうまく立ち回らなきゃいけないのよ」

「どんなふうに？」

「手始めに、彼女がジムに通っているかどうかを調べる」ステファニーが言った。「もし通っているのなら、いつ行っているのかを探り出して、同じ時間にそこにいるようにするの」

エマの笑い声に、庭の隅でにおいを嗅いでいたスカウトが駆け戻ってきた。

「あなたは、だれかが来る時間どころか、わたしたちが決めた時間にも来られないじゃないの」

「解釈の問題ね」

「ううん、そうじゃない。事実よ」

　ステファニーは自分の膝を軽く叩いて、前足をのせるようにスカウトを促し、彼が従うと頭にキスをした。

「いいわ。それならわたしは仕事をしていないときに、このイケメンワンちゃんを助手として雇うことにする。今日このあととか、明日とか」

「それで？」

「スカウトは散歩が好きでしょう？」ステファニーはキスを繰り返す合間に訊いた。「彼を連れて、あなたが何度も口にしているその高級住宅街を散歩するのよ。ブリトニーが外にいるかもしれない」

「それでどうするの？　彼女に話しかけて、心の奥底の秘密を打ち明けてもらうわけ？　そんなに都合よくはいかないでしょうね」

　ステファニーはスカウトに向かって顔をしかめた。

「あなたのママはいつもこんなふうに水を差すの？」

「そうよ」ドッティが答えた。

　エマはさっとドッティに顔を向けた。「ひどいわ」

「ステファニーのアイディアは悪くないわよ、ディア。盗聴マイクをつけるのもね」

「わたしはそんなものつけないから」

　ドッティは天を仰ぎながら、ふっと息を吐いた。「どうして？」

「ステファニーと一緒に行くのなら、耳がふたり分あるからよ。それで充分――待って」エマは再び目を細くしてステファニーを見た。「そうだった、わたしたち取引したんだったわよね？　あなたは明日の午後、わたしと一緒にアンディとジョンの家に行くことになっていたはずよ。わたしがジョンと話をしているあいだ、あなたの家についてアンディの知恵を借りられるように」

ステファニーはうめいた。「あー、忘れていた」

「わたしは忘れていないから。二時に迎えに行くわね」ステファニーが反論しようとしているのを感じて、エマは片手をあげた。「その時間ならあなたも起きて着替えをしているだろうし、帰ってから朝までに残りの仕事を片付ける時間がある」

「彼女をクビにできる？」ステファニーはドッティに尋ねた。

「もちろん」

エマはドッティに険しいまなざしを向けた。「あら、ずいぶんと忠実だこと。ずいぶんと……」

「彼女が訊いたのは、あなたをクビにできるかどうかっていうことよ、ディア。わたしは質問に答えただけ」

「それはそれは」

「けれど彼女の質問が、あなたをクビにするべきかどうかだったら、わたしはノーと答えていたわね」ドッティはペンをエマに向けた。「昨日はほかにもわかったことがあったって言ったわね？」

エマは体からエネルギーが流れ出てしまったような気分だった。

「ええ、言った」

「続きを待っているんだけれど」

「凶器……」

ドッティとステファニーは申し合わせたかのように揃って身を乗り出した。

「キムのものだってジャックは言っている」

ドッティが息を吸う音は、ステファニーが息を吸う音にかき消された。「わお」

「でも証拠は捏造《ねつぞう》できるでしょう?」エマが尋ねた。

ドッティはなにかを考えているかのように、ゆっくりとうなずいた。

「確かに。わたしの本の中では、いつもそんなことが起きている」

「わたしが見ている犯罪番組でもそうよ」ステファニーが言葉を継いだ。

「でも、どうして?」エマはスカウトを見た。「どうしてそんなことをするの?」

「殺人の容疑をかけられないため」ドッティはメモに視線を戻し、自分が書いたものにざっと目を通すと、赤いインクで質問がいくつか書かれているページを開いた。「ブリトニーはもちろんわたしたちの容疑者リストに載っているけれど、彼女の夫も無視できないわね」

「トレヴァーのこと?」

「トレヴァー……」ドッティは余白に彼の名前を書いた。「彼は自分の妻がロジャーと関係を持っていたことを、キムと同じくらい不愉快に思っていたはずよ。調べるべきもうひとりの容疑者ということね」

「確かに。でも昨日の不動産業者の話からすると、彼は妻を許して元のさやに戻っただけじゃなくて、これまでよりずっと高い家を買うことにしたのよ」エマはもう一度チラシを取り出してしげしげと眺め、小さくてぼろぼろのその家を思い浮かべた。「なにかおかしい気がするのよ」

ドッティがパンと手を叩いて、エマを現実に引き戻した。

「それそれ！　それを追うのよ！」

「え？」

「いまあなたが言ったこと。あなたの直感が訴えているのよ、ディア。だから耳を傾けるの。どこに行き着くのかを見極めるの」

「どこに行き着くか？」エマは繰り返した。

「なにかがおかしいと感じるときは、たいてい本当におかしいものなのよ。いまあなたがすべきなのは、その理由を突き止めること」

「わお、わお、わお」エマはドッティから、うなずいているステファニーに視線を移し、再びドッティを見た。「わたしが？　探偵ごっこに必死になっているのはわたしじゃないわよ。あなたたちじゃないの」

「それなら、あなたはなにもせずに手をこまねいて、またひとり顧客を失ってもいいのね？」

「よくない。よくないに決まっているじゃない。でもこの件は、顧客を失うとかそういう話じゃない。キムはやっていないって、わたしは直感でわかっているんだから」

「そうね。そして、あなたの直感がなにかおかしいって言っているなら、それに従うべきよ。あなたが正しいかどうかを確かめるの」

「どうやって？」

「ブリトニーがどれくらい稼いでいるのかを調べるのね。副業をしているのかどうか、トレヴァーはなにをして稼いでいるのか。ミュージシャンとしてではないのなら、なにをしているのか。それから、なにより重要なのは、彼がどれくらいロジャーを憎んでいるかね」

「どうやって調べろっていうの？」エマが訊いた。「ふたりと会ったこともないのに」

ステファニーが立ちあがったので、椅子の脚がパティオの床にこすれて音を立てた。

「スカウトをつれて散歩するのよ。さっき言ったみたいに」

「それで？　通りかかったとき、ふたりが外にいなかったら？」

「二度も三度も通るの……なにか知っているかもしれない近所の人と話をする……電話を使わなきゃならない状況を作り出す……ふたりの家の色がすごく気に入ったからその色の名前が知りたいって言って、ドアをノックする……なんでもいいわ。エマ、なにか考えるから」

エマは庭へと進んでいくステファニーを目で追い、お腹を撫でてもらうことを期待してそのあとを追っていくスカウトを眺め、彼の望みどおりになったのを確認したところでドッティを振り返ってため息をついた。

「またあなたたちに説得されて、素人の探偵ごっこをすることになったなんて信じられない。

一度で充分だったのに」

「それじゃあ、散歩をするのね？」

エマはチラシをトートバッグに押しこむと、立ちあがった。

「散歩をするわ」

15

「わお、冗談じゃなかったのね？」エマと並んで歩道に立ったステファニーは、あんぐりと口を開けていた。「だって、ここにある家を見てよ。ものすごく大きい」

「言ったじゃない」

「それはわかっているけれど、でも……」ステファニーは両手を広げ、その場でゆっくりと回った。

エマはうなずき、スカウトの首輪にリードをつけると、目的の方角へと彼を促した。

「さっき車で通ってきたあたりの家と比べると、とりわけその大きさが目につくでしょう？」

「本当ね」ステファニーはエマと並んで歩きだしたが、次の家の前で足を止めてまじまじと眺めた。「あそこからここ？　どうやったらそんなことができるわけ？」

「見当もつかない」

「なにかして稼いでいたんでしょうね。ふたりがどれくらいのお金を持っていたのか、想像してみてよ」

エマは肩をすくめた。「わからない……ふたりがお金を必要としていたなら……でもひとつはっきりしているのは、すべて持っているふたりにも、スカウトみたいな素晴らしい子はいないっていうことよ。そうよね、ボーイ？」

スカウトの尻尾が速度を増した。

「あなたっていかにも犬のママっていう声を出すよね」

「犬のママの声？」

ステファニーは目の前の家を最後にもう一度見てから、エマを促して散歩を再開した。

「そう。犬を飼っている人はみんなそんな声が出せるってだれでも知っている。猫を飼っている人もね。でも――」ステファニーは二度、あくびをした。「――それって、可愛い。面白いし」

「保護施設に行って猫をもらうことを、もう一度考えてみた？」次の家の前を通り過ぎながらエマが訊いた。

「考えた。でもその前にどんな家を建てたいかを決める必要があるし、最近はそんなことを考えている時間がないんだもの。仕事がこれまで以上にとんでもないことになっていて――そんなことありえないって思っていたけど。でも……また同じことを言っているわね。わたしは年を取って、よぼよぼになるまで、母さんと一緒に暮らすんだわ」

エマは次の二軒の郵便箱の番号を確かめ、そのまま歩き続けた。

「そんなことない。あなたはどんな家が欲しいのかを決めて、家を建てて、猫を飼って、聡明で勤勉な女性として最高の人生を送るのよ」

「ハン！」

「本当だって。今日の午後から始まるの。アンディと会って。すぐにわかるわ」エマは前方の三つの郵便箱を眺め、足取りを緩めた。「あれよ」顎で大きな地中海風の家を示した。「ゆうべ、インターネットで調べた番地」

ステファニーは足を止めた。「わお」

「本当に〝わお〟ね」エマは、円形の車寄せ、石造りの階段、窓越しに見えるシャンデリアと曲線を描く階段といったものを眺めながらつぶやいた。

「見ちゃだめ」ステファニーがエマの腕をつかんだ。「玄関が開くわ」

その言葉どおり、ドアがさっと開き、数秒後に若い女性が石造りの階段の上に姿を現した。汗をかくためではなく、どちらかと言うと見せるために作られたようなスポーツウェアに身を包んだ彼女は、かがみこんで左のスニーカーの紐を結び直すと、ポニーテールにした金色の髪を肩の上で揺らしながら三段の階段を軽やかにおりた。

「彼女？」ステファニーが小声で訊いた。「だって彼女は……若く見える。あなたみたい」

エマは内見した家で見た写真の女性を思い起こし、私道を近づいてくる彼女と頭の中で比較した。

染めた金髪――一致

鍛えあげた腹筋――一致

長くて形のいい足――一致

高い頬骨——一致

そして、忘れちゃいけない、大きな——

「あんなに大きいのに、どうしたら走れるの?」ステファニーは聞こえるほど大きなため息のあとでつぶやいた。「だって、すごく揺れるじゃない? 痛くないのかな?」

エマは思わず笑い出したくなるのを唇をぎゅっと結んでこらえ、肩をすくめた。

「わからないわ」

「わおとしか言えないわね」

エマはうなずき、ほんの数センチにまでステファニーとの距離を詰めた。

「さっきのあなたの質問だけれど、そうよ、彼女は間違いなくブリトニー・アンダーソン」ステファニーは小さく首を振りながらかがみこみ、スカウトの顎を持ちあげると、目と目を合わせて言った。「さあ、あとはあなた次第よ、ボーイ。あなた次第。だから、しっかりね、わかった?」

「なにがスカウト次第なの?」

ステファニーは天を仰ぎながらエマからリードを奪い取ると、歩きだした。ブリトニーとの距離がみるみる縮まっていく。

「ちょっと……ちょっと……速すぎるって」エマがささやいた。「なにをしているの?」

「そのために来たことをしているのよ」

反論どころか、なにが起きているのかをエマが認識できないでいるうちに、ステファニーはリードを持っていない手を私道の終わりまでやってきたブリトニーに向かって振った。

「こんにちは！　この地区にようこそ！　素敵なウェアね！」

「ありがとう」ブリトニーは歩道におり立つと、すぐにスカウトの前でかがみこんだ。

「このハンサムな子の名前は？」

「スカウトよ。エマの犬なの」ステファニーはエマを示して言った。「わたしはステファニー――ステファニー・ポーター」

ブリトニーはスカウトを撫でていた手を止めると、満面の笑みをエマに、それからステファニーに向けた。「わたしはブリトニー。ブリトニー・アンダーソン」

「いつ引っ越してきたの？」ステファニーが訊いた。

「木曜日よ」

「木曜日？」エマが訊き返した。「でもその日って――」

「エマとわたしが一緒にカプチーノを飲んだ日ね。だからあなたの引っ越しトラックに気づかなかったんだわ」

「そうじゃなくて、その日は――いいいい！」エマはステファニーの冷ややかな目をにらみ返した。「いったいなにを――」

「引っ越しトラックは使わなかったの」ブリトニーはスカウトをもう一度撫で、耳のうしろをもう一度掻いてから、体を起こした。「夫のトレヴァーとわたしはゼロから始めようって決めたのよ。新しい家、新しい家具、新しいスタート。おかげで、この何日かのわたしのコンピューターの検索履歴は、家具や室内装飾のサイトばっかり。もちろん楽しいけれど、爪も嚙みたくなるわね」

ブリトニーは片手をあげて、明るい黄色に塗られた爪を確かめてから笑った。

「つけ爪ってありがたいわよね？」

「わお。あなたの指輪！」エマは大きなダイヤモンドがよく見えるように身を乗り出した。

「本当に……見事ね」

「新しいスタート。新しい家」ブリトニーは手をひらひらさせながら言った。

「まったくそのとおりね」ステファニーはちらりとエマを見て、そうとはわからないくらいごくかすかに首を振ってから、絵に描いたような六月の一日を満喫している素振りを見せた。

「外で過ごすには最高の日じゃない？」

「気持ちがいいわね」ブリトニーがうなずいた。「裏のパティオに座って、夫が奏でる曲を聴いていたくなるわ」

ステファニーが眉を吊りあげた。「あら、彼はどんな音楽が好きなの？」

「自分の曲があるの。彼はミュージシャンなのよ」

「わたしたちも聴いたことがある？」

ブリトニーは笑顔で応じた。「まだないわ。でも、そのうちね。みんなが聴くようになる」

「彼はとても才能があるのね」

「ええ、ものすごく」ブリトニーの笑みは誇らしげなため息に変わった。

ステファニーは再び、家に目を向けた。

「彼は、いまはなにをしているの？　生活のためにっていう意味だけれど」

「音楽に集中している。彼ほどの才能がある人は、そうしなければいけないのよ」

ステファニーの顔を見ずとも、笑いをこらえていることはエマにはわかっていた。彼女が冷静さを取り戻しているあいだ、代わりにエマが話を続けた。

「どこから引っ越してきたの？」

不意打ちのつもりでエマが口にした言葉に、ブリトニーの笑みがほんのわずか翳《かげ》った。そのあとは落ち着きなく両手をもみしだいている。「ここで引っ越したの」

「ここってテネシーっていうこと？」ステファニーは再びちらりとエマを見ながら尋ねた。

「それとも、スイート・フォールズのこと？」

ブリトニーは手を離し、淡いピンク色のランニングパンツの脇で拭った。

「実はスイート・フォールズなの」

「まあ、素敵。どのあたり？」

ブリトニーの顔に残っていた笑みが消えた。「ジェニングズ・ロード。でもそれは……その……町の雰囲気をつかんで……いずれどこに……行きたいかがわかるまで……そこにいただけで……」

「賢明だわ。どれくらいそこにいたの？　ほんの数ヵ月？」

ブリトニーは明らかに落ち着かない様子で、片足からもう一方の足へと体重を移し替えている。

「いいえ、わたしたち、その……長すぎた。あそこに長くいすぎたわ」

「ちょっと待って」ステファニーはわざとらしくうしろにさがり、その家の全体像を見て取ってから、ぐっと前に身を乗り出して言った。「これって、デイヴィッドのあれ？」

戸惑いながらもエマは誘いにのって、ブリトニーの顔に書かれている質問を口にした。

「デイヴィッドのあれって？」

「くじに当たった人が家を探す手伝いをするテレビ番組よ」エマがまだ戸惑っているのを見て、ステファニーは顔をしかめた。「まじで？　あの番組を見たことがないの？　気は確か？ものすごく面白い人なのよ。笑顔が可愛らしいし、それに――」

ステファニーは言葉を切り、声をあげて笑ってから、エマとブリトニーの視線を家のほうへと誘導した。

「あなたが提示する価格なら、彼も大歓迎したでしょうね」そう言って鼻にしわを寄せた。「だって、くじに当たった人たちが言う予算って本当にわずかだから、彼はものすごく苦労するの。いつもそう。でもとても面白いのよ。母さんも大笑いしてる」ステファニーとエマの視線がつかの間からまった。「絶対に見るべきよ、エマ。数日間でも彼と一緒にいられるなら、ぜひくじを当てたいってきっと思うわよ。それに――」

「ごめんなさい、電話がかかってきたみたい」ブリトニーは振り返って家のほうに向かって手を振り、肩をすくめながらエマとステファニーにわざとらしい笑みを向けた。「新しく近所になった人たちとのおしゃべりも切りあげなきゃいけないみたい」

「でも、走るところだったんでしょう？」ステファニーが訊いた。

ブリトニーはもう一度肩をすくめ、もう一度わざとらしく笑った。

「いつでも走れるもの」そう言って、私道へとあとずさりする。「とにかく、もう戻らなくちゃ。あなたたちに会えてよかったわ。スカウトにも」

ステファニーは身をかがめて、スカウトの頭を撫でた。

「こちらこそ、あなたに会えて――」

「無駄よ、ステフ」エマはだれもいない私道を顎で示すと、ステファニーの手からスカウトのリードを受け取り、自分の手に巻きつけた。「彼女は逃げ出したっていうことよね？」

「わたしには、ごく普通に見えたけれど」エマが運転席に乗りこんだところで、ステファニーが言った。「ちょっとわがままそうだけれど、でも普通だった」

「ふーん」

「わたしたちが呼び止めたせいで彼女が走れなくなったのは、申し訳なかったわね。でもわたしは、ただ走るためだけに走るなんてさっぱり理解できないから、いいことをしてあげたんじゃない？」

エマはハンドルのまわりを指でなぞり、それからその手を膝に置いた。

「ちょっと？　エマ、聞こえている？　返事して、エマ」

エマは助手席にいる女性に目を向けて、頭が働き始めるのを待った。「ごめん、なに？」

「車に乗ってからわたしが言ったことを聞いていた？」

「聞いていたわよ」エマが答えた。「たぶん」

ステファニーは座ったままスカウトを振り返った。「ねえ、完全にいかれちゃってるのはわたしだと思う？　それともあなたのママ？」

スカウトはとりあえず舌を引っ込めると、座席のあいだから頭を突き出してエマの顔をなめ、それからまたうしろの窓からの景色観賞に戻った。

「エマだっていうことね」ステファニーは座り直した。「それで、いったいどうしたの？　なにもつかめなかったから、がっかりしているの？　つかめていれば万々歳だったけれど、まだ始めたばかりなんだから。テレビドラマでは、すぐに手がかりがつかめるけれど、わたしたちは警察官じゃないし、ドラマの中の容疑者は電話がかかってきたからと言っていなくなったりしないもの」

「電話はかかっていなかった」エマは振り返り、車を止めた場所からかろうじて見える私道とブリトニーの家の私道の境目を見つめた。「彼女の作り話よ――全財産を賭けてもいい」

「そんなに財産があるの？」

エマは車の中に意識を戻し、ステファニーを見た。

「ただの言い回しよ。わたしは――」

「意味ならわかっている。ちょっと嫌味を言っただけ。母さんによれば、それがわたしの得意分野らしいから」ステファニーは助手席のドアにぴったりと背中をつけると、胸の前で腕を組んだ。「説明してくれる？　どうして電話はかかっていなかったって思うの？」

「彼女が家のほうを振り返ったのは、電話に出なきゃいけないって言ったあとだったから。それに電話の呼び出し音は聞こえなかった。あなたは聞こえた？」

「ううん。でも彼女が家に向かって手を振っていたから、夫が呼んでいるんだろうって思ったの」

「彼が呼ぶ声を聞いた？」

「ううん。でもわたしはデイヴィッドのテレビ番組の話をしていたから――」

「だれも呼んだりしなかった」

ステファニーは眉を吊りあげた。「確かなの？」

「百五十パーセント確かよ」エマはステファニーの視線をたどって前方の窓から外を眺め、それから同じように眉を吊りあげて彼女を見た。「となると、なぜだろうっていう疑問が浮かんでくる。あなたはどう思う？」

「わたしの意見？」

エマは長く止めていた息を吐いた。「彼女は以前の家についてのあなたの質問から逃れたかった。とりわけ、その家と――」エマは通りの先を示した。「この家の大きな違いについて」

「わたしたちから見くだされたくなかったとか？　もしくは自分が引っ越してきたせいで、

高級住宅街の評判がだめになると思った？」

「それって……」

「いつかわたしたちにも宝くじが当たるかもしれないじゃない。そうしたら、本当にスカウトを連れてこのあたりを散歩するんだわ」

ステファニーが言い終える前から、エマは首を振っていた。「そんな話じゃない。わたしにはわかる。ただ、電話がかかってきたふりをしたっていうだけじゃない」

「そうなの？」ステファニーは、自分の存在を思い出させようとするスカウトの舌を受け止めながら、話を続けてというように指をまわした。「聞いてるから」

「まずひとつめ、彼女がここに引っ越してきたっていう日のこと、なにかに気づいた？」

ステファニーはまた窓の外を見た。「なにも。どうして？」

「彼女たちは木曜日に引っ越してきたの」エマは指を一本立てた。「思い出して。カプチーノですって？」

「わたしたちがどこにいるかを考えれば、ふさわしいでしょう？」

「それはもういいから」

「木曜日のなにがそんなに重要なのか、教えてよ」

「木曜日よ、ステファニー。木曜日」ステファニーの表情が変わらないのを見て、エマはヘッドレストに頭をもたせかけた。「その日はブリトニーの上司であり、前の恋人でもあるロジャーが死体となって発見された次の日なのよ。ほんの三日前」

「そうだった」ステファニーは白髪交じりの髪をかきあげた。「彼女が一緒に働いていた人、ましてや恋愛関係にあった人を亡くしたばかりだなんて、思えなかった」

「そういうこと」

「興味深いわね」

「でしょう？」エマはステファニーの視線をいま一度、ブリトニーの家に向けさせた。「ふたつ目、トレヴァーはまだミュージシャンになる夢を捨てていないことが確認できた。言い換えれば、給料をもらえるような仕事にはついていないっていうこと」

「いいところを突いたわね」ステファニーはうなずいた。「極貧から大金持ちっていう話は、かなりにおうっていうことね？」

「そのとおり」

「それで、これからどうするの？」

いい質問だった。いまのエマには答えられない。でもひょっとしたら、少し時間と場所があれば……

「シートベルトを締めて」エマは自分のシートベルトを締めながら言った。「会いに行かなきゃいけない人がいるんだから。きっとすべて、収まるべきところに収まると思うわ」

16

　スイート・フォールズとクロヴァートンをつなぐ田舎道には、どこか心を落ち着かせるような雰囲気があった。馬がいる広々とした牧草地、ところどころに見える野草の草地、並木が天蓋を作る八キロの長さの舗装道路、時折現れる、車を止めて歩いてみたくなるトレイル道。首と肩の凝りがましになっているのがその効果の表れだとしたら、医者の指示は正しかったということだ。エマは助手席で眠っている同乗者にちらりと目を向け、いまはひとりではなかったと思い出した。

「ほら……ステフ？　起きる時間よ」オールド・ホーレー・ロードに入ろうとしたところで、エマは声をかけた。「もうすぐ着くから」

　やがてステファニーがゆるゆると目を開き、小さな伸びとあくびをした。

「もう？　その家ってクロヴァートンにあるんだと思っていたけれど」

「そのとおりよ」幹線道路からはずれ、砂利を踏む間違いようのない音が聞こえてくると、エマはバックミラーでスカウトを見た。案の定、スカウトは明らかに目的地を察したらしく、後部座席を反対側に移動し、窓から鼻を突き出して尻尾を振っている。

「わお。早かったわね」

エマは笑った。「そうじゃないと思う。あなたがずっと寝ていただけよ」

ステファニーは二度目のあくびに続けて、眠たそうに肩をすくめた。「ごめんね」

「いいのよ。ここまでのドライブは本当に気持ちがよかったから」エマはわだちだらけで危なつかしい砂利道にゆっくりと車を進め、最後にもう一度曲がってサニーブルック・レーンに入った。

十一と書かれている郵便箱の前で車を止め、エンジンを切ったときには、うれしさのあまり悲鳴にも聞こえるほどの熱い鳴き声をあげ始めたスカウトと同じ喜びをエマは感じていた。

「ここがどこなのか、わかっているのね、ボーイ?」

「とりあえず、ひとりはわかっているっていうわけね」ステファニーはまたあくびをしながら言った。

「ここよ」エマは私道の先にあるサトウカエデの木立とその奥に立つおとぎ話のような家を指さして、ステファニーの反応を待った。

唖然として言葉を失っているあいだ、待った。

音もなく息を吸うあいだ、待った。

あんぐりと口を開けているあいだ、待った。

ステファニーがようやく目的地である家からエマに視線を向けたときには、すべてお見通しだと言わんばかりの笑みがその顔に浮かんでいた。

「どうして教えておいてくれなかったの？」ステファニーが訊いた。「ここは……ここは……なんて言えばいいのかわからないわ」

「わたしもよ。だから話さなかったの」

ステファニーは再び、板を重ね張りにした壁、六つに仕切られたふたつの細長い窓の下に置かれた植木箱、玄関へと続くアーチに視線を向けた。

「まるで――本の中に足を踏み入れたみたい」ステファニーがつぶやいた。「子供のころのなにかを思い出すわ――温かくて、魔法みたいで……そして迎え入れてくれるの」

「完璧な表現ね。あとは、中を見るまでのお楽しみ」

ステファニーはエマを振り返った。「中もこんなふうなの？」

「もっといろいろよ」

「どういうこと？」

「自分の目で確かめるのね」エマはバックミラーに目を向けると、ドアの取っ手に手をかけた。「準備はいい、ボーイ？」

右に傾けられたスカウトの頭と、うれしくてたまらないと言わんばかりの甲高い鳴き声と、ステファニーの座席のうしろを強く叩く尻尾が、その質問の答えだった。エマは身を乗り出して、私道の先を眺めた。開いたドア口に杖をついた老齢の男性が立っているのが見える。

「彼がジョンよ。七十三歳で、あなたもわかっていると思うけれど、スカウトが彼に夢中なのよ。もちろんわたしも」エマは言った。

「わかるわ……」そのあとの言葉の代わりにステファニーは無言で息を呑み、数秒後、感嘆のため息をついた。「あれはだれ？」

エマは、年配の友人のすぐ背後から離れないようについてくる三十六歳の男性を眺めた。身長が百九十センチ近くあるアンディ・ウォールデンはハンサムな男性だった。だがチョコレート色の髪も、えくぼのある頬も、きらきらと輝く瞳もその一部でしかない。穏やかな性格と優しい心が、彼を唯一無二の存在にしていた。

「彼はアンディ。ジョンの息子よ」

「彼……」ステファニーは言葉を切り、唾を飲んだ。「彼、素敵ね」

今回の訪問の本当の意図を気づかれまいとして、エマは頬が緩みそうになるのをこらえた。「すぐにわかると思うけれど、もっといろいろよ。さあ、行きましょう。特別な友人に会いたくてたまらないスカウトが、鼻が入るくらいしか開いていない窓を突き破ってしまう前に」

エマはドアを開くと砂利道に降り立ち、スカウトが前部座席のあいだをすり抜けて外に出るのを待った。もう一度、さあ、と声をかけるとステファニーも車を降りて、一緒に私道を歩きだした。

「きみだと思ったよ、エマ」石造りの階段の端までやってきたジョンが言った。「友だちを連れてきたんだね」

「そうなの」

スカウトが一度、二度と吠え、ぶんぶんと尻尾を振った。

「ほらほら、スカウト、わかっているとも。だが紳士というものは、まずは女性に挨拶をするんだよ。常にね」ジョンは笑い、息子の手を借りて前かがみになると、空いているほうの手で自分の腿を叩いた。「さあ、おまえを撫でさせておくれ、スカウト。それが終わったら、家の中には、特別なものを用意してあるからね」

エマはとっさに歩み出た。「スカウト」彼に釘をさす。「優しくするのよ、わかっているわね?」けれどそう言いながらも、そんな言葉が必要ないことはわかっていた。スカウトが優しくしないことなどありえないし、それが彼を愛するたくさんの理由のうちのひとつでもある。それに万一スカウトが礼儀を忘れることがあったとしても、父親の隣にはアンディがいてすべてを見守っている。

けれどスカウトは忘れなかった。尻尾の速度とは裏腹に、ゆっくりと三段の階段をあがって特別な友人に近づくと、撫でたり掻いてもらったりしたお礼に四本の足をしっかりと地面につけたまま、心をこめてジョンをなめた。アンディが父親の頭越しにエマに微笑みかけると、エマも笑顔で応じた。

「ハイ、アンディ」

「やあ、エマ」父親を安全なその場に残し、アンディは階段をおりて私道に立った。彼がエマの頬にキスをし、気味が悪いほど静かなステファニーに手を差し伸べたときには、茶色の瞳の中の黄色い斑点が日光を受けて躍っているようだった。「ようこそ。ぼくはアンディ・

ウォールデン」

彼の手にすっぽりと手を包まれたステファニーは、頬をピンク色に染めた。それでも、まだなにも言おうとはしない。

「こちらはステファニー——ステファニー・ポーターよ。いま家を建てることを考えていて、建築家であるあなたと話をしたらいいいんじゃないかと思ったの」

もちろん、それは事実だ。

ただ、事実のすべてではないというだけで。

そのあとは運命次第。運命と、それからエマが背中で交差させている指と。

「どんな家を考えているのかな？」アンディがステファニーの手を離しながら訊いた。

ステファニーは自分の手を見おろし、ごくりと唾を飲んだ。

「まだ——まだ決めていないの。はっきりとは。どこから、どうやって始めればいいのかすらわからなくて」

「参考になるかもしれない本があるから、一緒に見てみようか」

「ええ。そうしてもらえると——」ステファニーは肩で息をした。「助かるわ。ありがとう」

エマは勝利の笑みを浮かべたくなるのをこらえて一歩脇に寄り、アンディがピンク色の頬をしたステファニーを連れて階段をあがっていくのを眺めていた。あがり切ったところで彼は振り返って訊いた。

「父さんとふたりで大丈夫かな？」

「もちろんよ」

アンディはうなずくと、玄関のドアを開けてステファニーを中へといざなった。とたんにわおとか、ああとかいう彼女の感嘆の声が聞こえてきて、エマの笑みは一層広がった。

「きみは上手なポーカープレーヤーにはなれそうにないね、お嬢さん」

エマは、階段の上にいるジョンと尻尾を振り続けているスカウトを見あげた。

「あら？　どうしてそう思うんですか？」

「ひとつ目、きみはわたしに背中を向けていた」

「だから？」

「きみは背中で指を交差させていた……」

エマは笑った。「あらまあ」

「ふたつ目、息子が餌に食いついたとき、きみの踵《かかと》がぐっと持ちあがった」

「餌？」エマは笑顔で訊き返した。「餌ってなにかしら？」

ジョンの笑い声とエマの笑い声が混じり合い、ジョンは最後にもう一度スカウトを撫でてから杖を握り直した。

「なかなかだったね。さて、中に入ろうか。今日きみが来るというので、スカウトのために特別なおやつを用意したし、アンディとふたりでわたしの母親が得意としていたアニゼットのクッキーを焼いたんだよ」

「クッキーのひとことでやられちゃいました」

「わたしがやられるとしたら、アニゼットの方だな」ジョンは階段をあがるようにエマを手招きし、彼女がすぐ隣にやってきたところで、スカウトを従えてドアへと進んだ。「サンルームに行くことにしよう。そうすればきみの……試みの邪魔にならないからね」

「そのクッキーをできるだけ早くいただくためにも、無駄に否定はしないことにしますね」

ジョンの笑い声と共に、一行は家の中に入った。「わたしに異存はないよ、お嬢さん」

その奥に居間があるキッチンのアーチ形の入り口から、時折笑いを交えながら話をする声が聞こえてきたので、ふたりと一匹は足早にその前を通り過ぎた。さらに床から天井まである石造りの暖炉、本でいっぱいの作りつけの本棚、額に入れられた写真、そして決して見飽きることのない思い出がいっぱいに詰まった細々した品物の前を通って、もうひとつのアーチ形の入り口をくぐった。

居間がそうであるように、山頂が見える壁一面の窓から、そこから射しこむまばゆいほどの日光とその光を受けるクッション付きの長椅子まで、そこは居心地がいいという言葉と素晴らしいという言葉が両立する部屋だった。ジョンは動きに制限があるとは思えないほどの速さで長椅子へと近づき、その横に置かれたリボンをつけた骨の形のおやつを空いているほうの手でつかんだ。

彼は振り返り、スカウトを見つめながらエマに向かって言った。

「兄とわたしが一緒に育った犬の話をしたことを覚えているかい？　彼がここにいるスカウトにそっくりだったと言ったことを？」

「ロケットっていう名前でしたね。火事でご両親と一緒に亡くなった」

「ロケットは賢かったよ。スカウトみたいに。人間や人間が必要としていることをわかっているようだった。わたしと一緒にいるときは、やんちゃだった。わたしの両親と一緒のときは、最高に行儀がよかった。スカウトがわたしに優しくしてくれるように――」ジョンは杖を握る手を小刻みに揺らした。「ロケットは兄に優しかった。彼は……わかっていた」

エマは長椅子の向かい側にある椅子にゆっくりと近づくと、腰をおろした。

「お兄さんは障害があったんですか？」

聞こえなかったのだろうかとエマは思い、もう一度同じ質問を繰り返そうとしたところで、彼は手の中のおやつを見おろした。「みんなはそう言っていた」

「あなたはそう思っていなかったんですね？」

ジョンはエマに視線を向けたが、彼女を見ているわけではないことは明らかだった。

「どうでもよかった。わたしはほんの子供で、彼はわたしの兄だった」

エマはなにか言おうとしたが、彼が現実に戻ってきたのでそのまま口を閉じた。

「ここにいるハンサムな子が特別なおやつにかじりつくのを待っているというのに、わたしの昔話のほうがいいのかね？」

彼は杖を握った手の前に骨の形の犬用ビスケットを持っていき、リボンをほどいてからスカウトに差し出した。

「さあ、どうぞ、ボーイ。ロケットがそうだったように、おまえもこいつが好きかどうか教えてくれないか」

スカウトはビスケットをくわえると、お礼に尻尾を振り、ジョンが長椅子に腰をおろしているあいだに、窓の近くへと運んでいった。スカウトがゆっくりと、けれど喜んでビスケットを食べ、同じくらいの熱心さでその周辺をなめるさまを、ジョンとエマは数分間眺めていた。

「ロケットは美食家だったようですね」エマがジョンに視線を戻すと、彼は手の甲であわてて涙を拭っているところだった。なにか尋ねるどころか、尋ねるべきかどうかを考える間もなく、ジョンは右側にあるエンドテーブルからクッキーがのった皿を手に取り、笑顔で差し出した。「きみがこれまで食べた中で最高のクッキーでなければ、わたしは帽子を食べてみせるよ」

「帽子なんてかぶってないじゃないですか」

「わたしの部屋のベッドの支柱にかけてある」

エマは身を乗り出して、クッキーを一枚取った。「すごくおいしいクッキーなら、いままでにも食べたことが……」

「だがわたしの母のアニゼットのクッキーは食べたことがない」

「すごく自信があるんですね」エマはからかうように言った。

「そいつを食べているからね」

エマは乾杯するようにクッキーを掲げ、にっこり笑い、うなずいて、ひと口かじり――

「わお」かじりかけのクッキーを見つめたあと、エマは味蕾《みらい》が奏でる陶酔感に目を閉じた。

「これはなに？　どうしていままで食べたことがなかったのかしら？」

「一年に一度しか作らないんだよ。母の誕生日に——昨日だったんだ」

エマはもうひと口、さらにもうひと口、そしてもうひと口食べ、空になった手を椅子にだらりとおろした。「わお。それしか言えない……わお」

ジョンは笑顔になったエマを見て、一段とうれしそうに再び皿を差し出した。

「これで、きみの心配事がいくらかでも減ればいいと思ってね」

「わたしの心配事？」エマは二枚目のクッキーから顔をあげた。

テーブルに皿を戻したジョンは椅子に座り直し、顎の下で両手の指を突き合わせた。

「ゆうべ電話をかけてきたとき、きみの声が気になった。なにか心配事があるんだろう？」

そんなことはないとどれほど言いたかったことか。すべてはうまくいっていると言いたかったけれど、だめだった。ここで彼と一緒にいるあいだは、ほんのつかの間でも現実を忘れることができたけれど、彼の言葉の真実とその目に浮かぶ表情が、現実を引き戻した。

「わたしは話を聞くのが得意だよ、エマ」

「わかっています」エマはクッキーを見つめた。

「それなら聞かせてくれるかな。少なくとも、それできみは悩みを吐き出すことができる。うまくいけば、わたしは違うものの見方や、もしくは七十年を超える人生で得た知恵をきみに伝えられるかもしれない」

そういうわけで、エマは彼に話した。キムのこと。ロジャーのこと。キムの逮捕に手を貸してしまったこと。彼女とジャックのつかの間の停戦。キムと交わした約束。その約束を果たせないかもしれないという恐怖。話し終えたエマは、両手で顔を覆ってうめいた。

「きみの新しい友人はとても困ったことになっているようだね」

「わたしのせいで。そこから彼女を救い出したいのに、どうすればいいのかわからない……そんなことができるのかどうかも」

「できるよ」

エマは指のあいだからジョンの顔を見た。「すごく確信があるみたい」

「あるからね」ジョンは指を鳴らしてスカウトを呼び、彼が嬉々として近づいてくると、軽く撫でてから長椅子に座らせた。「きみの庭のビフォーアフターの写真を見せてくれたね。きみは、あれだけのことをやってのけた」

「大切な友人のアルフレッドの手助けがありましたから」

「あの植物はアルフレッドが植えたの？」

「もちろん、彼の庭にも同じものがありました」

ジョンはスカウトがさらしている横腹を撫でようとしていた手を止めて、首を振った。

「そういうことじゃない。彼が実際にきみの庭に植物を植えてくれたのかい？」

「いいえ」

「水や肥料をやってくれた？」

「いいえ」

「つまり彼からアイディアや提案をもらったかもしれないが、実際にやったのはきみだということだね？」

「ええ」

「それは初めから全部うまくいった？」ジョンの手がこれ以上望めないほど完璧な箇所を撫で始めたので、スカウトは気持ちよさに目を閉じている。「なんの問題もなかった？」

エマは膝の上に両手を置いて、笑った。「いいえ。正しい場所と正しいやり方をつかむまでに、何度も植物を買い直さなくてはいけなかった」

「たくさん試行錯誤したわけだ」

「本当にたくさん。それに何度かはまったく違うことを試してみて、わたしの庭にはそっちのほうが合っているのがわかったりもしました」

「それなら今度も同じことをすればいい。計画を立てて、それに取り組むんだ。別のもののほうがより筋が通っていると思ったときには、前のアイディアややり方を捨てることを恐れてはいけない」ジョンの手はスカウトの耳のあいだに戻ってきて、ゆっくりと円を描いた。

「そうすればきみの庭のように、落ち着くべきところに落ち着く」

「でもこれは深刻な問題なんです、ジョン」エマは抵抗した。「キムが自由の身になれるのかどうか、自分の人生を歩んでいけるのかどうかは、わたしの庭がどう見えるのかよりもずっと重要だわ」

「重要じゃないとは言っていないよ。わたしはただ、きみは全力を傾ければ、なんであれ成し遂げられると言っているだけだ。その女性の潔白を証明することもね」

エマはしばらく彼の言葉を考えていたが、やがてもうひと口クッキーを食べた。

「でもわたしは探偵じゃない」

「庭師でもないよね」

「確かに」

ジョンは、隣で眠っている犬を笑顔で見おろした。

「最後にもうひとつ訊いていいかな？　きみは庭全部を一度でいまみたいに仕上げたの？」

「まさか。とてもそんなお金はありません」エマはもうひと口食べた。「一度に少しずつです。だから、あなたには前庭と片側の庭の写真しか見せていないの。北側と裏側はまだ手もつけていないんです」

「一度に少しずつというわけだ……」

「予算が許すかぎり」

「きみの友人を助けるときにも、同じやり方をすればいい」

残ったクッキーを持った手がエマの口の直前で止まった。「あれっぽちの庭をあそこまでするのに二年近くかかったんです。キムはいま留置場にひとりでいる。彼女の子供たちはいま助けを必要としている。彼女はいま進むべき道を見つけなきゃいけない。いまから二年後じゃなくて」

「文字通りに受け止めてはいけないよ、エマ。調べるときには、一度にひとつのことに集中しろという意味だ。ロジャーと関係があったその若い女性従業員について、わかることすべてを調べ出すんだ。彼女の夫についてもだ。その結果、なにかわかるかもしれない。わかったことが別のことを示唆していたら、今度はそこに集中すればいい。わたしの膝くらいの背丈だったころから、アンディにも同じことを言ってきたよ。一度に一歩ずつしか進めなくても、最後は同じ場所に行き着くんだとね」

いいアドバイスだった。大切なのは、それを活用できるくらい、しっかりと受け入れることだ。

「わたしは行動するタイプなんです。失敗するのが嫌い」

「知っているよ。失敗を嫌うこともね。だから、失敗しないことだ」

エマは小さくため息をついた。「プレッシャーをかけないでください」

「かけたつもりはないよ、エマ。ただきみに、自分のしていることを信じてほしいだけだ。植えた植物が育たなかったときや、仕事がうまくいかなかったときのように、この問題にも取り組むといい。もしくはわたしの息子ときみの友人をどうにかしようとしているみたいにね」

その言葉にエマの顔が赤らんだ。「アンディは素晴らしい人だわ——特別な人。ステファニーもそうなんです」

「きみにはできるよ、エマ」

「そうやって断言してくれますけれど、わたしたちまだ知り合って二ヵ月にしかならないんですよ」エマは反論した。

「わたしの面倒を見るためにアンディがきみを雇ったときに、たくさんの時間を一緒に過ごした。きみが請求書に記した時間以上にね」

「ここに来るのが好きなんです。あなたと過ごす時間が」

「わたしもきみといる一分一秒が幸せだよ」ジョンはスカウトの脇に手を置き、エマの顔を見つめた。「きみは特別な人だよ、エマ・ウェストレイク。聡明でもある。きみならきっと解決できる」

ふたりはしばらく無言だったが、彼の言葉を考えるうち、エマの口元に皮肉っぽい笑みが浮かんだ。

「半年前に、わたしはこれから二度も探偵の真似事をするなんて予言されていたら、あなたはどうかしてるって思ったでしょうね。でもいまはこんなことになっている……気は進まないけれど、また探偵ごっこをしているんだわ」

「今回の件をやり遂げれば、三度目はもう少し気乗りがするんじゃないかな」

エマの笑い声にスカウトが顔をあげた。「三度目？　とんでもない。このキムのことが終わったら、すぐに虫眼鏡は片づけるわ」

失望によく似た表情がジョンの顔を横切ったが、ぎこちなく肩をすくめると同時にそれも消えた。

「待って」エマはじっと彼の顔を見つめた。「どうしてそんな顔を？」

ジョンはスカウトを見おろした。「なんでもない。誕生日の前後には、いつも両親や兄のことを思い出すんだ。だが、大丈夫だ」

「ご両親が亡くなったあと、お兄さんの身になにが起きたのかがわかればいいのに……どこに行ったのか……どうなったのか……」

「わたしもそう思っているよ、エマ。だがアンディが調べてくれた。何度も。制度の壁に突き当たったけれどね」

「いったいどうして？」

「昔はいまほど、特別な支援を必要としている人間に対する配慮がなかった。当時はわたしも幼すぎて、正しい質問ができなかった」

エマはしばらくクッキーを見つめていたが、やがてジョンに視線を戻した。

「わたしもやってみます。コンピューターは得意なんです」

「また探偵仕事が増えることになるぞ。ついさっき、三度目はないって言っていたのに」

「あなたのためなら、喜んで例外を作ります」エマは笑顔で応じた。

「一度にひとつずつだ、エマ。一度にひとつずつ……」

17

スイート・フォールズへと戻るあいだ、ステファニーが眠たそうな素振りを見せることはなかった。アンディとジョンの家に向かっていたほんの二時間前には静まり返っていた車内は、助手席の乗員のひっきりなしのおしゃべりで満ちていた。

馬のいる牧草地を通り過ぎたときには、丘を目指して走っていく馬とステファニーの母親にまつわる、子供時代の話になった。

野草の草地を通り過ぎたときには、これまで一度も聞いたことがないような調子で〝おお〟とか〝ああ〟という声をあげた。

木蓮が天蓋を作る八キロほどの長さの道路は、ステファニーとはさみと激怒した隣人が登場する、子供時代の思い出を呼び起こした。

だがステファニーがどんな話を語ろうと、最後はたったひとつの言葉に行き着くのだった——アンディ。

「アンディのアルバムを見たことある？　彼が設計した家の写真が載っているアルバムよ？」ステファニーはエマの答えを待つことなく言葉を継いだ。「彼って、素晴らしく才能があるのよ！　それに、彼とジョンが一緒に設計したあの家。あれが現実だって確かめるために、毎日頬をつねらずにいられるなんて信じられない」

「本当に素敵な家よね」エマは同意した。

「それにあの景色。あの森。どこまでも平和で静かで。あんなところで暮らせるなら、なんだってするわ」ステファニーはため息をつきながら、助手席の窓から外を見た。「すごく、すごく、素敵な人。そうよ、それにどんなふうにお父さんに話しかけているのか、聞いた？本当に心酔しているのね」

「ジョンは素晴らしい人だもの」

「それにアンディはわたしの仕事のことを訊いてきただけじゃなくて、耳を傾けてくれたの。いい、ちゃんと聞いてくれたのよ、エマ」ステファニーの笑みはこぼれんばかりだった。「お母さんが亡くなるまでは、彼の人生も仕事ばかりだったって教えてくれた。でもお母さんが亡くなって、仕事中心の暮らしをやめる決意をして、お父さんと一緒にここに越してきたのよ。お母さんの家族が代々受け継いできた土地があるここに」

ステファニーがしゃべり続けていることはわかっていたし、ところどころ聞こえる言葉から、仲人役をしようとした試みはとりあえずうまくいっているらしいと見当がついたものの、いくら彼女の話に集中しようとしても、ジョンと交わした会話に意識が戻ってしまうのをエマはどうしようもなかった。

わたしは刑事じゃない。

わたしはステファニーほどテレビの犯罪番組に興味はない。

わたしはドッティみたいに、安楽椅子探偵になりたいと思いながらミステリを読んではいない。楽しみのために読むだけだ。

けれどわたしは善と悪の区別がつくし、頭も悪くない。決してわたしを褒めようとはしないドッティですら、わたしには推理の才能があるとしばしば口にする——

「エマ？」

ぎくりとして我に返ったエマは、ステファニーに意識を戻した。「え？」

「この数分ほどのあいだにわたしが言ったことをちょっとでも聞いていた？」

「もちろんんよ。アンディの土地……何代も前から彼の一家のもので……」

ステファニーは苦々しい顔をした。「歌は？　鹿は？　あの倒れた丸太を越えるのに彼が手を貸してくれたとき、わたしの全身がびりびりしたことは？」

「びりびり？　なんのこと？」

ステファニーはいらだち混じりの二度目のため息をつきながら、後部座席のスカウトに目を向けた。

「あなたは聞いていたわよね、スカウト？」

スカウトは後部座席の窓際から移動してステファニーの顔をなめ、尻尾を振り、バックミラー超しにエマの顔を見た。

「いったいどうしたの、エマ？」ステファニーが訊いた。「なにを考えていたの？」

「もう一度キムと話す必要があるって考えていた。彼女の子供たちに連絡を取ってもいいかどうか、確かめたいの。父親とブリトニーのことで、キムが知らないなにかを知っているかもしれない」スイート・フォールズの町境とカムデン公園周辺に近づいたところで、エマは車の速度を落とした。「死んだとき、ロジャーはどこに住んでいたのかも知りたい。キムと別れたあと、彼はすぐに発見されたマンションに移り住んだのかしら？　ブリトニーは彼とそこで暮らしていたことがあったの？」

「あなたがこの事件のことを考えていたなんて……ドッティはさぞ誇らしいでしょうね」

「最初は、どうすればいいのかわからなかった」

「いまは？」

「アンディも持っているってあなたがさっき言っていた能力——ちゃんと物事を考えたり……違う観点から見たり……」エマはステファニーの笑みに笑顔で応じた。「お父さんから受け継いだのね」

ステファニーは座席に頭を預けて息を吸い、一、二秒止めたあと、歓声にも似た声と共に吐き出した。

「今度あなたが来るときは、わたしも一緒に来てほしいって言われたの」

「まあ。それって——」

「気をつけて」ステファニーの言葉にエマは道路に意識を集中させ、公園から出てこようとしているひとりの男性を見つめた。「ついでに言うと、あの人、いったいなにを着ているの？」

エマはさらに速度を落とし、ひょろりとした長身の男性を眺めた……六月なのに長袖のセーター……格子縞のニッカボッカー……紺色のソックス……あれは――

「見て、スカウト！　ほら、見て！」エマがそう言い終えるか終えないうちに、スカウトは後部座席にパタパタと尻尾を打ちつけながら中央のコンソールの上に頭を突き出し、車内に響き渡る喜びの鳴き声をあげた。

「待って」ステファニーはビッグ・マックスからエマ、そしてスカウトへと視線を移し、それからもう一度ビッグ・マックスを見た。「待って。あの人を知っているっていうこと？」

「知っているし、大好きよ」エマは車を路肩に寄せ、ギアをパーキングに入れると、サイドミラーを確かめてからスカウトを振り返った。「ステファニーとここで待っていてね？　ビッグ・マックスが乗れる場所を作っておいて」

「ビッグ・マックス？」ステファニーが繰り返した。「あれがビッグ・マックスなの？　あなたの顧客の？」

「そうよ」

「彼を乗せるの？」

「彼がそうするって言ったら」

「でも――」

エマはドアの取っ手を握り、ステファニーの顔を見つめた。

「彼を大好きになる覚悟をしておいてね」

「大好きに？」ステファニーは、こちらを見つめている男性に再び視線を向けながら繰り返した。

「そう、大好きになるから」エマは急いで車を降りると、足早に道路を進んだ。「ビッグ・マックス！　ビッグ・マックス！」

名前を呼ばれたマックスウェル・グレイベンはにっこりと笑い、もじゃもじゃした白い眉毛が帽子の縁近くまで持ちあがった。

「やあ、エマ！」

エマはふたりのあいだの距離を詰めると彼にハグをし、自分の車を指さした。

「あなたの行くところまで、送っていくわよ」

「スカウトはいるのかね？」

「もちろん。わたしの友だちのステファニーも」

ビッグ・マックスは自分の着ているものを見おろし、それからエマに視線を戻した。

「ゴルフには打ってつけの日だ」

「そうね」エマは親指で公園の入り口を示した。「ここにゴルフコースがあるなんて知らなかった」

「ないよ」

エマは彼の手を握った。「あなたに会えてうれしいわ、ビッグ・マックス」

「クッキー・レディかと思ったんだよ」ビッグ・マックスの茶色の目が前方のがらんとした道路に向けられ、エマもそちらを見た。「だが今日は水曜日じゃないよね？」

「違うわ。日曜日よ」

「それじゃあ、三日後に彼女に会えるのか」

「ビッグ・マックス、彼女には……」彼のにこやかな笑顔と堂々とした姿勢を見て、エマはそのあとの言葉を呑みこんだ。水曜日まであと三日ある。運がよければ、それまでにキムは家に戻って、クッキーを焼いているかもしれない。「さあ、後部座席にあなたの席があるの。スカウトの隣よ」

ふたりが車のほうへと歩いていくと、友人の姿に気づいたスカウトが興奮して吠える声が聞こえてきた。

「ほらね？　あなたに会えてスカウトが喜んでいる」

ビッグ・マックスは足を止め、ニッカボッカーのポケットをあちこち叩いたかと思うと、肩を落とした。

「おやつを持ってこなかった」

「いいのよ。スカウトはついさっき、友人の家でおやつをもらったから、お腹を休ませなきゃいけないの」

「今度は持ってくる」

「ええ、そうして」エマはうしろのドアを開け、スカウトと興奮しまくっている尻尾を運転席のうしろに移動させると、ビッグ・マックスを車に乗せた。彼が座ったのを見届け、急いで車をぐるりとまわり、自分も運転席に座った。

「ステファニー・ポーター、彼がビッグ・マックス。ビッグ・マックス、彼女はステファニーよ」

ステファニーは座ったまま体をうしろに向けて、ビッグ・マックスに手を差し出した。

「こんにちは、ビッグ・マックス」

彼女の手を取ったビッグ・マックスは頰を赤く染めて、エマを見た。

「あんたの友だちはとても魅力的だね、エマ」

「そうなの」

「ちょっと待って。友だち?」ステファニーも顔を赤らめている。「わたし……のこと?」

「最後に確かめたときには、車に乗っているのはあなただけだったわ」エマは笑いながら言った。

ステファニーはあぜんとした様子で、握手していた手を膝に戻した。

「わお。わかった。ありがとう、ビッグ・マックス」

「今日はゴルフにうってつけの日だ」

「そうみたいね」ステファニーはもう一度彼の服装をチェックした。「どこでプレイしてきたの?」

「していないよ。ただ、ゴルフにうってつけの日だというだけだ」

エマはステファニーの無言の問いに小さく首を振って応じてから、バックミラー越しに、後部座席のビッグ・マックスとスカウトの仲睦まじい様子を眺めた。

「今日はおまえのおやつを持っていないんだよ、スカウト。ごめんよ」ビッグ・マックスはスカウトの頭を撫でながら言った。「今度は持ってくるからね」

スカウトは尻尾を振ってビッグ・マックスの頬をなめ、またさらに尻尾を振った。

「わかると思うけれど、あなたに会えるだけで充分なのよ、ビッグ・マックス。そうよね、ボーイ？」

スカウトはさらに大きく尻尾を振った。

「それで？」エマはギアをドライブに入れ、サイドミラーを見てなにも来ていないことを確認してから、車を発進させた。「家まで送っていけばいい？　それとも町に行くところ？」

「センターに行きたいんだ」

「高齢者センター？」

「そうだ」

「でも今日は日曜日よ、ビッグ・マックス。閉まっているんじゃない？」

彼はバックミラーの中でうなずいた。「ウクレレを取りに行きたい」

「中には入れないと思うわよ」

「裏に置いてあるんだ。ふわふわした白い花をつけている茂みの下に」

エマは、ステファニーのいぶかしげな視線を感じたが、そちらに顔を向けることはなかった。そうする代わりに、全方向一旦停止の標識で車を止め、高齢者センターのある左方向に曲がった。

「わかった。ウクレレを取ったら、家まで送っていくわね」

「家には帰らないよ」

「そうなの？」

「エセルのためにウクレレを弾くつもりだ」

「センターで知り合ったお友だちのこと？」エマは訊いた。「いい人だけれど、あんまり見栄えがしないって言っていた人？」

ステファニーが笑った。

「わしのウクレレでエセルがまた笑ってくれるんじゃないかと思ってね」ビッグ・マックスは窓に顔を押しつけて、通り過ぎる家や店舗を眺めている。

「エセルはどうかしたの？」

「木曜日のビンゴで笑っていなかった」

「そう」煉瓦造りのスイート・フォールズ高齢者センターに近づいたところで、エマは車の速度を落とした。「それじゃあ、そこまで送っていけばいい？　もちろん、ウクレレを取ってきてからよ」

「いや、けっこうだ」

「本当に？」

「今日はゴルフにうってつけの日だ」

「たしかにその通りね」エマはセンターの前の駐車スペースに車を止め、ギアをパーキングに入れた。「木曜日はどこを散歩するって言ってたかしら？　スカウトとわたしがそこであなたに会えるかもしれない」

「木曜日は町の広場まで歩くんだ」

「そうだった」エマはバックミラー越しに彼と目を合わせた。「ブランコで遊んでいる子供たちに手を振るんだったわね？」

「彼女がいなくて寂しいよ」その声からはいつもの活力が失われていた。

「だれのこと？　エセル？」

「そうじゃない。クッキー・レディだ」ビッグ・マックスはドアの取っ手をつかんだが、開けようとする直前で動きを止めた。「今週はわしのために作ってくれると言ったんだ。だが家に帰ってこなければ、作れない」

「すぐに帰ってこれるようになるわ、ビッグ・マックス。わたしが帰ってこれるようにする」エマは隣に座っている女性を顎で示した。「ステファニーとわたしが、彼女が帰ってこれるようにするから。そうよね、ステファニー？」

明らかに自分が話題になっている会話を急に振られ、驚いたステファニーは目を細くしてエマに訊いた。「なにがそうなの？」

「あんたがクッキー・レディを家に連れ戻すんだよ」ビッグ・マックスは車のドアを開ける

と、ステファニーの顔がよく見えるように前部座席の間に身を乗り出した。「彼女はわしの友だちなんだ。エマやスカウトみたいに。あんたみたいに」

ビッグ・マックスはエマのトートバッグの口からのぞいている蓋つきの小さな皿を示して言った。「あんたのために特別なクッキーを作ったなら、彼女は無事なのかもしれないな」

「これ？」エマは首を振りながら、中央のコンソールにトートバッグを置き、財布と携帯電話の上にのっていたクッキーの皿を取り出した。「これはついさっき、別の友だちからもらったものなの。でも欲しければ、あげるわ」

「あんたにもクッキー・レディがいるんだね、エマ？」ビッグ・マックスが訊いた。

「いいえ。これは、クッキー・マンと彼の息子が作ったものよ」

ビッグ・マックスはエマから皿を受け取ると、プラスチックの蓋に鼻を近づけた。

「うーん。さ・いこう」

「さ・いこう、でしょう？」エマはステファニーと笑みを交わしながら言った。「実際に食べてみてちょうだい、ビッグ・マックス。そのクッキーは……それは……」

「さ・いこうだから」ステファニーがあとを引き取った。

エマは笑った。「そうなの」

ビッグ・マックスは満足そうに皿を脇の下に抱えると、歩道に降り立ち、ドアを閉めたあと、ステファニーの側の窓を開けるようにと身振りで伝えた。

「ビッグ・マックス、会えてよかったわ」

マックスウェル・グレイベンは笑顔でひとつうなずくときびすを返し、高齢者センターの裏へと続く煉瓦の通路に向かって歩きだした。その姿が見えなくなったところでエマはギアをドライブに入れて車を発進させた。

「可愛らしい人ね」ステファニーが言った。

「でしょう？」エマはブロックの突き当たりの停止の標識に向かって車を進めた。「大好きになるって言ったじゃない？」

「彼が夢中になっていたクッキー・レディってだれなの？」

「キムよ」

最初は驚きに、次に興味からステファニーの眉が吊りあがった。

「留置場のキム？」

「ただのキムかキム・フェルダーって呼んでほしいけれど、そう、そのキムよ」エマは次の角を曲がった。「彼女は毎週水曜日の朝、ビッグ・マックスに手作りのクッキーをあげていたらしいの」

そこから一、二ブロックほど走るあいだ、ステファニーは外の景色を見つめていた。

「ビッグ・マックスは、なんのためにあなたを雇ったの？」

「高齢者センターのダンスや、一ヵ月くらい前のガーデン・パーティーや、あちこちであったビンゴで、彼の同伴者になったのよ」

「あの年になっても、そういったものに行くときには同伴者が必要なの？」ステファニーはまたヘッドレストに頭をもたせかけて、うめいた。「ああ。死ぬ前のどこかで、トンネルの先には光が見えるだろうって思っていたのに」

「ビッグ・マックスがわたしを同伴者として雇うのは、わたしを餌として使うためよ」

「餌？」

「わたしがいることで女性たちが感心して、彼をいい相手だって思うんじゃないかってこと」

ステファニーは声をあげて笑った。「マジで？」

「そうなの。それから、そのあとあなたが言ったことだけれど。トンネルの先の光っていうところね。アンディは電話番号をくれたんでしょう？」

アンディの名前を聞いて、ステファニーは夢見るような表情になった。

「くれたわ。いつでも家のことを訊けるようにって」

「なるほどね。家のことを訊けるわけね……」

ステファニーは姿勢を正し、エマをにらみつけた。「なにが言いたいの？」

「なにも。あなたが言ったことを繰り返しただけよ」

次の停止の標識でエマは左折し、ブロックの突き当たりで右折したが、頭の中は違う地域、違う迷路に迷いこんでいた。「ねえ、ひとつ訊いてもいい？」

「もちろん」

「キムの娘に連絡を取るっていう話だけれど、それって無神経かな？」

「どうして無神経だと思うの？」

「彼女の父親が死んだんだもの」

「そうね」ステファニーは黙りこみ、エマに訊かれたことを考えているようだった。「わたしにはわからない。何日になる？　四日？　もう少し時間を置いてもいいかもしれない。いまはブリトニーに集中しましょうよ」

「あなたの言うとおりなんでしょうね。ただ……」エマはステファニーの家の私道に車を入れた。「ロジャーについて、もっと情報をつかむ必要がある気がするの。彼がどんな人間で、なにが彼を駆り立てて、ブリトニーとの関係がどういうふうに始まって、どうして終わったのか」

「キムに訊くわけにはいかないの？」

「ある程度は訊けるけれど、彼女の傷に塩を塗るようなことはしたくないの。わかるでしょう？　彼女は夫を愛していたんだもの」

ステファニーはシートベルトをはずし、スカウトがお別れのひとなめをできるように頰を差し出してから、ドアを開けた。

「あのね、エマ、わたしが恋愛の専門家じゃないっていうことは認める。四十歳で、いまだに母親と住んでいるし。でも、恋愛がうまくいかなくて、ものすごく辛い思いをした患者たちは何人も見てきたし、その人たちが自制心を失うことがあるのも知っている。悲しんでいるときもあれば、ぼうっとしているときも、怒っているときもある。その全部が混じっているときもある。それが人間だから。人間の感情って、ものすごく幅広いのよ。そして同じ状況にあっても、それに対する反応は人によって全然違う」

「どうしてそんなことを言うの？」エマは訊いた。

「キムは夫に捨てられた。友人や家族の前で自尊心を傷つけられた」

「そうね……」

「彼女が無実だって信じたい。あなたがそれだけ確信しているんだもの。でも正直に言って、スカーフの件で悩んでいる」

「悩む必要なんてない。筋の通った説明があるはずよ」

「そう考えようとしているのよ。本当に。でも、疑問に思ってしまうときもある。あなたはないの？」

「ないわ。あなたは彼女を知らないからよ。わたしは知っている」

「五日ほど前からね」

エマは反論しようとして口を開いたが、ステファニーの言葉を聞いてあの日の公園と、ベンチに隣り合って座っていた女性のことを思い出して、その口を閉じた。

暗いまなざし……

落ち着きのない手……

何度もかすれた声……

ロジャーを殺す話をしているときに浮かんだ笑み……

エマはぎゅっと目を閉じた。ステファニーの言うとおりだろうか？　わたしは理由もなく、自分を縛りつけているだけ？　キムはわたしを利用しようと――

違う。違う。違う。

目を開けると、助手席の開いた窓越しにステファニーがエマを見つめていた。待っている。エマがうなずくか、譲歩する言葉を口にするのを待っているのだろう。けれどそれはできない。そんなことはしない。

キムは無実だ。エマはそう確信していた。どんな困難があろうとも、それを証明するつもりだった。

18

洗濯するつもりだったのにできていないシーツとシーツのあいだにようやく潜りこんだときには、エマはもうなにもする気がなかった。普段であれば、日々のやることリストは全部やっておかないと気がすまないのだが、いまは疲れ切ってそれどころではなかった。

ごろりと左を向いて枕の下に手を差し入れ、スカウトがベッドの足元でごそごそと寝やすい体勢を探しているのを感じながら、柔らかな枕に顔をうずめた。

「忙しい一日だったわよね、ボーイ？」エマはあくびの合間に言った。「友人がいっぱいだったわ。アンディとジョン……ビッグ・マックス……ステファニー……」

もう一度あくびをした。「それに夜には考え事をしながら、長い散歩をしたし」

スカウトは前足で自分の顔をこすったあと、エマがとても抗えず、近くにおいでと呼ばざるを得ないような愛と信頼の表情で彼女を見つめた。スカウトは素早く二度体を動かして、その誘いに応じた。「それでいいわ」エマはスカウトの前足を優しくなぞり、毛皮の感触を楽しんだ。

自分の指にキスをし、その指でスカウトの鼻に触れてから、シーツを肩までひきあげた。

「さあ、寝るわよ。気がつけば五時に――」

エマはさっとシーツを押しのけて体を起こし、ナイトテーブルの上を探って携帯電話をつかんだ。スカウトが顔をあげる。

「違うって。まだ眠る時間よ。アラームをセットするのを忘れていたから……」

明るくなった画面のボイスメールの表示を見て、エマはそのあとの言葉を呑みこんだ。メニューボタンを操作すると、ステファニーの名前と時間が表示されたので、携帯電話を耳に当てた。

「こんな遅い時間にごめんね、エマ。きっともう寝ているだろうから、これを見るのは朝になるだろうし、そう思うとますます申し訳なくなる。実はミスター悪魔に、明日の仕事が始まる前にオフィスに来てくれって言われたの。なんの用だか知らないけれど、近頃はもう考えないようにしてる。くそくらえって言ってやりたいのは山々だけど、わたしが仕事を辞められるようになるまでにはあとたっぷり二十年はあることを考えると、あまり勧められることじゃないわよね。とにかくそういうわけで、明日の朝はジムに行けないの。水曜日は大丈夫なはず――ううん、大丈夫。でも明日はだめなの。いつもみたいに支払いはするけれど……」ステファニーはしばし黙りこんだが、会話は終わったと電話機が判断する前に言葉を継いだ。「昼間、わたしがキムについて言ったことで、あなたが怒っていないといいんだけれど。わたしはただ……あなたが心配なの。事実ではないかもしれないことを証明しようとして、ストレスを抱えているあなたが」

再び沈黙があり、数秒後、息を吸う音ともっと大きな息を吐く音が聞こえた。

「とにかく今日はありがとう。どんなことも一緒にすると楽しいわね。おやすみなさい、エマ。それまでに連絡がつかなかったら、水曜日の朝五時半にジムの外のいつもの場所で会いましょう。きっと行くから」

「彼女の姿を見るまでは信じられないわね」エマは画面が明るいままの携帯電話をナイトテーブルに戻しながらつぶやいた。「でも少なくとも、アラームをセットする前にわかったわけだし。ね、ボーイ？」

エマはもぞもぞとシーツの下に再び潜り、横向きになり、改めて枕の角を手と頬ではさんだ。「さあ、スカウト、寝ましょう――」

今度は画面が明るくなって電話の着信を教えたので、すぐに電話機をつかむことができた。画面には見たことのない地元の電話番号が表示されていて、エマはベッドサイドのランプのスイッチを入れた。

「もしもし？」

「エマ、キムよ」

携帯電話を握るエマの手に力がこもった。「キム――大丈夫なの？」

「まだ留置場の中よ。あなたが訊きたいのがそういうことなら。まだ判事の判断を待っている。でもあの保安官補がいるでしょう？　家に来て、わたしを逮捕した人。あの人が電話をかけさせてくれたの。本当はいけないんだろうけれど」

「わかった。続けて」

「よかったら、わたしの家に行って植木に水をやってもらえないかしら？　そして郵便物を家の中に持っていっておいてもらいたいの。その分の支払いは、わたしが家に帰ったときにするか、それができなければ、わたしの代わりにリースに小切手を切ってもらうようにするから。本当は水やりなんかも彼女か子供たちに頼むべきなんだろうけれど、いまの状況を考えるとそういうわけにもいかなくて」

「もちろんやらせてもらうわ。でもどうやって家に入ればいいの？」

「ガレージから入って。キーパッドのコードは〇五一四。家の中に入ったら、六十秒以内に防犯装置を切ってね。ピーピーと鳴るその音が速くなってきたら、残りが十五秒っていうことだから。そっちのコードは一〇二八よ。居間とキッチンに植木があるの。じょうろはシンクの下にある」

「ちょっと待って、コードをメモするから」エマはナイトテーブルの引き出しを開けると紙とペンを取り出し、ふたつの数字を書き留めた。「郵便物は？　どこに置いておけばいいかしら？」

「キッチンのデスクの上にお願い。会社宛てのものがあったら、リースに届けてもらえないかしら？　そうすれば彼女が取りに来る必要がなくなる。彼女がすべてにちゃんと目を通してくれているってわかれば、安心できるわ。子供たちのためにも」

「朝食を終えたら行くわね」エマはナイトテーブルに紙とペンを置いた。「スカウトの散歩のあとで」

「スカウトを連れていってくれていいのよ。食料品庫の一番上の棚に、彼のおやつの箱があるから。右側に。シリアルの隣」

エマはベッドのヘッドボードにもたれ、あわてて近づいてくるスカウトを面白そうに眺めた。「彼のおやつ?」

「公園であなたたちに会った日、家に帰る途中で買ったの。これから何度も会うだろうから、彼のおやつを用意しておくべきだろうと思って」

「本当に?」

「このあいだ、あなたが寄ってくれたときにも、彼におやつをあげられたのよ。でも、大丈夫だって言われたから」

「あなたがスカウトのためになにかを用意してくれていたなんて、知らなかったんだもの!」

キムは肩をすくめた。「そうするべきだと思ったの」

「ありがとう。スカウトが喜ぶわ」エマに頭を撫でられたスカウトは、返事代わりにマットレスに尻尾を打ちつけた。「そうよね、ボーイ?」

「ありがとうエマ。いろいろとしてくれて。本当に感謝しているわ」

「どういたしまして」エマの顔から笑みが消えた。「わたしにはこれくらいのことしかできないんだもの。あなたがそこにいるのは、わたしのせいなのに」

「そのことには触れないでほしいわ」

「そうね、そろそろ切らないと。でも、ほんとうのことよ」
「でも、ところで、彼って素敵な人ね」

「どうして？　本当のことよ」
キムの沈黙は長くは続かなかった。「ところで、彼って素敵な人ね」
「だれのこと？」
「保安官補のあなたのお友だち」キムは静かな口調で言った。「でも、そろそろ切らないと。
親切にしてもらったことを利用したくないもの」
「あなたは親切にしてもらう価値のある人なのよ、キム。忘れないで」
「そうする。おやすみなさい、エマ」
「おやすみなさい、キム」エマは携帯電話をゆっくりと膝におろした。長々とついたため息
に、スカウトが前足にのせていた顔をあげ、眠たそうなまなざしを問いかけるように彼女に
向けた。「違うわ。まだ、眠る時間よ、ボーイ」
スカウトはつかの間エマと寝室のドアを交互に眺めていたが、やがて小さいけれど満足そ
うな鳴き声と共に、ゆっくりとシーツに顔をおろした。エマは携帯電話に再び視線を戻すと、
時間を確かめ、しばらく黙って考えたあと、ジャックの名前が出てくるまで友人リストをス
クロールした。
メッセージのアイコンを押し、小さなキーパッドの上で親指をひらひらと躍らせながら、
文を打っていく。

いましがたの電話のことだけれど……あれは――

エマは手を止め、最後の言葉を削除した。

あなたは拒否することもできたのに、そうしないでくれたってわかっている。本当は許可すべきじゃなかったっていうことも。でも彼女には大きな意味を持つことだった。

エマは再び手を止め、読点を削除し、句点に変え、スカウトを起こさないように声を潜めてうめいたあとで、句点を読点に戻した。

わたしにとっても意味のあることだった。ありがとう。

キーパッドの上で親指を停止させたまま、エマは書いたものを読み直し、全部削除しようかと考えたが、結局送信ボタンを押した。

一分もしないうちに、携帯電話が震えて彼からの返信が届いた。

どういたしまして。彼女はとても思慮深い人だね。

エマはキーパッドを叩いた。

そうなの。あなたのシフトの残りの時間が無事に終わることを祈っているわ、ジャック。
おやすみなさい。

けれど彼女が送信ボタンを押すより早く、彼が新たなメッセージを送ってきた。

火曜日の夕食の先約はある？　ぼくが反故《ほご》にしたピクニックをやり直させてもらえるかな？

エマは笑顔でまだ送っていないメッセージを消すと、新たに書き直した。

喜んで、ジャック。

彼の返事は早かった。

ぼくも楽しみだよ。詳しいことはまたゆっくり話そう。とりあえずいまは、ぼくは仕事に戻らなきゃいけないし、きみは眠らなきゃいけないね。おやすみ、エマ。

エマは携帯電話を胸に押し当てたが、すぐに元の位置に戻して最後の文を打った。
おやすみなさい、ジャック。あなたのシフトの残りの時間が無事に終わりますように。

19

エマが洗濯室にあるキーパッドに四桁のコードを入力すると、キムから聞かされていた通り、せわしないピーピー音が唐突に止んだ。ため息をつきながら閉じたドアにぐったりともたれ、スカウトを見おろした。

「危ないところだったわね？」

スカウトは舌を引っ込めて唾を飲み、エマからキッチンに、そして再びエマへと視線を移した。ここには来たことがあるはずなのに、なにかが違っていると感じているようだ。

「そうね、わたしも変な感じ」エマはドアから離れ、スカウトと一緒にキッチンへと進んだが、入り口で立ち止まった。

壁は淡い黄色のままだ……

キャビネットはいまも青い……

六口のコンロの隣のカウンターには、以前と同じコック帽をかぶり、水かきのついた手に以前と同じ麺棒を持った、以前と同じアヒルが描かれた、以前と同じ保存容器……

冷蔵庫には以前と同じアヒルのマグネット……

低いほうのキャビネットには以前と同じアヒルが浮き彫りにされた取っ手……テーブルは以前と同じように、アヒルをテーマにした飾りつけがされている……

そして――

エマはアイランドに視線を戻し、その上に置かれたガラスの蓋のついたケーキ皿を見て取ると、全身から力が抜けるのを感じた。見たかぎりでは、キムの家は傍らにいるスカウトを含めて、記憶にあるとおりだ。けれどそこに、ふたりを出迎え、話しかけ、世話をしてくれるキムがいないと、なにもかもが違っているように感じられた。

「いやな感じ」エマはつぶやいた。

スカウトの尻尾が止まったままなのを見てエマは息を吸い、その場所からいくつかの植物が見えることに気づいて、急いでシンク下のキャビネットに近づくと、キムが言っていたじょうろを取り出した。水をいっぱいに入れて、キムの依頼を果たしていく。キッチンに置かれた植木にひとつひとつ水をやっているあいだ、スカウトは出窓のそばから裏庭を眺めていた。

目に入るすべての植木に水をやり終えると、キッチンの奥の開いているドアに向かった。居間にも水をやらなければならない植木があることはキムから聞いてわかっていたが、入ったことのない部屋だったから、見つけるのにしばらくかかった。

最初に見つけた植木は、炉棚の上の額に入った何枚かの写真の隣に置かれていて、エマはじっくりと眺めずにはいられなかった。

階段に座り、見ているほうが微笑んでしまうほどうれしそうな顔で隣の段の若い男性を見あげている学生時代のキムがいた。キムは教科書、若い男性のほうはノートを膝の上で広げている。けれどふたりの目に互いしか見えていないことは明らかだった。

ウェディングドレスをまとい、最初の写真の男性に指でケーキを食べさせている二十代前半のキムもいた。今度の彼はラグビーシャツではなくスーツとネクタイ姿で、笑いながらケーキを頬張っている。

病院のベッドで生まれたばかりの赤ちゃんを抱いているいくらか年を重ねたキムと、ふたりを畏怖の表情で見つめる同じ男性。

病院にいる赤ちゃんの写真はもう一枚あって、今度はキムが女の赤ちゃんを抱き、三十歳近くなった男性が幼い男の子を腕に抱えている。

次の写真は家族四人がビーチでのバカンスを楽しんだときのものだ。それまでの写真と同様、キムと夫は通りすがりの人が足を止めて見つめてしまうような喜びと幸せにあふれていた。六歳と八歳くらいの子供たちは、両親の愛情をしっかりと受け止めている。

次は卒業写真だった。息子と娘の高校と大学の卒業式がそれぞれ一枚ずつ。

エマは一歩うしろにさがり、一家が刻んできた歴史を眺めた。

キム……

ロジャー……

ケイレブ……

ナタリー……

九枚の写真に流れる時間の中に、彼らが重ねてきた歳月が見て取れた。子供たちはすべてが変わっている――手足、身長、顔の作り。キムとロジャーはより成熟し、穏やかになっていて、ロジャーについて言えば額の髪の生え際が後退していた。けれど一枚ごとに外見は変化していても、ひとつだけ変わらないものがあった。キムとロジャーは九枚目の写真でも最初の写真と同じくらい幸せそうに、愛に満ちたまなざしで互いを見つめている。

「わからない」エマはつぶやいた。「わたしにはわからない」

もう一度写真を眺めたあと、エマはストリングライトで飾りつけられた植木が置いてある窓に近づいた。窓台にじょうろを置き、プラグを見つけてコンセントに差し込むと、うしろにさがって二ダースほどの小さな白い明かりがまたたくのを眺めた。植木と窓の右側にはオープン式の棚が置かれている。一番上の段にはラベンダー色のキャンドル。二段目にはいくつかの貝殻とタコノマクラが砂地にきれいに配置されている。三段目から五段目までは様々なボードゲームで埋められていた。形の崩れたその箱が、家族で楽しく過ごした時間の長さを教えていた。

リスを眺めるのに飽きたスカウトの爪の音に、キムの人生に思いをはせていたエマは我に返り、光が点滅する植木とじょうろにあわてて意識を戻した。手早くプラグを抜き、植木に水をやり、最後にもう一度部屋を見回す。ほかには植木も花もない。

「水やりはおしまい」エマはじょうろを体の脇におろし、空いているほうの手でスカウトの頭を撫でると、ついてくるようにと身振りで示してからキッチンに向かった。「あとは郵便物の仕分けをするだけよ。リースに届けるものがあるかどうかを確かめたら、うちに帰って食事にしましょうね」

スカウトはキッチンのキャビネットに尻尾を打ちつけながら、エマを見あげた。

「わかってるって、ボーイ。でもまずは仕分け」エマはこの家に着いたときに郵便物を置いておいたキッチンの机に向かったが、スカウトが抗いがたいような甲高い声で鳴き始めたので足を止めた。「ここはわたしたちの家じゃないのよ、スカウト。キャビネットを開けてあなたのおやつを探すわけには……待って！」

エマは両手でスカウトの顔をはさみ、鼻の真ん中にキスをした。

「ここで待っていて。今日はあなたの幸運日ね、ボーイ。おとなしく待っているのよ」

エマはキムの言葉を思い出しながら、足早に食料品庫に近づいた。一番上の棚……右側……シリアルの――

見慣れた赤い箱を手に取ろうとしたそのとき、スカウトが振った尻尾が当たり、一番下の棚に置かれていたスープの缶とクッキーの包みが次々と床に落ちた。「あら……あら……わかったから、スカウト。ほら、その尻尾」エマは床の惨状の上で箱を振った。「いまはちょっとやめてくれる？」

スカウトなりの返事の結果、エマはあわててトマト缶を拾いあげ、元の位置に戻す羽目になった。すべてを元通りにしたところで箱を開け、中身をひとつ取り出してスカウトに渡し、彼がそちらに気を取られているあいだに、ふたつ目をポケットに入れた。

「家に帰ったら、ちゃんとした食事にするからね」

スカウトが満足したのを見て、エマはキムの郵便物に取りかかった。数通のＤＭ……ニューヨークのだれかからのグリーティング・カード……子供の慈善団体からの手紙の宛先は――

「これはリースに渡すものね」エマはその封筒を脇によけ、郵便物の仕分けを続けた。さらに二通、慈善団体の名前がある封筒をそれに加えて、作業は終了した。「さてと、スカウト。終わったみたいよ。あとは一ヵ所に立ち寄ってこの三通の封筒を渡したら、家に帰るの。いいわね？」

家という言葉にスカウトの耳がそば立ったが、すぐに洗濯室の方向に向けられた。ドアが開く音――

「だれ？」エマは声をあげた。「だれかいるの？」

聞こえるのは自分の心臓の音と、低くうなるスカウトの声だけだった。

「だれ？」エマの声が震え始めた。「だれかいるの？」

音もなく、ゆっくりと、ドア口から顔がのぞいた。エマが感じているのと同じ恐怖に、目を大きく見開いている。「ママの家でなにをしているの？」

「ママ……？」エマは安堵のあまり、ぐったりと机にもたれかかった。「あなたはナタリーね。よかった。わたしは……」エマは言葉を切り、唾を飲んでから、手を差し出した。「エマ。エマ・ウェストレイク。わたしは——」

「レンタル友人ね」

エマは手をおろして、スカウトの背中にのせた。「ええ」

「ここでなにをしているの？ ママはいま……」ナタリーは首を振り、握ったこぶしを口に押し当てた。

「植木に水をやって、郵便物を取り入れておいてほしいってあなたのお母さんから頼まれたの」

ナタリーはフォルダーを胸に抱きかかえるようにして、キッチンに入ってきた。「どうしてわたしに頼まないの？」

「あなたは大変な思いをしたんだもの。お父さんを亡くして、そしてお母さんは……」なんと言えばいいのかわからず、エマは口をつぐんだ。

「留置場にいる」ナタリーが、潤み始めた目を拭いながらあとを引き取って言った。

「植木や郵便物のようなささいなことで、あなたをわずらわせたくなかったのよ」

返事代わりのナタリーの笑い声には、楽しそうな響きは少しもなかった。

「ママはそういう人なの。いつだって自分のことより、わたしたちを優先する」

「あなたのお母さんは素晴らしい人よ」

「ママは——ママ……パパ……をき、き、傷つけたりなんてしてない」ナタリーはふっくらした頬を伝う涙の合間にかろうじてそう言った。「わ、わたしにはわかっている」

一番嫌いな感情に気づいたスカウトが、ナタリーに近づいてきて、上腕をなめた。

「スカウトとわたしもわかっているわ」エマはゆっくりした落ち着いた足取りでナタリーとの距離を詰めた。「どうにかして、それを証明するつもりだから」

「ど、どうやって?」

エマはうつむきたくなるのをこらえた。「それはわからない。なにかを見つける? 手がかりを追う? 必要なことはなんでもする。手を貸してくれる友だちもいるの。わたしを入れて三人だけれど、なんとしても間違いを正すつもりよ」

つかの間沈黙がその場を支配し、頬を伝い続ける涙を止めようとしたナタリーは、フォルダーを落としかけてあわててつかみ直した。「わ、わたし、なにもかもがこんなにあっという間に変わってしまったことを、か、考えずにはいられなくて。つい、このあいだまで、りよ、両親は幸せだったのに……それが終わりを告げて、パパが変わってしまって……そしてパパが、し、死んで……そうしたら、そうしたら警察は……ママが、は、犯人だって思っている」

「警察は間違っている」

ナタリーは息を吸い、震える肩を落ち着かせた。「ええ、そうよ」

「あなたもわかっているし、わたしもわかっている。近いうちに、みんながわかるようになるわ」エマはテーブルを指さし、一、二歩うしろにさがった。「座ったら? あなたが息を整えているあいだに、なにか飲むものを用意するから」

エマはテーブルに向けられたナタリーの潤んだまなざしを追い、再び視線を戻すと、ちょうど彼女がためらいがちにゆっくりとうなずくところだった。「ほら……わたしたちが話をしているあいだ、スカウトは喜んでリスを眺めているから大丈夫」

「なにを言えばいいのかわからない」

「それならただ座っていましょうよ。一緒に。あなたが落ち着くまで」

「ありがとう」ナタリーが小さく礼を言った。「そ、そうしてもらう」

冷たい水の入ったグラスを前にして座ったところで、エマはナタリーに微笑みかけた。いまの彼女にはそれが必要だとわかっていた。「あなたのお母さんにわたしを紹介してくれたのが、あなただそうね。ありがとう」

「教えたところで、ママが実際になにかするとは思っていなかった。引き出しに押し込んで、それっきりになるんだろうって考えていたのよ」

「彼女はメールをくれて、その翌日に公園で会ったのよ」

「ママを引き受けてくれたの？」

エマは両手を広げた。「いまここにいるでしょう？」

ナタリーの口の左側がわずかに持ちあがって、笑みらしきものを作った。「そうね」

「わたしたち、リストを作り始めていたのよ」

ナタリーは水を飲んだ。「なんのリスト？」

「やりたいことのリスト――彼女がまた前を向いて生きていけるように、わたしと一緒にできることのリスト」

「いいアイディアね」ナタリーはテーブルにグラスを置き、フォルダーの上で身をのり出した。「ママはどんなことを――」ナタリーはそこで息を吸うと、重苦しいため息をついた。「したがったの？」

「お菓子の教室に通う。オハイオに行って、救急車を改装したフードトラックで売っている、緊急事態をテーマにしたデザートを買う。何人かの女性と一緒に読書会を始める」

ナタリーは驚いた様子だった。「ママがそんなことをしたがったの？」

「そうよ。したがっている。するのよ。このごたごたが片付いたら」そう言ったとたん、その言葉が無神経に聞こえることにエマは気づいた。「ごたごたっていうのは、あなたのお父さんを殺したのが彼女だって思われているっていう意味よ。お父さんが亡くなったことじゃないから。それってひどいことで、悲しいことで――」エマはテーブルの上で手を伸ばし、フォルダーに置かれたナタリーの手を軽く叩いた。「とてもお気の毒だって思っている。本当よ」

「ありがとう。パパは確かにいくつか間違いを犯した。大きな間違いを。人を傷つける間違いを。でも……」ナタリーの言葉が途切れ、手を引っ込めた。「わからない。わたしは、自分が見たいものだけを見ているのかもしれない。パパは本当は、ママと元通りにはなりたくなかったのかもしれない」

エマの背筋が伸びた。「お父さんはお母さんとよりを戻したいと思っていたの？」

ナタリーは窓の外に視線を向けたが、彼女の思いが子供の頃に遊んだ庭にないことは明らかだった。「衝動的でばかだったことを後悔していたのはわかっている。先週の火曜日の夜、わたしの家に立ち寄ったときに自分でそう言っていたから。そんなことはない、自分のことをそんなふうに言うもんじゃないってわたしに言ってほしかったのかもしれないけれど、わたしは言わなかった。だって、実際にそのとおりだったから。ママにかなう人なんてだれもいなかった。ママは申し分のない人だった――いまだって。ほかの人たちにとっては。でも、ママ本人にとってはそうじゃなかったのね。つい最近までわたしも気づかなかった」

「だからあなたはわたしをお母さんに紹介したのね？」

ナタリーはゆっくりとうなずいた。「ママはいつだってわたしたちの一番の英雄だった――わたしにとって、ケイレブにとって、パパにとって。ママはすべての時間と労力をわたしたちに割いていた。楽しい誕生日を過ごせるように、新しい経験ができるように、記憶に残る休暇が過ごせるように、新しいアクティビティを試せるように、友だちとの友情を育めるように、親戚との関係がうまくいくように、夢をかなえられるように、ママが取り計らってくれたの。わたしのために、ケイレブのために、そしてパパのために全部やってくれた。わたしはそれを当たり前のように受け止めていた。ケイレブも。それなのにパパはどう？それが意味のないことみたいに、全部捨ててしまったのよ。隣にいるのが最高の女性だって気づいてなかったみたいに」

なんと応じていいのかわからず、エマはただ黙って聞いていた。ナタリーは新たにあふれてきた涙をぬぐい、フォルダーをこつこつと叩いた。

「ママが帰ってきたとき、ここにあるものが役に立つんじゃないかって思ったの。だってママは長いあいだ、パパのしたことは自分のせいだと思って、自分を責めてきたんだもの。ママじゃない。ママのせいなんかじゃない。悪いのはパパ。あれは間違いだった」

「それはなに?」エマは一度フォルダーを見てから、ナタリーに視線を戻した。

ナタリーはフォルダーを見つめて、肩をすくめた。

「これのおかげでパパとパパの会社が注目を浴びるようになったの……ママのおかげよ。でもあまりじっくりとは見られなかった。だって見ようとすると、パパに腹が立ってくるんだもの。だけどいまは、パパに腹を立てるとすごく申し訳ないような気になる。ママが教えてくれた何百万もの事柄のうちのひとつ、すべての物事には意味があるっていうことが、当てはまるのかもしれない。今回のことに」

「よくわからない」エマが言った。

「どんなことにも意味があるのよ。たとえば、わたしは今年の初めにどうしてもやりたかったのにできなかった劇場の仕事があったんだけれど、二ヵ月後にはもっといい仕事を手に入れることができたの。それから、間違えて角を曲がったら貸部屋の看板を見つけて、いまわたしはそこに住んでいるのよ」ナタリーはフォルダーの表紙をめくり、金色と紫の便箋のレターヘッドをなぞってから、再びフォルダーを閉じた。「パパがあの夜わたしの家から帰るとき、キッチンのテーブルにこれを忘れていったのも、意味があったのかもしれない……そうすればパパが死んだいま、ママにこれを渡せるから……そうすればママも、パパが気づいたってことがわかるから。最初からわかっていなきゃいけなかったことに、パパがようやく気づいたってことが。いまさら手遅れだけれど」

エマはもう一度彼女の手を叩いた。「テーブルの上に置いておくといいわ。キムが帰ってきたときに見られるように」

潤んだ目でエマを見つめるナタリーの唇は震えていた。「ママに帰ってきてほしい」

「帰ってくるわ。近いうちに」

「明日の葬儀が怖いの。彼女に……会いたくない」

「ブリトニーのことね？」

「ママから聞いたのね」

エマはうなずいた。

「彼女がパパのところで働き始めたとき、いい人だってみんな思ったの」ナタリーの声が硬くなった。「若い人だったから、わたしは親近感を抱いた。彼女とトレヴァーとは、ほかの人とは違う感じで映画や音楽の話ができた。ママとパパがバーベキューやなにかのときにしているみたいに。ママもきっとそう言っただろうけれど、トレヴァーはたいした人じゃなかった。でも、ブリトニーは気づいていなかったのかもしれないし、気にしていなかったのかもしれない。パパに会いにオフィスに行ったときは、パパと顧客との話やほかの仕事が終わるまで、いつもブリトニーと話をしていた」

エマはグラスを引き寄せてほとんど口をつけていない水を眺め、かろうじてひと口飲んだ。

「あなたは……気づいたのかしら……その、なにかが……」

「変わったことを？」ナタリーが訊いた。エマがのろのろとうなずくのを見て、彼女は肩をすくめた。「だと思う。少しね。パパがママを捨てる数週間前から、彼女は自分の机より、パパのオフィスにいる時間が長くなっていたかもしれない。でも仕事はとても順調だったの。新しい顧客を見つけて、収益があがっていた。パパはそれで善行を続けていた」

エマは身をのり出して訊いた。「それ？」

「お金よ。結局は利益をもたらすってわかっていたわけだけれど、税金とかの話になったときパパはお金を隠すんじゃなくって、ほかの人の人生を変えることに使ってくれる組織に寄付した」ナタリーは閉じたフォルダーを見つめ、表紙を指でなぞったあと目を固く閉じた。

「パパのためを思ってママがそういう提案をしたことが、あんなにママを傷つけることになったなんて、皮肉よね」

エマはナタリーが目を開けるのを待って訊いた。

「どうして？」

「パパはママに勧められて慈善団体にたくさんの寄付をしたの。いずれはそれが自分に返ってくるし、未来の顧客を呼ぶことになるってママは考えていた。そのとおりだったわ。資金援助した慈善事業のイベントや寄付をしたグループのことがニュースになって、そんなことがなければパパの会社なんて知ることもなかったいろいろな会社やビジネスが、パパに興味を持つようになった」

「うなずけるわね」

「ママは賢いの。核心がわかっている。大きな家や新しい車を買うんじゃなくて寄付をするようにパパに勧めたのは、意味のあることだった。ママがわたしたちに教えてくれたのはそういうことだった。多くを与えている人は、多くを求められるってママは言っていたの。筋が通っていた。正しいことだった」

エマは肘にスカウトの鼻が当たるのを感じたが、ナタリーから視線をはずすことはなかった。「わたしもそうだと思う。それが結局、あなたのお母さんを傷つけることになったのね」

「パパの寄付とそのせいで注目を集めるようになったことが、きっかけだったのよ」

エマはさらに身をのり出した。

「その頃からブリトニーは、水の上を歩いた人を見るような目でパパを見るようになった。パパのジョークで一番大笑いをして……パパの服を話題にして……顧客になるかもしれない相手との電話でパパのことを褒めまくって……パパのことをずっと目で追って、気づかれたときのために笑顔を作って……。そういうようなこと。

最初はわたしも気づかなかった。でも勘づき始めたときですら、わたしがどうかしているって思った。だって、わたしのパパなんだもの。そうでしょう?」ナタリーの笑い声には皮肉の響きがあった。

「ママ?　ママはいつだってわたしや兄さんの様子を確かめたり、わたしたちのためにあれこれすることに忙しかったから、ママと別れてパパには若すぎる秘書と一緒になるって言われたのは、まったくの不意打ちだった」

「それからどうしたの？　お父さんはどこへ？」

「町の南のはずれにあるタウンハウスを借りたの。中年の危機を迎えた人間にふさわしい家具が備えつけてあるところ」

「ブリトニーも一緒に？」

ナタリーは顔をしかめた。「それが、驚くことに一緒じゃなかった。彼女はありふれた展開を嫌がったのよ」

「秘書とボスの関係って、それだけでありふれているんじゃない？」エマは思わず言い返したが、すぐに両手をあげた。「ごめんなさい。言うべきじゃなかった。口が過ぎたわ」

「ううん、そんなことない。だれだって同じことを言うわ。パパがその場合のボスだからって、事実に変わりはないもの」

「それでも……」

「彼女は――っていうより、パパが彼女のためにっていうべきね――町の反対側にガレージハウスを借りたのよ」

「トレヴァーは？　妻が上司の元に走ったことをどう受け止めたの？」

「ケイレブとわたしは、彼がパパに詰め寄ってくるだろうって思っていたんだけれど、来なかった。それどころか、パパによれば驚くくらい落ち着いていたみたい。それを聞いて、な

「教えて」ナタリーに意識を戻した。「彼女には、気にかけるほどの価値もないんだってこと」

ナタリーはテーブルから離れて立ちあがった。「なにをなるほどって思ったのか」

「なにを？」

思考がさまよい始めていることに気づいたエマは、ナタリーに意識を戻した。「教えて」

るほどねって思った」

ナタリーの言うとおりだろうか？　裏切られたにもかかわらず、トレヴァーが怒りを見せなかったのは、本当にブリトニーのせい？　それとも――

「わたしはもう行かなくちゃ。明日の葬儀の前にいくつか決めなきゃいけないことがあるから、葬儀場で兄さんと会うことになっているの」ナタリーは裏庭に目を向けると首を振り、空いた椅子を元の位置に戻した。「あなたに会えてよかった、エマ。ママがそのリストに書いたことを本当にあなたと一緒にできればいいんだけれど」

突然、ナタリーの目に再び涙が浮かんだ。

「わ、わたしはここ最近、すごく――すごくママに素っ気なかった。すごく不愛想だった。ママを傷つけているのはわかっていたの。目を見ればわかった。でも……あんなに途方にくれているママを見るのが辛くてたまらなかった。わたしにはどうすることもできないってわかっていたから。どうにかできたのはパパだけで、でもパパは……なにもしてくれなかった」

エマも立ちあがった。

「わたしたちがあなたのお母さんを家に連れて帰るわ、ナタリー。本当よ。約束する」

20

「約束する……」エマはバックミラー越しに、後部座席のむくむくした同乗者を見た。「約束する？　本気？　どうしてわたしがそんなばかなことを口走る前に、止めてくれなかったの？」

唾を飲むあいだスカウトの舌が引っ込んだが、またすぐに現れていつものように落ち着いた呼吸を始めた。

「尻尾で叩いてくれてもよかったのよ……ボウルが空っぽだって訴えるあの顔でわたしを見るとか……吠えるとか……わたしがうっかりあんなことを言ってしまう前に、なんでもいいから黙らせてくれればよかったのに」エマは曲がり角が近づいてきたので車の速度を落とし、道路とスカウトと助手席に置かれた三通の封筒を交互に眺めた。「それがあなたの仕事みたいなものなんだから」

エマはもう一度封筒を眺め、それから助手席のうしろに置いたバッグの下からのぞいているマニラフォルダーに目を向けた。ナタリーが帰ったあと、どうしてテーブルにこれを置いてこなかったのかは、自分でもわかっていなかった。これをキムに届けるというのは理屈の上では素晴らしいアイディアだが、現実ではまったくばかげているからだ。

「でもね」エマは道路に視線を戻した。「ひとつの愚かな行動よりましなものって、なんだかわかる？　ふたつ目の愚かな行動なのよ。いつだってね」

スカウトの顔を見つめて言った。「あなたはもっと賢い人を選ぶべきだったかもしれないわね、ボーイ」

スカウトは座席のあいだに顔を突き出してエマの頬をなめると、またすぐに窓の外を次々と通り過ぎる庭に目を向けた。

「わたしもあなたが大好きよ、スカウト」

エマは最後の角を曲がるとすぐに速度を落とし、いまでは見慣れたものとなったコマドリの卵のような青色の鎧戸がある白い家と、庭に立てられた〈フェルダー広告〉の看板を見つめた。以前に訪れたときとは異なり、今日は入り口のドアは開いていて、暖かな六月の風が外側の網戸から家の中へと吹き込んでいる。

最初に来たときと同じ場所に車を止めると、エマはギアをパーキングに入れてエンジンを切った。

「ほんの少し寄るだけだから。この封筒を渡して、行儀よくして、そうしたら帰るから。約束する」

エマは封筒を手にすると、ゆっくりと車を降りた。

「さあ、ボーイ。リースに会いに行きましょう」

ひとりと一匹は敷石の通路を進み、ポーチの階段の下までやってきた。窓越しに見えるデスクチェアは空のままで、その左右にもだれもいない。同じように人気《ひとけ》のない私道には、このあいだと同じこれといった特徴のない四ドアのセダンが止まっていた。

「あなたにはフロントポーチで待っていてもらわなくてはいけないの」階段をあがり切ったところでエマが言った。「ここは家じゃなくて、仕事場だから。それにリースは、中に犬を入れるのを好まないかもしれないし」

スカウトは一歩あとずさり、尻尾をだらりと垂らして小さく鳴いた。

「わかってるって。不公平よね？」エマは顔をしかめた。「ごめんね、スカウト。でもあなたならこの不公平な仕打ちを乗り切れるってわかっているから」

エマの言葉に、スカウトはあとずさるかわりにポーチに伏せ、前足に顔をのせた。

「いい子ね」エマは網戸に近づいて開け、中に入った。「こんにちは。リース？　エマよ、このあいだの。キムから頼まれて――」

「すぐ行くわ」

声が聞こえてきた廊下に向かってうなずいてから、エマはゆったりした足取りで居心地のいい待合室へと入った。コーヒーテーブルの上に置かれていた雑誌の表紙を眺め……左側の壁の前に置かれた幅の狭いテーブルの上のコーヒーマシンに目を向け……額入り写真とコンピューターのモニターが置かれた机を見て……そして――

好奇心にかられて奥の壁に近づいた。コピー機の上の壁には、証明書や額に入れられた手紙が飾られている。数々の証明書と同様、それらの手紙には健康や運に恵まれなかった人たちのためにロジャーが行った善行が記されていた。

入居者が仕事を見つけられるように新しいコンピューターを二台寄付したことに対する、スイート・フォールズ女性シェルターからの令状……

彼の寄付のおかげで病院の近くで暮らすことができ、最後の二ヵ月を息子のそばで過ごせたことを感謝する、難病の子供の両親からの手書きの手紙……

紫色と金色のロゴのある便箋には、子供のためのグループホームに継続して寄付をしたことに対する感謝の言葉――

カツカツというヒールの音がして、目の前の額入りの手紙から廊下へと視線を移すと、リース・ニューマンが角を曲がって近づいてくるところだった。最初に会ったときと同じく品のいいサマースーツ姿で、今日のティール・ブルーのスーツは彼女の目の色ととてもよく合っていた。

「お待たせしてしてごめんなさい、エマ」

「わたしこそ、お仕事の邪魔をしてごめんなさい」エマは封筒を持った手で壁を示した。「ロジャーは本当にたくさんの人のために、たくさんのことをしていたのね」

「そうなの」

エマは再び壁に向き直り、まだ読んでいない手紙や証明書をざっと眺めた。

「寄付をする相手を選ぶときにはなにか理由があったの？　それとも無作為に選んでいたの

かしら？」

「いくつかはキムが選んだものよ。この女性シェルターみたいに。キムは、最低賃金の仕事をクビになったその夜に火事ですべてを失ったシングルマザーについて書かれた新聞記事を読んだの。火事の前まで、高校卒業資格もない彼女はなんの援助も受けずにふたりの子供を養っていたのよ」

「どうやって？」エマは訊いた。

「子供たちが学校に行っているあいだに食料品を盗んだりしていたみたい。どうにかしてお金を工面していたんでしょうね。でも、働いていたお店をコスト削減でクビになったの。タイピングの練習をするつもりで、その前の週にだれかが捨てたコンピューターを拾ってきていたんだけれど、それが火元になったのよ。彼女が子供たちと暮らすことになったシェルターにもコンピューターはなかった。彼女はどうしてもタイピングを覚えたかったの。そうすればもっとチャンスが増えるから。キーボードの写真を見つけて、練習するためにその絵を描いていたくらい」

「まあ」

リースは壁に肩をもたせかけた。「その記事が載っている新聞を持って、キムがここにやってきた日のことを覚えている。ロジャーは新しいふたりの顧客と契約を結んだばかりで、お金が入ってくることを喜んでいたの。キムは彼の話を聞いてお祝いを言ったけれど、彼がそのお金でなにをしようかって訊くと、コンピューターを二台買うって答えたのよ。一台はシェルター用に、もう一台はシングルマザーのために」

タイプで書かれたシェルターの手紙の隣の手書きのものを指さしながら、リースは言葉を継いだ。

「そのおかげで彼女の人生は大きく変わって、いまは高校卒業資格を取ろうとしているところよ。いずれは大学にも行きたいって考えている」

エマはその手紙を最後まで読んでから、リースに視線を戻した。「それの結果がこれになった理由はわかるわ」エマはそのまわりに飾られている山ほどの額入りの礼状を示しながら言った。「フィードバックみたいなものかしら。自分がなにかを変えたことがわかるのね。こうやって広がっていくんだわ」

「そうなの。それに、ついてくる恩恵もあった」

「善人だっていう評判と節税のこと？」

「そのとおりよ」リースは先週と同じ椅子にエマを座らせると自分も腰をおろし、すぐにハイヒールを脱いだ。「どうしてこんなもので自分を痛めつけているのかわからないわ」親指の付け根を撫でながら言う。「それほど高いヒールでもないのに」

エマはにやりとした。「わたしの仕事はジムやビンゴやだれかの家にお茶をしに行くことだから、そういうものに悩まされずにすんでいるわ」

「楽しそうね。痛みもないでしょうし」リースは反対の足をもみ始めた。「それで、キムはどうしているの？」

エマは自分の顔から笑みが薄れ、消えていくのを感じた。

「ゆうべ話をした。ほんの少しだけ。いくつかやってほしいことがあるから、彼女の家に行ってほしいって頼まれたの。この郵便物を届けるとか」

リースはエマの手から手紙を受け取ると、ざっと確かめてから椅子の脇に置いた。

「ありがとう」

「どういたしまして」

「葬儀は明日なの」リースが言った。

「そうみたいね。ナタリーが言っていた」

リースの視線が時計からエマに移った。「ナタリーと話をしたの？」

「ええ。わたしがキムの家にいるときに、彼女が来たのよ」

「どうしていた？」

「当たり前だけれど、辛そうだった。すべてが。お父さんの突然の死、お母さんの逮捕、全部よ」

「そうでしょうね。どんなことであれ頼れる人がいないっていうのは、彼女にとって初めての経験なのよ。ケイレブにとっても」リースはあたかも見えないなにかが迫ってきているかのように、空気を押しのける仕草をした。「なにもかも現実じゃないみたい。彼が裏口の鍵を開ける音や廊下を歩く足音がいまにも聞こえるんじゃないかっていう気がする。彼が家を出ていったときのキムがこんな感じだったんでしょうね。毎日の当たり前だったことが突然なくなるのは」

「どういうこと？」

「ロジャーが出ていく前は、キムは毎日ここに来ていたのよ」リースは靴を履き直すと立ちあがり、あてもなくうろうろと歩き始めた。「朝は手作りのパンを持ってきてくれて、午後には退社時間まで頑張れるように、またクッキーを持ってきてくれた。ロジャーが会社を立ちあげて以来彼女が受け持ってきたいろいろな仕事を、奥の部屋で黙ってしていることも何度もあった。いつだって明るくて、協力的で、彼が必要としているときには喜んで手を貸していた。やがてキムの両親が体調を崩して、わたしは彼女の負担を軽くするために自分がやることを増やしたの」

「もっともね」

「理屈ではね。でもキムはすべてを子供と夫に捧げているような人だった。わたしはそんなことはできないから難しいときもあったけれど、どうしようもないことだから、できるときには彼女の代わりを務めるようにしたの。

ともあれ、そういうわけでキムは居場所がなくなったように感じていたみたい。彼女は一度もそんなことは言わなかったけれど、伝わってきた。両親が亡くなり、ナタリーが卒業して家を出ると、キムは戻ってきたがったんだけれど、そのときには彼女なしで全部うまくまわるようになっていて、ロジャーは自分のために時間を使うようにって勧めた。

ブリトニーがとどめを刺しにきたのはその頃よ。キムが来る回数がどんどん減っていくと、ブリトニーはしょっちゅうロジャーにあれこれと質問をしに行くようになった。初めのうちは彼も仕事の邪魔をされるのを嫌がっていたみたいだった。キムやわたしはいつだって静かに、効率よく仕事を片付けていたから。でもキムが来なくなって、ロジャーが新しい顧客との契約を結んだときにその場にいるのがブリトニーになった。そして彼をほめちぎった。彼がどれほど素晴らしくて、自分がどれほど感動したかを延々と繰り返して、自尊心に訴えたの。いまから思えば、それがどこに行き着くのか、なにを意味するのかに気づいて、食い止めるべきだったんでしょうね。でもわたしはそうする代わりにドアを閉じて、見ないようにしていた」

リースは窓の前で足を止め、ため息をついた。

「気づいたときにはロジャーは家を出ていて、キムが来なくなって、よりにもよってブリトニーが会社の経理を任されるようになっていた。とんでもない話よ。キムに会ってロジャーはばかだって言いたかったけれど、彼に雇われている身だということを考えると、賢明とは思えなかった。だからなにも言わなかった。なにもしなかった。その代わりに仕事に没頭した。いつの日か、ずっとしたかったことができるように。独立して、ブリトニーみたいな女とは関わりを持たずにすむように」

「いずれ自分の会社を立ちあげるの？」エマは尋ねた。

「実を言うと、ちょうど一週間前に賃貸契約を結んだところ。そこで自分の広告代理店を始めるの」リースはエマを振り返った。「こうしてだれかに話すのは、わくわくもするし、恐ろしくもあるわね」

エマはリースをまじまじと見つめた。「話すのはわたしが初めて？」

「そのつもりじゃなかったんだけれど、そうなの」

「わお。おめでとう」

リースの口の端が笑みの形を作った。「ありがとう」現れたときと同じくらいあっという間に、笑みは消えた。「火曜日の午前中はいくつか用事を片付けるために休みを取って、顧客とランチをして、それから会社に来た。辞めることをロジャーに話すつもりだったの。でも来てみたら彼のオフィスはドアが閉まっていて、電話をしているのがわかった。なにを言っているかまでは聞こえなかったけれど、動揺しているのは確かだったわ。しばらくたって電話が終わっても、彼はオフィスから出てこなかった」

「ノックはしなかったの？」エマは訊いた。「話したいことがあるって言わなかったの？」

「そうするべきだったんだろうけれど、しなかった。わたしはブリトニーとは違うから、ドアが閉まっているのはプライバシーが必要なときだってわかっているもの。それに彼女は有給休暇がたっぷりあったみたいで、わたしは自分の仕事に加えて、電話の応対とか本来なら彼女がするべきことをしなきゃならなかった。だから、あっという間に時間がたっていた」

「なるほどね」

「一時間ほどたって彼がようやく出てきたときには、彼のオフィスはまるで爆発でもしたみたいだった。机の上も床もキーボードも、そこら中に書類やファイルが散乱していた。大丈夫かって訊いたら、彼はばかだったたって答えたわ。正確には、世界に通用するばかだったって。ブリトニーに関係することだろうって思ったから、わたしはなにも言わなかった。なにが言える？　キムを捨てるなんてばかよ。でもわたしがなにも言えないでいるうちに、彼は片手に顧客のフォルダー、もう一方の手に電話を持って裏口から出ていった」

リースはがっくりと肩を落として、再び窓のほうを向いた。「それが彼を見た最後よ。生きている彼は」

「水曜日は？」エマは頭の中で時間の流れを追いながら訊いた。

「彼は来なかった」

「それじゃあ、どうしてあなたが彼を見つけることになったわけ？　タウンハウスにいる彼を？」

「辞めることを話さなきゃいけなかったの。二週間前の通知が必要なことを考えると、その日しかなかった。だから電話をして、寄ってもいいかどうか訊いたわ。彼は気もそぞろで、ひょっとしたら酔っていたのかもしれないけれど、それでも話す必要があった。だから彼の家に行って、そして……」リースは目を閉じて、首を振った。

「ブリトニーは？」

リースの長いまつげが開いた。「彼女がなに？」

「その日、彼女は会社に来たの？」

「いいえ。また有給休暇を取っていたんだと思う。だってそれが、ボスと寝ることの役得だもの」

エマは雑誌がのったテーブル、隅にある空のコートラック、窓から見える道路、玄関に向けられた壁の防犯カメラ、そして最後に〈フェルダー広告〉と彫られた時計の上の看板を見た。

「ブリトニーが本当に夫と別れたとは思えないの」

リースは大きく目を見開き、エマに向き直った。「なんですって?」

「ただの浮気だったんじゃないかと思って」

「ロジャーは彼女に部屋を借りてあげていたのよ」

「そうね。ナタリーがそんなことを言っていた」エマは言葉を切り、もう一度考えた。「それじゃあ、トレヴァーはこのことをたいして気にしていなかったとか?」

「もちろん気にしていたわよ! 証拠の写真もあるんだから!」

「写真?」

「報復のために、彼がこのオフィスにしたことの写真よ」リースは指を立てると廊下の先に姿を消し、すぐに携帯電話を持って戻ってきた。「これよ。見て」

エマは携帯電話を受け取ると画面に目を向け、彼女がいま座っているまさにこの部屋の写真を眺めた。椅子はひっくり返され、デスクトップ・コンピューターは床に落とされ、フェルダー広告の看板には大きな文字で卑猥な言葉が書きなぐられていた。「わお」

「そういうこと」リースはエマから電話機を受け取り、写真を見つめて不快そうに首を振った。「唯一の救いは、あの日ロジャーもわたしもどういうわけか自分の部屋に鍵をかけていたということ。そうでなければ、被害はずっと大きかったでしょうね」

「トレヴァーの仕業だってあなたは考えているのね？」

「そうだってわかっているのよ。防犯カメラに写っていたもの」

リースが再び窓に近づき、それから机に……コーヒーメーカーに移動し……そして最後にさっきまで座っていた椅子へと戻ってくるのをエマは眺めていた。

「彼は逮捕されたの？」

「されるべきだったのよ。わたしが口を出せたなら、されていたでしょうね。でもブリトニーが、許してほしいって懇願したの。そして彼女のために、ロジャーはうなずいた」

「わお」

「そういうこと」リースは腿に肘をつき、両手で顎を支えた。「でもつい先週、ロジャーが自分でも言っていたとおり、彼はばかだった」

「トレヴァーがそんなことをしたのはいつ？」

「いちゃついていたのが、次の段階に進んだときよ」リースが答えた。

「そういうことは二度と起きなかったのね？」

「ええ。さすがのトレヴァーも学んだんでしょうね」

リースの話を聞き、オフィスの惨状の写真を自分の目で見、そのすべてを録画していた防犯カメラの存在も確かめたエマだったが、どうにも腑に落ちなかった。タイミング。怒り。

ブリトニーがずいぶんと寛容になったトレヴァーと暮らしているウォールデン・ブルックの豪邸。

「ブリトニーはここでどんな仕事をしていたの？」

「ボスと寝る以外にっていうこと？」エマがゆっくりとうなずくと、リースは天井を見つめながら答えた。「最初はたいしたことはしていなかった。スケジュールの調整、電話の応対、わたしやロジャーとの面談のあと、顧客になるかもしれない人たちにお礼状を送ること、ソーシャル・メディアやウェブサイトの管理。でもさっきも言ったとおり、ロジャーが家を出て、キムがここに来なくなると、彼はブリトニーに経理も任せるようになったの」

「彼女のお給料はよかったの？」

「最低賃金に毛の生えた程度よ」リースは顔をあげて時計を見ると、ため息をついた。「仕事に戻らなくちゃ。辞めることを話さなきゃいけない顧客が、まだあと何人かいるのよ」

「ロジャーが死んだいま、あなたがここで担当している顧客はあなたの新しいエージェンシーで引き継ぐことになるの？」

「そうなるといいわね」リースはクッションの上の封筒をつかんで立ちあがった。「でも言葉にすると、それって間違ったことみたいに聞こえる」

エマも立ちあがった。「批判しているわけじゃないのよ」

「わかっているわ、エマ。ありがとう。わたしも自分を批判するのをやめられれば、予定どおりに進められるんだけれど」

「大丈夫よ。すべてがうまくいくことを祈っているわ」

「ありがとう」リースは廊下のほうへと数歩進んだところで立ち止まり、開いたドアを示しながら言った。「あなたの犬はとても行儀がいいのね」

「わたしの……」あわててドアに近づくと、スカウトはさっきと同じ場所にいた——伏せをしたまま、待っている。「まあ。自分を批判するっていうのはこのことだわ……自分の犬が外で待っているのを忘れる飼い主がどこにいるの？」

エマはポーチに出ると、うれしそうに尻尾を振るスカウトの傍らにしゃがみこんだ。

「ごめんね、スカウト。許してくれる？」

ぺろぺろと彼女の手や手首や顎をなめるのがその返事だった。

「いい一日を過ごしてね」リースが声をかけた。

エマは、遠ざかっていくリースの背中に向けて網戸越しに別れの挨拶をしてから、スカウトに視線を戻した。ポケットの中で骨の形をしたおやつを握りしめ、鼻をなめられる準備をする。

「おやつが欲しい？」

21

　エマは裏のポーチに腰をおろすと、顔をあげて午後の日差しを受け止めた。この数時間あまり、ここに座り、整いつつある庭に漂う果実のにおいのする空気を吸いたいと幾度となく思ったが、なんとか抗ってきた。

　まずは仕事。遊ぶのはあと。覚えているかぎりの昔から、エマはその言葉で自分を律してきた。ときにそれが難しいことがあっても、結局はそのとおりにしてよかったと思うのが常だった。だからこそこうしているいまも、するべきことや、できたはずのことに頭を悩ませる必要なく、心おきなく深呼吸をして——

「ねえ、ボーイ」エマはスカウトと同じ高さに顔を揃えた。「この数時間、よく働いたと思わない？　請求書を送って……新しい顧客と話をして……ポッドキャストの人に電話でインタビューして……あなたのお腹を撫でて……」

　世界で三番目に好きな言葉を聞いて、スカウトはコンクリートのポーチにごろりとあおむけになった。そしていかにもよくしつけられた飼い主らしく、エマは要求どおりにしてやった。

「ロジャーの追悼記事とお葬式の詳細を読んだの」スカウトのお腹に手を当てたままエマは言った。「明日の午後の葬儀には行かなきゃいけないと思うのよ。あなたはどう思う?」

スカウトはエマの顔を見つめ、再びその手が動き始めるのを待った。それ以上撫でてもらえないことがわかると体を起こして、エマの眉をなめた。

「わたしもそう思う。でもちょうどドッティとのお茶の時間だし、彼女がどう思うか――」

エマはコンクリートの上で震える携帯電話に目を向け、表示されているジャックの名前を見て、とたんに口元が緩むのを感じた。

「おはよう、ジャック」

「いまは五時だよ」

「わかってる。でもあなたはひと晩中仕事だったから、たったいま起きたところだろうと思って」

「なるほど。頭が切れるね」

スカウトが階段をおりていき、茂みの中を探し回っていたかと思うと、テニスボールをくわえて顔を出した。「ありがとう」

「明日の夕方はまだ空いている?」

エマの笑みが一層広がった。「ええ」

「スカウトも空いている?」

「わからない。訊いてみるわね」エマは携帯電話を顔から離すと、ボールをくわえたスカウトが戻ってくるのを待った。「明日の夕方は空いている?」

スカウトはエマの膝にボールを落とし、首をかしげた。

エマは頬と肩で電話機をはさんで、ボールを手に取った。

「スカウトはなんて?」その口調から、彼も笑顔になっていることがうかがえた。

「空いているって」

「それはよかった。スイート・フォールズ公園でピクニックをしようかと思っていたんだ。ぼくたちは食事……スカウトにはテニスボールかフリスビー……」

エマはボールを投げ、スカウトがそれを追いかけていくと電話機を持ち直した。

「素敵ね。スカウトにとってもわたしにとっても」

「よかった。ぼくにもだ」

「おいしい食事を用意していくわ」エマは言った。

「とんでもない。ぼくが言いだしたんだぞ? きみはスカウトと一緒に来てくれるだけでいい。あとはぼくに任せて」

「デザートを持っていってもいい?」

ジャックはすぐには答えなかった。「どんなデザート?」

「大おばのアナベル仕込みのブラウニーよ」

「ブラウニーは大好きだ」

エマの笑い声を聞いて、スカウトがボールを持って階段の上まで戻ってきた。

「それじゃあ決まりね。わたしはスカウトと一緒にブラウニーを持って行く」

「五時半でいい？」

「五時半は……」エマはドアにもたれた。「万が一にも遅れないように、六時にしてもらってもいい？」

「もちろんだ。だがそのほうがよければ、日を変えてもいいんだよ」

エマはスカウトからボールを受け取ると、コンクリートで拭ってから、もう一度投げた。「ううん。明日の六時で大丈夫。その時間なら、ドッティとお茶をして、ロジャー・フェルダーの葬儀に顔を出して、それから家に戻って準備をする余裕は充分にあるわ。その……ピクニックの準備を」

「デートって呼んでいいんじゃないかな、エマ。実際、そうなんだから」ジャックの声が一瞬遠くなったので、電話を当てる耳を反対側に変えたのだろうとエマは考えた。「きみは葬儀に行くの？」

「行くべきだろうって思うの。キムのために」

「キムは留置場にいなければ行ったと思う？」

「ええ」

再び一拍の間があったが、今回は椅子のきしむ音がしたから、おそらくジャックが立ちあがったのだろう。「ゆうべ彼女と話をしたよ。きみも知っていることだが」

スカウトがまた階段をあがってきて、またエマの膝にボールを落とした。

「ええ、知っている。彼女がわたしに電話できるようにしてくれて、ありがとう。今朝彼女の家に行って、植木に水をやったし郵便物も取ってきたわ」

「釈放されたら、クッキーを焼いて署に差し入れすると彼女が言っていた」

「驚いたみたいな口ぶりね」

「驚いたよ。留置場で判事との面談の日を待っている人間のほとんどは、ぼくたちにクッキーを贈ろうなんて考えないからね」

期待に満ちて待っているスカウトの横で、エマは濡れたボールの表面を指でなぞった。

「それがキムっていう人なのよ。いつだって、自分のことより人のためになにができるかを考えている」

「ぼくと話していたとき、携帯電話の待ち受け画面のトミーに気づいたみたいなんだ。あとからその写真のことを訊いてきたんで、息子だって答えて、母親や離婚のことを話した。そうしたら、ぼくがトミーと一緒にできるいろいろなことを教えてくれたよ。知らないことばかりだった」

腕にスカウトの鼻が当たるのを感じて、エマは再びボールを投げた。

「全然驚かないわ。今朝、あの家でナタリーと会う前から、キムが完璧な母親だったっていうことはわかっていたもの。ナタリーはそれを裏付けてくれただけ」

「ナタリー・フェルダー？　キムの娘？」ジャックが訊いた。

「そうよ」

「このあいだ、彼女とは少し話をしたが、葬儀のあとでより詳しいことを訊くつもりだ。息子ともね」

「あなたは違うことを考えているかもしれないけれど、父親を殺したのはキムじゃないってナタリーはわかっているから」エマは薄い雲がゆっくりと流れていく空を見上げた。

電話の向こうの今度の沈黙は長かった。

エマはぎゅっと目をつぶって首を振ると目を開け、戻ってきたスカウトを見つめた。

「ごめんなさい、ジャック。言うんじゃなかったわ。あなたはあなたの仕事をしていて、わたしはわたしの仕事をしている。そのふたつはなんの関係もないはずだものね」

「だが関係ある」

もう一度もってこいをしたところで、エマはスカウトを座らせた。「そうね。でも、わたしたちの会話やデートにこの話を持ちだす必要はないわね」

「そうだね。やめておこう。これからも」

「わかった。ただ……」エマはナタリーと彼女から預かったいまも車の助手席のうしろに置いてあるフォルダーを思いだし、その先の言葉を呑み込んだ。「あなたに会ったときに、キムに渡してもらいたいものをことづけることはできる？　彼女を勇気づけたくて、ナタリーが持ってきたものなんだけれど」

再び続いた沈黙はやがて、耳の奥で響く鼓動の音に飲みこまれた。

「ごめんなさい。こんなこと頼んじゃいけなかった」エマはあわてて言った。「彼女が釈放されたときに――」

「できることはするよ、エマ。でも約束はできない」

「そうよね、もちろんよ」エマはドアにもたれた。「ありがとう」

「ぼくはクッキーが好きだからね」

返事代わりにエマが笑うと、鼻と頰をスカウトになめられた。

「キムのことも少しは好きになったんじゃない？」

「彼女は殺人事件の容疑者だよ、エマ」

「彼女が作るクッキーはとてもおいしいって聞いているわ」

今度はジャックが笑う番だった。

「きみはまったく手に負えないね。わかっている？」

「そうかもしれない」エマはスカウトの背中を撫でた。

「それに自分が信じるものに忠実だ」

「そうよ」空いている方の手でスカウトの顎を持ちあげ、目と目のあいだにキスをする。

「忠実でなければ、意味がないでしょう？」

「だがきみはぼくとデートすることに同意した――彼女を逮捕した男と」

エマはスカウトから手をおろして立ちあがり、電話の向こう側にいる男性と大おばのブラウニーのレシピのことを交互に考えた。「そうね、同意したわ」

再びの沈黙。けれど今回エマが感じたのは不安ではなく、平穏だった。

「うれしいよ」ようやくそう言った彼の声はしゃがれていた。

「わたしも」


エマは泡だて器に残ったブラウニーの生地をなめ取ってから、シンクに置いてあったボウルに突っ込んだ。

「ふう。これからは、アナベルのブラウニーをもっと頻繁に作らなきゃいけないわね」

電子レンジに映る自分の姿を確かめてから、スカウトを見おろした。

「それとも作らないほうがいい？」

スカウトは立ちあがって尻尾を振り、いつもと同じような顔――エマの心をとろけさすような愛に満ちた顔――でエマを見た。

「さあ、スカウト、タイマーはあと二十五分。ブラウニーができあがるまで、ロジャーのことを調べてみましょうよ」

リノリウム敷きのキッチンを出て傷だらけの木の廊下から仕事部屋へと進んでいくと、床を打つスカウトの爪の音が変わった。エマは仕事部屋の明かりをつけ、デスクチェアを引き出し、先週のセールで買った桃色のクッションに腰をおろした。スカウトが足元に寝そべると、検索バーに〝フェルダー広告〟と打ち込んで、エンターキーを押した。もう一度エンターキーを押すと、その会社のウェブサイトの表紙ページと創設者の笑顔が現れた。

エマはロジャー・フェルダーの顔をじっくりと眺めた。

こめかみのあたりが白くなり始めている、薄くなりつつある短く刈った髪……

内側から輝く鮮やかな青い目……

自然にあふれてきたものだとわかる屈託のない笑み……

きれいにひげが剃られた顎……

アイロンをあてたばかりのドレスシャツ……

知らない人間の目には、ロジャー・フェルダーは正直で立派な人間に映るだろう。一緒に楽しい時間を過ごせて、心のこもったアドバイスをくれる、落ち着いて行動できる人間だと思うだろう。彼の写真の下の略歴には〝模範的な家庭人〟と書かれていたが、そうでないことをエマは知っていた。

嫌悪感が増して、画面の奥に手を突っこんで彼の首を絞めてやりたくなるのをこらえ、エマは会社の企業理念と起業にまつわる話、そして最後に会社の特色の一覧に目を通した。

〝顧客〟のタブをクリックするといくつもの企業が表示された。スイート・フォールズや周辺の町に拠点を置くものもいくつかあった。エマはゆっくりとリストをスクロールしていきながら、好奇心にかられてところどころでクリックしては詳細を読んだ。リストのなかほどには、彼女のお気に入りの音楽グループが所属する全国的レコード会社の名前もあった。

「自慢の種というわけね」エマはつぶやいた。

クリックとスクロールを繰り返すうちに、見たことのある裏庭のパティオの写真が現れた。

キムの家だ。こぢんまりした集まりはバーベキューをしているらしく、見たことのある顔が並んでいた。

「キム……ロジャー……リース……ブリトニー……」

エマは身をのり出してその中央にいる男性と女性の顔を眺め、レコード会社のサイトに載っている写真の人物だと気づいた。顧客だろうと見当がついたところで、庭のあちらこちらにいる残りの六人ほどを確認し、それからパーティーのホスト役ふたりに意識を戻した。

自宅で客をもてなすのは大変なことだし、仕事が関わっているとなればさらに気を遣うものだが、ロジャーとキムは画面からでも伝わってくるチームワークでそれをこなしていた。キムは料理の最後の皿を片付け、ロジャーはグリルの火を消し、客たちはテーブルに並んでいる様々な料理を眺めている。それがエマに見て取れるすべてだった。ここでは時が止まっている。ロジャーがキムを見るまなざしも変わっていない。そこには畏敬と――

オーブンのタイマーが鳴る音がして、エマとスカウトは廊下に視線を向けた。

「うーん……いいにおいじゃない？」

スカウトは同意するように短く吠えて立ちあがった。勢いよく振られる尻尾は感嘆符代わりだ。

「わたしが味見しているのを見ないふりをしていてくれたら、夕食の前にもう少し持ってこいをしてあげるわ。どう？」

スカウトがさらに激しく尻尾を振り始めたので、エマは画面を振り返ってロジャーの顔をもう一度眺めたが、やがてそのページを消して立ちあがった。

「さあ、行こうか、ボーイ。もう充分に見たわ」

22

「わくわくするわね？」ドッティが言った。

エマは助手席のドアを閉めてロックすると、ドッティの車椅子のうしろに立った。

「わたしたち、もう一日、一緒に過ごす日を作ってもいいかもしれない。その日はあなたも本から離れて、もう少し現実の世界と関わるようにするのよ」

「ばかなことを言うんじゃありませんよ、ディア」ドッティは肩越しに言った。「毎週火曜日にあなたがお茶に来たときに、あなたの言葉を借りるなら、わたしは本から離れているでしょう。現実の世界との関わりはそれで充分」

「ふーん」

「ふーん？」

「いまのあなたの言い方だと、毎週のお茶の時間を楽しんでいないみたいに聞こえるわね」

葬儀場へと続く舗装された傾斜路をあがり切ったところで、エマは右方向にあるだれもいないベンチに向かった。珍しいほど大きくて凝った装飾の小鳥の水浴び用水盤の隣だ。

ドッティは冷ややかな視線をベンチに向けた。

「あなたの言葉は、わたしが本を読んでいる時間が長すぎると言ったように聞こえたわよ」

「降参」エマは両手をあげた。「あなたの言うとおりね。批判するようなことを言うべきじゃなかった。ただ、会ったこともない人の葬儀に出席するのをわくわくするなんていうから、少し心配になったのよ」

「あなたも会ったことがないでしょう？」

エマは葬儀場の入り口に目を向け、肩をすくめた。「だから、あなたの言葉に驚いたの。あなたはわくわくしているって言ったけれど、わたしはそもそもわたしたちがここにいていいんだろうかって考えていたから」

「だからあなたはわたしから借りた本をもっと速く読まなくてはいけないのよ」

エマは目をぐるりとまわそうとしたが、あまりうまくできなかった。

「わたしには仕事があるの、ドッティ。なんとか成功させようとしている仕事が。実際に顧客との仕事をしているとき以外は、新しい顧客を探すためのマーケティングで忙しいのよ。それに世話をしなきゃいけない犬がいて、手入れしなきゃいけない家があって、それに……えーと……そう……あなたのおかげで捜査することになった殺人事件もある」

「なにが言いたいの？」

「いまは、読書の優先順位は高くないっていうこと」

「高くするべきでしょうね」

「あなたにはわたしの一日を三、四時間――それもなんの予定もない時間を増やす能力でもあるの？」エマは訊いた。「だってそうでもなければ、無理だもの。あなたの本がそういうこと全部をやってくれるのでないかぎり、あとまわしになるのは仕方ない」

ドッティはすねにからみつく黒いスカートの裾を直した。「最後のものには役に立つでしょうね」

「最後のもの？　最後のものってなに？」

「あなたがあげたするべきことのリストの最後のものよ——実のところそれは、一番上に来るべきですけれどね」

「順番なんて覚えていない……」その先の言葉が途切れ、エマはうしろの羽根板にもたれた。

「ドッティ、あなたがコージーミステリが大好きなのは知っている。確かに、これまで読んだ数冊は面白かったけれど、でも——」

「本の話をするときに、〝でも〟は使わないで」ドッティは傷ついたように鼻を鳴らした。

「わかった。ごめんなさい。あなたを怒らせるつもりじゃなかった。でも、いまこんな状況じゃ、わたしにはこれ以上速く読むのは無理なの」

ドッティはドアに目を向け、駐車場へと視線を移し、それからエマをまっすぐに見つめた。

「でもあなたが読んでいれば、ここにいることにわくわくする理由がわかったはず」

「意味がわからない」

「殺人犯は現場に戻ってくると言われているのよ」

エマは眉毛が吊りあがるのを感じた。「そう……」

「わたしたちは殺人犯を追っているの」

「ロジャーは町の向こう側で殺されたのよ。自宅マンションの居間で」

今度はドッティが目をぐるりとまわした。それを隠そうともしなかった。「犯人は自分のしたことを確かめるために戻ってくるの。犯行の結果を見るために」

「そう……」

「だれでも被害者の遺体が見られる葬儀場以上に、それがよくわかる場所がある？」

エマは身をのり出した。「ロジャーを殺した人間が葬儀に来るって考えているの？」

「その可能性は高いわね」

「でもそれって……どうかしている。異常よ」

ドッティはうなずいた。「わたしたちの相手は殺人犯なのよ。違う？」

「それはそうだけれど――」

「ごきげんよう、ご婦人がた」

エマとドッティが揃って顔をあげると、全身を黒で包んだビッグ・マックスが建物の南側の歩道をこちらに近づいてくるところだった。平たい黒の帽子の小さなつばから垂れる黒い薄手の生地が、目を半分ほど隠している。

ドッティの唇がぴくぴくと動いたのは、エマが抑えつけようとしたのと同じおかしさを感じているからだろう
「ビッグ・マックス、こんにちは！」エマは一風変わった七十八歳の友人に駆け寄ると、彼

が座ろうとしなかったベンチに腰かけた。「驚いたわ」

「敬意を表したくてね」ビッグ・マックスはポケットから折りたたんだ新聞紙を取り出すと、エマとドッティに見えるように開いた。「ロバートに」

エマとドッティは顔を見合わせた。「ロジャーのこと?」

ビッグ・マックスは新聞紙を自分のほうに向け、目を凝らして死亡記事の写真の下の名前を読んでからうなずいた。

「そうだ。ロジャー。ロジャー・フェルダー」

ドッティは、ベンチに座っているエマと水盤の脇に立つビッグ・マックスのふたりが見えるように車椅子の向きを変えた。

「彼と知り合いだったの、マックスウェル?」

「彼はクッキー・レディと結婚していた。そうよね?」エマはビッグ・マックスを見ながら言った。

「クッキー・レディ?」ドッティが訊き返した。

「キムのこと」

ビッグ・マックスが顔に垂れた黒い生地を脇に押しやったので、眉間に寄せたしわが見えた。「だが彼はいなくなった」

「だれが?」

ビッグ・マックスはもう一度手の中の新聞を見た。「ロジャー」

エマの口から笑っているような、うなっているような声が漏れたのは、おかしかったからではなく、ビッグ・マックスの言いたいことが理解できたからだ。

「そうね、ビッグ・マックス。彼はいなくなった。そのことで損をしたのは彼のほうよ。すごくね」

ビッグ・マックスがなにも言わなかったので、エマは立ちあがって彼に近づいた。

「だからここに来たの？　クッキー・レディのために？」

「わしは彼女みたいにクッキーは作れないが、ハグは得意だ」

「ええ、そうね」エマは笑顔で応じた。「それにダンスもすごく上手」

「そうだろう？」ビッグ・マックスはゆったりとした夢見るような足取りで円を描いたが、やがて真顔になって静止した。「だが今日は、ハグのほうがよさそうだ」

ドッティはエマをにらみつけたあと、その視線をゆっくりとビッグ・マックスに向けた。

「彼女がここにいないことは知っているでしょう、マックスウェル？」

「彼女？」

現実がぐさりと胸に突き刺さり、エマはビッグ・マックスに言った。「ドッティの言うとおりなの、ビッグ・マックス。キム――クッキー・レディは、今日はここにいないのよ」

ビッグ・マックスは黒の薄手の生地の奥で大きく目を見開き、あとずさった。

「どこにいるんだ？」

「彼女は……」ドッティが小さく首を振るのが視界の隅に見えたので、エマは言葉を濁した。

「葬儀に間に合うように戻ってこられなかったの」

「彼女がどこにいるのか知っているんだね？」ビッグ・マックスが訊いた。

考える間もなくうなずいてしまったエマは、彼が次に必ず訊いてくるだろう質問に対する一番いい答えを探した。「彼女はいま、あなたにクッキーを焼いてあげることができないの。でもいずれ焼いてくれるわ。近いうちに」

「わしはクッキーなら待てるんだよ、エマ。だがいまの彼女には、ハグが必要だ」

どうすれば本当のことを話さずにすむのかわからず、エマは助けを求めてドッティを見た。ドッティは近くに来るようにとビッグ・マックスを手招きした。「マックスウェル、いまキムはハグしてもらえないところにいるの。でもエマとわたしでそれをどうにかしようとしているところなのよ」

「わしも手伝いたい」ビッグ・マックスは胸を張った。「なにをすればいい？」

エマは再びドッティを見た。「あなたにできることはなにも――」

「中に入りましょうか」ドッティは手を振ってエマを黙らせた。「キムの子供たちにお悔みを言うの。どういう話になるのかしっかり聞いて、あらゆることに注意を払うのよ。そのときはたいしたことじゃないと思えるほんのささいなことにも。そして終わったあとで、そのことを話し合いましょう」

「それならできる」ビッグ・マックスが言った。

「よかった。それじゃあ、行きましょう」ドッティは車椅子を後退させるボタンを押してベンチから離れると、先頭に立って入り口へと向かった。

「それは涙なの、ディア？」

エマは指先で頬を拭いながら、ドッテイの隣の椅子に腰をおろした。

「ばかみたいよね」

「葬儀で涙を流すことが？」

「この葬儀で涙を流すことがよ」

ドッテイは、並ぶ人の列と蓋の開いた棺《ひつぎ》からエマへと視線を移した。

「そうかしら？」

「彼は浮気者だったのよ」エマは小声で言った。「自分の子供とたいして年の変わらない女性のために、三十年連れ添った妻を捨てたの」

「人間であることに変わりはない」

「それはそうだけれど、でも泣くなんて」エマは首を振った。「自分でも信じられない」

「あなたの涙にはそれ以上の意味があるんじゃないかしらね」

エマは、関節炎を患っているドッテイの指が示す先に目を向けた。部屋の前方では二十代の男女ふたりが、彼らの亡くなった父親に弔意を表すために並んでいる人たちのひとりひとりに挨拶をしている。がっくりと落とした肩と焦点の定まらないまなざしが、ナタリーが打ちひしがれていることを教えていた。彼女と並んで棺の横に立っているのは兄のケイレブで、イーゼルに立てて部屋中に飾られた父親の人生を物語るポスターや写真を見れば、彼が父親そっくりであることがわかる。

「あなたたちが会っていたなんて知らなかった」

エマは兄妹を見つめていた視線を、隣にいる八十代の車椅子女性に向けた。

「だれのこと?」

「あなたと娘」

「会っていたってどうしてわかるの?」

「お悔みを言ったとき、あなたたちのあいだには明らかに親しげな空気があった」

「そう。昨日会ったのよ」エマは再び前方に視線を移した。「キムの家に行ったとき……」しまった。

自分のミスに気づいたエマは座ったまま背筋を伸ばし、部屋の中を見回しているふりをした。「ビッグ・マックスの姿が見えないわ」

「どうしてわたしはいままでそのことを知らなかったのかしら?」ドッティの口調は非難がましかった。

「彼がいないっていままで気づかなかったからよ」エマはいま一度、座席から写真、開いた棺へと視線を移し、最後に途切れることのない弔問客に挨拶を続けているナタリーを見た。

「並んでいたときわたしのうしろにいたのは知っているの。ナタリーとケイレブにお悔みの言葉を言っていたのも。じっくりと写真を見ていたのもわかっている。でもここに座ってあなたと話をしているあいだに姿が――」

「わたしはビッグ・マックスの話をしているんじゃありませんよ、エマ。聞きたいのは、キムの家での話」

エマは顔が熱くなるのを感じながら、椅子の上で身じろぎした。

「植木に水をやって、郵便物を取ってきてほしいってキムに頼まれたの。それだけ」

「そのことをわたしに話そうとは思わなかったのね？」

「わたし――考えていなかった」

「あなたはキムの家に行った、彼女の娘に会った、彼女の郵便物に目を通した、それなのに考えていなかったというのね？」

エマはごくりと唾を飲み、肩をすくめた。「わからない。その話をしなかったのは、なにも言うことがなかったから。伝えることがなかったからだと思う」

「それがあなたの言い分ということね」

「そうよ」

ドッティは不愉快そうに唇を結んだ。「重要でないように思えることを話しているときに、手がかりが見つかることがあるの。探偵術の基礎講座よ、エマ」

「授業のあいだ、わたしは居眠りしていたみたい」エマは素っ気なく応じた。

「皮肉を言いがちなあなたの傾向をわたしがどう思っているのか、知っているはずね、ディア」

「ごめんなさい」

「謝ってほしいわけじゃない。情報が欲しいだけ」

「なにも話すようなことなんてないんだって」

ドッティがそれ以上言う必要はなかった。エマをにらみつけるそのまなざしだけで充分だった。

「わかったわよ。詳しく話すから」エマはドッティの車椅子に膝を向け、他の人に話を聞かれないように顔を近づけた。「植木に水をやった。写真を眺めた。キムがスカウトのために買っておいてくれたおやつをひとつ、彼にあげた。郵便物をふたつに仕分けした——ひとつはキム宛てのもの、もうひとつは家に帰る途中で会社に届けるもの。仕分けをしていたときに——」エマが顎で部屋の前方を示し、ドッティがそちらに視線を向けた。「ナタリーが来たの。話をした。彼女は泣いた。わたしは愚かにも、わたしたちが父親を殺した真犯人を見つけて、お母さんの容疑を晴らすって約束した。彼女はもうしばらく泣いて、帰っていった。スカウトとわたしも帰った。おしまい。ほらね？　なにもないでしょう？」

「わたしたちって言ったの？」

エマはまじまじとドッティを見つめた。「なんですって？」

「わ、わ、わたしたちが真犯人を見つけるって言ったのね？」

「いまいろいろと話したのに、あなたが気にしているのはそこなの？」エマはくいっと顎をあげ、首を振った。「マジで?」

「驚いただけよ、ディア。だいたいあなたは——」

エマは手をあげてドッティを黙らせると、その先を引き取って言った。

「ブライアン・ヒルを殺した犯人が捕まったあと、『スイート・フォールズ・ガゼット』紙のインタビューでもわたしはその言葉を使わなかった……わかっているわよ。何万回も訊いたわ」

「世間に知らしめるのはいいことよ。実際は共同作業だったときには特に」

「話を変えない?　お願いだから」

「いいでしょう」ドッティは親指で背後を示した。「車椅子にかけてあるバッグからノートとペンを取ってもらえるかしら?」

「どうして?　なにに使うの?」エマが訊いた。

「事件の話をするのよ」

エマはかろうじて聞き取れるほどにまで声を落とした。

「ここは葬儀場だってこと、忘れていないでしょうね?」

「自分たちがどこにいるかくらい、わかっていますよ」

「それなら、探偵ごっこをするにはもっともふさわしくない場所だっていうこともわかっているはずよね」

「探偵ごっこ?」

声に出してうめきたくなるのをこらえるには、ありったけの自制心が必要だった。

「あなたの口をいまだけテープでふさいだら、老人虐待って言われるのかしら――」

「やっぱりあなただったのね、エマ」

驚いて振り返ると、エマの隣の空いている椅子を目指して、見知った顔の女性が人々のあいだを抜けてひそやかに近づいてくるところだった。

「ここに座らせてもらってもいいかしら？」

「もちろんよ、どうぞ」エマはクッションのついた折り畳み椅子を軽く叩くと、ドッティを示して言った。「リース、こちらはわたしの友人のドッティ・アドラー。ドッティ、彼女はリース・ニューマンよ。ロジャーのところで働いていたの」

ドッティは老人特有の染みの浮き出た手をリースに差し出した。

「このたびはお気の毒でした」

「ありがとうございます、ドッティ」

リースはロジャーの命を失った体を見つめながら、椅子に腰をおろした。

「こんなことになったなんて、いまでも信じられない。目が覚めたら、なにもかもがばかげた夢だったってわかるような気がして仕方がないのよ」

「大丈夫？」

「大丈夫だって思っていた。ここに来て、彼を見るまでは――」リースはきつく目をつぶり、数秒後、首を振りながら開いた。「あなたたちさえよければ、しばらくなにか――なんでもいいわ──ほかの話がしたいの。いいかしら？　息を整えて、頭をはっきりさせないといけないみたい」

「もちろんよ」

　ドッティは車椅子の肘掛けに身を乗り出すようにして言った。

「素敵なドレスね、リース。それって、リリー・ヴィヴァルディ？」

「ええ」リースは驚きと誇りが入り混じったような口調で答えた。「よくご存じですね」

「わたしの誕生日に、夫のアルフレッドがプレゼントしてくれたことがあるんですよ。値段を見て、返品させましたけれど」

　リースはうなずきながら品のいいAラインのドレスを見おろし、かろうじて笑みを作った。

「父と父の結婚相手が暮らす高級住宅街のはずれのお店で見つけたのでなければ、わたしも買っていなかったでしょうね」

「きれいなドレスね」エマが言った。

　リースは、シンプルな胴の部分からふわりと広がっている青のグラデーションのスカートを指でなぞり、やがて素っ気なく鼻を鳴らした。

「これを買ったときは、なにかすごくいいことがあったお祝いに着ようって思っていた。まさかボスのお葬式に着ることになるなんて。それなのに……こんなことになって。そしてわたしは――」リースはぐったりと椅子の背にもたれた。「ここにいるのに、どこかほかのところにいたかったって思っている。ここじゃないどこかに」

「ゆうべ、フェルダー広告のウェブサイトを見たわ」エマは言った。「とてもよくできていたし、ユーザーにとってすごく使いやすくなっていた。感心したわ」

リースは再びキムの子供たちとロジャーに目を向けた。

「やめて。ブリトニーは携帯電話のアプリを使わなければ、まともに単語も綴れないのよ。面会時間を書き記すのに、オフィスを片付けるときに捨ててしまうような紙切れを使うべきじゃないっていうこともわかっていない。でも、わたしが忙しくてできないときにグラフを作ってと頼んだら？　あるいはウェブサイトを一から作り直してほしいと言ったら？　三十五年間の結婚を壊してほしいって言ったら？　そういうことなら、彼女はできるの。とてもうまく」

エマはほんの一瞬、ドッティと視線を交わした。

「ごめんなさい、リース。気分を害するような話題を持ち出すつもりじゃなかったの」

「わかっているわ。なにかほかのことを考えようとすること自体が、ばかげているのよね」リースは再び棺に目をやって、首を振った。「それができたらってどれほど願ったとしても、無理なんだわ」

エマは隣の椅子からティッシュペーパーの箱を取り、リースに差し出した。

「昨日、会社を辞めることを話すために最後の顧客と連絡を取っているときでさえ、間違っているっていう気がして仕方がなかった」

「でもあなたはロジャーが亡くなる前から、そうする予定だったんだから」涙を拭っているリースにエマが言った。「忘れないで」

リースはマニキュアをほどこした手で濡れたティッシュを丸め、洟をすすった。

「ありがとう。そうする」

「あなたはこの土地を離れるの？」ドッティがリースに尋ねた。

リースは黙って首を振り、エマが代わりに答えた。

「いいえ。リースは自分のエージェンシーを……」

部屋中のあちらこちらで一斉に息を呑む気配がしたので、その先の言葉は途切れた。エマたちは揃って、ロジャーの子供たちに言葉をかける順番を忍耐強く待つ参列者の列に並ぶブリトニー・アンダーソンに目を向けた。

「噂をすれば……」丸めたティッシュペーパーを握るリースの手が白くなった。

ドッティがエマに顔を寄せて尋ねた。「彼女なの？　あれがふしだら女？」

エマは答えようとしたが、リースに先を越されてそのまま口を閉じた。

「そうよ――あれが彼女。一緒にいる人を見て……素晴らしいこと」

「彼女と一緒にいる人？」エマはブリトニーの隣にいる、手入れの行き届いた肩までの長髪の男性を見つめた。「待って。あれはだれ？」

「トレヴァーよ。彼女の夫」

エマはたじろいだ。「トレヴァー？　間違いない？」

「間違いない」

「でもなんだか……待って。やっぱり、そうだわ」エマは高価そうなスーツ、ぱりっと糊のきいたシャツの襟、そしてスーツにふさわしい靴を見て、心の中でその変化に拍手を送った。「新しい家、新しいスーツというわけね」

「どういう意味？」ドッティが聞きとがめた。

「彼が結婚式で着ていたスーツをあなたが見ていたら、心臓発作を起こしていただろうっていう意味よ」

リースの視線がエマを捉えた。「ふたりの結婚式に行ったの？」

「まさか。彼らの家のオープンハウスで結婚式の写真を――」

リースが手をあげた。「話題を変えてもらっていい？　耐えられないの。今日は。ブリトニーが来る前のロジャーを覚えていたい」

「もちろんよ」エマはロジャーの愛人から、ナタリーをしっかりと抱きしめているこげ茶色の髪の太った女性に視線を移した。

いまナタリーが必要としているのはプライバシーだというのに、炎に引き寄せられる蛾のように、そちらを見つめてしまうのをどうしようもなかった。

「彼女はキムの親戚か、それとも友だちなのかしら？」

「だれのこと？」

「あの女性よ。ナタリーと一緒にいる人」

リースはキムの子供たちがよく見えるように体をずらしたかと思うと、ティッシュペーパーを握りしめているこぶしを口に当てた。「セリアよ。〈愛と導きの手〉の人。昔のロジャー——みんなが愛していたロジャーのいいところを全部象徴するような人なの。申し訳ないけれど、挨拶してこないといけない」

「ええ、どうぞ」エマはリースが中央の身廊に出られるように、足を引いて通してやり、空いた席を目指して椅子の列の向こうからビッグ・マックスが近づいてくるのが見えたので、そのままにして待った。

「ビッグ・マックス、どこにいったんだろうってドッティとわたしは心配していたのよ」

「友だちのセリアと話をしていた」

エマは、列の先頭でロジャーの棺の前に膝をついて祈っている女性に再び目を向けた。

「彼女を知っているの？」

「わしらはふたりとも知っているよ」ビッグ・マックスは自分とドッティを指さしながら答えた。

ドッティがゆっくりとうなずいたので、エマはビッグ・マックスに再度尋ねた。

「どうして？」

「彼女は毎年、わしにゲームの手伝いをさせてくれるんだ。今年は、やりたければピエロになって、風船を渡す役をやってもいいって言われている。やりたいよ。すごくね」ビッグ・マックスの笑顔は文字通り部屋を明るくした。「いい仕事をする準備はすべてできているし、報酬はいらないって彼女に言ったんだ」

「本当にいいの、マックスウェル？」ドッティが訊いた。「そのための予算はあるのよ」

ビッグ・マックスはドッティが言い終える前から首を振っていた。

「その金はグループに戻してほしい」

「あなたはとても寛大ね、マックスウェル」

「ちょっと待って。よくわからないんだけど」エマが言った。「子供？　グループってなに？」

ドッティはエマの手に手を重ねた。

「毎年七月にカムデン公園で行われる、子供たちの催しを聞いたことがあるでしょう？　今年のイベントのポスターが町中にそろそろ貼られるはずよ。もう貼られているかもしれない」

「ええ、見たことがある。里子たちの行先が決まるまでのあいだ、居場所を確保するために、資金を集めるのよね？」

「そうよ。それから、大きくなって制度からはみ出してしまった子たちのために」

「わたしは子供がいないから参加したことはないけれど、聞いたことはある」

「アルフレッドが熱心に支援していたグループのひとつなの」ドッティが言った。「彼とマックスウェルはそこで出会ったのよ」

パズルのピースがはまっていくような気分で、エマはドッティとビッグ・マックスを見比べた。だが彼女が口を開くより先に、ビッグ・マックスが立ちあがった。

「失礼するよ、ご婦人がた。わしはもう行かなきゃならん。最高のピエロになるには、学ぶことや練習することがたくさんあるからね」

23

記録に残しておきたいような夏の夜だった。暑すぎず、気持ちのいい風が吹き、紺色の毛布の上では食べ物が入った三つの容器の向こうにハンサムな男性が座っていて、仰向けになったスカウトの腹を撫でている。

「このブラウニーはとんでもなくおいしいね」ジャックが言った。「どういうわけか、子供のころを思い出すよ」

エマは体を倒して肘をつき、公園の隣の草地に咲くルドベキア・ヒルタの甘い香りを吸いこんだ。「大おばのアナベルのレシピなの」

「スイート・フォールズに住んでいたという大おばさん？　いまきみが暮らしている家で？」

「そう、彼女の家をわたしが引き継いだの。引っ越して間もないころに、キャビネットにしまってあったレシピの箱を見つけたのよ」

「ぼく個人としては、きみはとてもいいものを見つけたと思うよ」ジャックは自分の腹に手を移動させて、にやりと笑った。

エマの笑い声を聞いてスカウトが立ちあがり、彼女の傍らに移動した。

「毎月、アナベルのレシピの箱からなにかを作るようにしているの。ディナー、スープ、パン、サイドディッシュ、デザート、なんでもよ。でもこのブラウニーは――」エマはスカウトの背中を手でなぞった。「自分を元気づけたいときに作ってきた。そうだったわよね、ボーイ？」

スカウトは返事代わりに尻尾を振った

ジャックは毛布の外に手を伸ばし、草を一本ちぎった。

「たとえば、どういうとき？」

エマはごろりと寝そべり、西方向へとのんびり流れていきながら太陽を相手にいないいないばーをしている雲を見あげた。

「そうね、自宅で開業していたトラベル・エージェンシーの絶対確実だと思っていた顧客を失ったときが、最初だった。もちろん、顧客が数人、それもいずれ年のせいで旅行もできなくなるような人たちだけになったときに、もう言い訳はできないってわかっていたんだけれど。あとは去年の夏、十六歳になる姪っ子がうちに来て、数週間滞在することになっていたの。いろんなことを一緒にしようと思って計画を立てていたんだけれど――彼女に恋人ができて、母親を説き伏せてふたりでニューヨークに行ってしまったのよ。そうそう、その前にドッティの夫のアルフレッドが亡くなったときも、わたしはブラウニーを焼いて彼を悼んだわ」

「彼は残念だったね」

体を横向きにするとジャックと目が合ったが、エマはため息をつきながら視線を逸らした。

「ええ、彼は特別な人だった。本当に親切だった。ああそれから、わたしの両親や姉が電話をかけてくるたびに、失敗なんかじゃないっていう気分でブラウニーを作る」

「失敗？」

「父たちは、ここで暮らしているわたしの頭がどうかしているって思っているの。アナベルの家を売って、そのお金でニューヨークに引っ越すべきだって考えているのよ。でもここに家があってここで暮らしているのに、どうしてほかのところに引っ越したいなんて思うわけ？」

「もっともだ」

「でも、あの人たちはそうは思わないのよ。ニューヨーク以外のところで暮らすのは、第三世界で暮らすのと変わらないって、考えている。それに大学を出たあと、父の助力もあっていくつかの法人顧客と契約はできたけれど、わたしの仕事は長くは続かないって父に警告されていた。まあ……確かに。それで、ブラウニーの出番。最後の半年のあいだに、その法人顧客は蝿みたいに次々にぽとりと落ちていったの」

ジャックの笑い声が風にのって流れていき、彼はスカウトのテニスボールを手に取ると、丘の下に向かって投げた。「きみはうまくやっているようにぼくには思えるけれどね」

「結論はまだよ」

「どうして？」ジャックはエマの顔を見た。「きみはトラベル・エージェンシーの仕事にこだわって、落ち込んだりしなかった。新しいことを始めたじゃないか」

スカウトは丘を駆け戻ってきて、ジャックの膝の脇にボールを落として尻尾を振った。

「山ほどのブラウニーが必要なレベルだったわ」エマは体を起こして座り、ボールをつかんだ。「落ちこんだのよ。ものすごく。スカウトに訊けばわかる。あなたの言う新しいことだけれど、ここに残れるくらい確かな仕事になってくれるかどうかはわからない」

ジャックの顔が曇った。「厳しいの？」

「どうにかなってほしいんだけれど。考えられるあらゆることをしているけれど、わたしの銀行口座はそれほど長く持ちこたえられそうにないから、スカウトとふたりで食べていくためには、家業を手伝うことを真剣に考えなきゃならないかもしれない」

ジャックは、ボールと丘を駆けていくスカウトを目で追った。「家業？」

「両親は学習センターをいくつか経営しているのよ。とても繁盛している。わたしに一番長く仕事をくれていた顧客は、長年両親のところに通っていた子供の親だった」

「ご両親はその学習センターをきみに手伝ってもらいたがっているの？」

エマの笑い声はか細かった。「手伝うんじゃなくて、一緒にやってほしがっている。センターのいくつかをわたしに譲りたがっているの」

「それはきみの仕事じゃないって思っているんだね？」

「そうよ。あれはあの人たちの仕事」

ジャックはスカウトの口からボールを受け取り、もう一度投げた。「どういうこと？」

「子供のころから両親を見ていたからかもしれないけれど、わたしは覚えているかぎりの昔から、自分の手で始めたいって思っていた。ゼロから。自分の血と汗と涙で自分ひとりでやったって思えることがしたかった。ママとパパから受け継いだものじゃなくて」

「きみのお姉さんは？」

エマは肩をすくめた。「トリーナとわたしは違う」

「なるほどね」スカウトが戻ってくると、ジャックは今度はスカウトのお気に入りの箇所を撫でてやって、毛布に座らせた。「これは好奇心から訊くんだけれど、どうしてトラベル・エージェンシーだったんだい？」

彼に訊かれて、エマの口元に思わず笑みが浮かんだ。

「昔からいろいろなところにいくのが好きだった——家族旅行、学校からの旅行、アナベルに会いにここに来ること、大学時代、一年間海外で過ごしたこと。新しい場所、新しい人、新しい表現、新しい言葉、そういったものすべてが楽しいの。ほかの人が同じ経験をする手助けをするって考えたら、夢みたいな仕事だって思えた。とりあえずしばらくは。年配の顧客と法人顧客が一番長く仕事をくれていた。でも結局のところ、わたしはただの中間業者で、もう必要ない存在だっていうことに彼らも気づいたというわけ」

「旅ならいまだってできるじゃないか。エージェンシーを畳んだからといって、できなくなるわけじゃない」

「それはそうだけれど、ゼロからビジネスを立ちあげたら、そうはいかないわ」エマはジャックに撫でられてうれしそうなスカウトを眺め、それから公園とその向こうのアヒルがいる池に視線を向けた。「ドッティがこのレンタル友人ビジネスの話を持ち出したとき、彼女の頭がどうかしたんだってわたしは思った。でもどう？　彼女は正しかった。いまの人たちはソーシャル・メディアに取りつかれてしまったせいで、人間関係に影響が出るようになった。好むと好まざるにかかわらず、人は時々外に出て、直接だれかと会う必要がある。そういうときにだれかがそばにいてくれると助かるって思う人がいるのね」

池で泳ぐ二羽のアヒルとその向こうの散歩道を歩く女性の姿が見えた。

「友人のアンディのような人もいる。仕事で留守をするあいだ、だれかが老いた父親の様子を見てくれると思うことで安心するのよ。それにキムは、ひっくり返ってしまった人生の足掛かりを探す手助けをしてくれる人を……。ごめんなさい」エマは両手をあげた。「今日のピクニックのあいだ、キムのことには触れないでおこうって決めたんだったわ。ごめんなさいね」

スカウトの耳と耳のあいだに置かれたジャックの手はそのままだった。

「気にしなくていいよ。でもその新しいビジネスは順調に動き出しているみたいだね。違うの？」

「顧客のひとりが殺されて、別のひとりが殺人事件の容疑で留置場にいるときに、順調に動き出しているって言っていいのかどうかはわからないけれど、出発の準備はできているっていう感じ？」

「賢明なら出発できるだろうね」ジャックはスカウトの上から手を伸ばし、ふたつ目のブラウニーをつまんだ。「もしだめなら、これを売れば大儲けできるよ」

エマは声をあげて笑った。「ありがとう。アナベルが喜ぶわ」

「きみとお姉さんはここで過ごしたことがあるの？」ジャックはブラウニーを食べながら尋ねた。「子供のころに？」

「とても小さかったころにね。でもトリーナはわたしほどここが好きじゃなくて、最後は来なくなった」

「トリーナとはいくつ違い？」

「四つ上」エマは両手をうしろについて体を支え、三十年近く前のことに思いをはせた。「だからわたしはほんの四歳のころから、夏はほとんどアナベルおばさんとふたりで過ごしていたのよ。本当に楽しかった。まさにこの公園に来て、いまスカウトがよく吠えているあの同じアヒルに餌をやったわ」

ジャックが面白そうに眉を吊りあげた。「アヒルってそんなに長生きだったかな？」

「あらま。わたしの言いたいこと、わかるでしょ？」

「ちょっとからかっただけさ。でも面白い話が聞きたい？」

「ええ」

「ぼくも幼いころ、時々この公園に来ていたんだよ」

エマは驚いた。「待って。あなたは生まれてからずっとスイート・フォールズで暮らしているの？」

「いいや。モーガンヴィルに住んでいた。だが子供のころ、母の友人のひとりがここに住んでいて、時々この公園で会っていたんだ」ジャックはふたつ目のブラウニーを食べ終え、スカウトの背中にまた手をのせた。「トミーがこの公園に来るのが好きな理由のひとつでもある。父親も自分と同じくらいの年頃にここで遊んでいたというのが、面白いらしい」

「あなたはトミーをとても上手に育てているわね」エマが言った。

ジャックは深刻そうに肩をすくめた。「それを信じたいが、どうだろう。ぼくはどれくらいあの子に会っている？　一週間にひと晩？　ひと月に二度の週末？　それ以外の日は三十分の電話？　ぼくはあの子になにか影響を与えているだろうか？」

エマは思わず手を伸ばし、スカウトを撫でている彼の手に手を重ねた。

「与えているわよ。トミーは礼儀正しいし、親切よ。スカウトにすごく優しくしてくれる。それにあなたを見る目に気づいている？　あなたは彼のヒーローなのよ、ジャック。そのことを疑ったりしないで。いまのままでいて」

エマは彼がごくりと唾を飲むのを見、彼の無言の返事を胸の中で聞き、向きを変えてエマの手を握りしめた彼の手のぬくもりを感じた。「きみの言うとおりであることを願うよ」

「間違いないって」

「ありがとう」

エマは渋々手を引き抜くと、食べ物の残りを指さした。「これは片付けて、スカウトを連れて池まで行かない？」

「それよりも、これを投げるのは——おっと」ジャックは膝の上のよだれまみれのボールとスカウトを見比べ、最後に笑っているエマを見た。「なんだい？」

「スカウトはわたしのアイディアのほうが好きみたい。だからあなたはあきらめて。わたしはすぐに戻ってくるから」エマは手早く空になった皿とナプキンを集めると、一番近いゴミ箱へと向かったが、公園の散歩道をぶらぶらと歩いている濃い茶色の髪の長身の女性に気づいて立ち止まった。「あら、こんにちは。セリアですよね？」

五十がらみの女性は足を止め、エマを振り返った。眉間にしわを寄せているものの、すぐにでも笑顔を作れそうだ。

「ええ、そうよ。こんにちは。会ったことがあったかしら？」

エマは前に進み出た。「わたしはエマ・ウェストレイク。数時間前、ロジャー・フェルダーの葬儀でお見かけしました」

「あら、ごめんなさい。わたしの記憶力はそれほど悪くないはずなんだけれど」

エマはゴミ箱に歩み寄ってピクニックのゴミを捨てると、セリアのところに戻った。

「いいえ、そういうわけじゃないんです。わたしたち、会ったわけじゃありませんから。あなたはロジャーが支援していた組織のひとつに関わっている人だって、教えてもらっただけなんです」

「ええ、そうなのよ。ミスター・フェルダーが惜しみなく援助してくれたおかげで、〈愛と導きの手〉は本当に助かったんです。彼のような人がいなければ、子供たちだけに目を向けることができなくなります。どうやって資金を集めようとか、資金が必要なことをどうやって広めればいいのかとか、いろいろなことに頭を悩ませていたでしょうね。だからこそ、援助してくれる期間にかかわらず、わたしはミスター・フェルダーのような人には本当に感謝しているんですよ」

「彼はどういうきっかけであなたのグループを知ることになったんでしょう？　ご存じですか？」

セリアはうなずいた。「奥さんのキムを通じてだったと思います。もう何年も前、彼女が娘さんのガールスカウトチームのリーダーをしていたとき、わたしたちのサマー・フェスタでチームのメンバーにボランティアをさせたんですよ。女の子たちはゲームブースを担当したり、フェイス・ペインティングをしたり、のちに大人気になるクッキーを焼いたりと、いろいろな手伝いをしてくれました。イベントでは、子供たちが楽しんでくれることをしているんですが、そのための費用はコミュニティからの寄付に頼っているんです。足りなくて、規模を小さくしなくてはいけない年もあれば、充分な寄付が集まって、空気で膨らませた家や滑り台みたいなものを設置できる年もありますが、その年になにができてなにができないのかは、ぎりぎりになるまでわからないのが常だったんです。でも、キムのチームが手伝ってくれた次の年からすべてが変わりました。〈フェルダー広告〉から、空気で膨らませる家や滑り台、そして小さなふれあい動物園ができるくらいの額の小切手が届いたんです。子供たちは大喜びでした。そのときの笑顔ったら」セリアはつかの間目を閉じた。「一生忘れたくないわ。それから十年、ミスター・フェルダーに改めてお願いする必要はありませんでした。毎年十二月には、翌年分の小切手を送ってくださいましたから」

「まあ。彼はとても気前がよかったんですね」

「ええ、本当に」セリアは言った。「あれほど長い期間、彼の援助を受けることができて、わたしたちは本当に幸運でした。いずれは、ミスター・フェルダーがしてくれたようにわたしたちを支援してくれる別の方——あるいは方々が現れるといいんですが。ですがいまは、来月のサマー・フェスタでも、子供たちのためにできるかぎりのことをするつもりです。昔そうしていたように」

うなずいていたエマの動きが止まった。「待って。ロジャーが毎年十二月に翌年のための寄付をしていたのなら、影響があるのは来月ではなくて来年のイベントなんではないですか？」

「彼が去年の十二月に小切手を送ってくれていればそうだったんですけど、送られてこなかったんです」セリアは肩をすくめた。「なので、来年ではなくて今年をなんとかしなくてはいけないんですよ。でも大丈夫です。いくつかの市民グループと協力して、子供たちのためになにができるかを——」

「どうして彼はやめたんでしょう？　理由を知っていますか？」

「わかりません。何度か彼と会おうとしたんですが、いつも都合がつかないと言われて。結局あきらめて、スタッフに対するいい勉強の機会だと思うことにしました。どれほど続いたかにかかわらず、いただいたものには感謝をして、なにがあろうと信念を持ち続けようと」

エマは毛布の上で彼女を待っているスカウトとジャックを振り返りながら、セリアの言葉を受け止めた。

「そろそろ彼のところに戻らなきゃいけないんですが、よければわたしに今年のサマー・フエスタのお手伝いをさせてください。わたしにフェイス・ペインティングをしてほしいって思う人はいないでしょうけれど、うちの犬は子供が大好きなんです。なので、わたしたちが役に立てそうなところで使ってください」

「ありがたいわ……これまでと同じとはいかないでしょうけれど、だからといって素晴らしいものにならないということではありませんからね」セリアはズボンのポケットから見慣れた紫と金色のロゴの下に彼女の名前と電話番号が書かれた名刺を取り出した。「今週中に電話をもらえますか？　そのときにあなたとあなたの犬に一番ふさわしいことを考えましょう」

エマは名刺を受け取り、薄紫色のハート形を指でなぞってから、ポケットにしまった。

「そうします。ありがとう」

24

エマはジムバッグを肩にかけ直しながら角を曲がり、その場で立ち止まった。

「わお」目をこすり、まばたきをし、もう一度目をこすった。「あなたが……いる。わたしより先に」

ステファニーは長々とあくびをした。

「記録しておいて。今世紀には二度とないだろうから」

「今日はいったいどうしたの？」ジムの入り口へと先に立って歩きながらエマは尋ねた。

「自分に言い訳したくなくて」ステファニーは、エマが支えているドアを通りながらジムバッグに手を入れ、二十代の筋骨たくましい受付係の前を通るのに必要なラミネート加工されたIDカードを取り出した。「でも正直なところ、朝五時半っていうのは非人道的ね」

エマは訳知り顔でにやにやしながら受付係と視線を交わすと、自分のIDを見せ、ステファニーをロッカールームにいざなった。

「時間を決めたのはあなただって覚えている？　たいていの朝、あなたはそれを守っていないことも？」

「思い出させてくれなくていいわ」

エマの笑い声があたりに響き、やがてワークアウトの準備が整うと、今度はロッカーのドアが閉まる音が反響した。「汗をかく準備はできた？」

「わたしはこのベンチに座って、真実を見つめることにする」

「なんの？」

ステファニーは髪をまとめ、ポニーテールにしようとして——

「動かないで」エマはステファニーの肩をつかむと、蛍光灯の下へと引っ張っていった。

「髪を染めたのね」

ステファニーは体の横に両手を垂らし、肩を落としてベンチに座りこんだ。

「ひどいでしょう？」

「とんでもない。すごくいい！　すごく素敵よ！」

ステファニーは両手を髪に当て、顔のまわりのおくれ毛に触れた。

「本当に？」

「本当だって」エマはきれいに染められた濃いココア色の髪を見て、にんまりと笑った。

「なにかきっかけがあったの？　それとも、だれがきっかけだったのって訊くべき？」

ステファニーは自分の両手を見つめ、しばらくその手をもぞもぞさせていたが、やがて肩をすくめて答えた。

「彼から電話があったの」

エマはやったという思いに片手を宙に突きあげたくなるのを、必死にこらえた。それでも、ステファニーの隣に腰をおろしながら、つい歓声のような声が漏れた。

「いつ？　ゆうべ？」

「そう」

「それで？」

「母さんが電話を取ったの」

「あらま」

ステファニーはうめいた。「ひどい話なのよ」

「続けて」

「わたしは別の部屋にいたんだけれど、電話を取った母さんがわたしの名前を三度繰り返すのが聞こえた。それから母さんは送話口を押さえもせずに、こう叫んだのよ。〝本物の男性からあんたに電話だよ、ステファニー。急いで！　早く！〟」

エマは笑うつもりはなかった。だが、ロッカールームの奥にいただれかが笑ったせいで、笑いをこらえきれなくなった。

「ごめん、ステファニー。それってすごく屈辱的だったってわかってる。でも……わお」

ステファニーは両手で顔を覆ったが、しばしの沈黙のあと立ちあがった。頬は赤く染まっているが、目は明るく輝いている。

「でも母さんがあれだけのことをしてくれたのに、わたしがなんとか床から体をはがしたとき、彼はまだ電話を切っていなかったの。わたしたち、一時間近く話をしたのよ。彼の仕事のこと、わたしの仕事のこと、わたしが建てたい家、彼のお父さん、そしてあなたのこと」

「よかったじゃない。素晴らしいわ」

「それだけじゃないの」

「なに？」

「ディナーに誘われたのよ！」

エマが思わず手を叩くと、ロッカールームのさらに奥にいた別の女性が反応した。エマはくすくす笑いながらステファニーを抱きしめた。

「あなたたちはお似合いだって思っていたのよ。思ったとおりだった！　それでいつなの？」エマはステファニーから手を離してうしろにさがった。「いつ、ディナーに行くの？」

「土曜の夜」

「あなたはデートするんだわ……とんでもなく素敵でものすごくハンサムな男性と」

ステファニーは顔をしかめた。「そうよ。その図に不釣り合いなのが――」

「やめて！　その先は言っちゃだめ！」

「わたしが彼より四つも年上だっていうこと」

「大人の女性だっていうことじゃない」エマはずらりと並んだシンクの前までステファニーを引っ張っていき、鏡を見せた。「それに、あなたみたいな美しい女性とデートしたくない人なんていると思う？」

「ハン！」

「本当だって」

ステファニーは鏡に映るエマを見つめ、それからようやく自分の姿に目を向けた。

「髪はそれほど悪くないように見える……」

「その持ち主の女性もよ。本当だって。信じて」

「もう長いあいだそんなふうに自分を見たことがなかったから、難しいわ」

「それなら、いまから始めるのね。だって本当なんだから」エマは肩越しに親指でドアを指した。「それじゃあ、汗をかきに行こうか？」

ステファニーが振り返った。「まだよ。今度はあなたの番」

「わたしの？」

「詳しい話を聞かせて」

エマはにやりと笑った。「なんの話？」

「とぼけないの」

「わかった」エマはドアに近づいて開き、その向こうに並んでいる楕円形のマシンを指さした。「まずはマシンに乗ることね。話はそれから」

「あなたの早朝からの元気のよさと度を越えたこだわりは、時々人をいらつかせるって知っている？」

エマはステファニーがトレーニングルームに入るのを待ち、今朝の最初のワークアウトのマシンへと向かった。

「知っているわよ。そのためにわたしを雇ったたっていうこともね」

「考え直すには手遅れかしら?」

「なにを? わたしを雇うこと?」

ステファニーは楕円形のマシンに乗り、エマに指示されたとおりに速度とコースを設定すると、スタートボタンを押した。「そう」

「ええ、手遅れね」

しばらくゼーゼーハーハーを繰り返し、おまけにひとこと、ふたこと不満を漏らしたあとで、ステファニーはちらりとエマを見た。

「冗談だってわかっているわよね?」

「本当に?」エマは自分のマシンの強度をあげながら訊いた。

「あなたはわたしの人生を大きく変えてくれたのよ」

「わたしのウェブサイトに、推薦の言葉としてそう書いてくれる?」

「もちろん」

エマはステファニーを見た。「本気じゃないから」

「わたしは本気」ステファニーはほんの一瞬、手すりから手を離して、マシンを示した。

「これを始めた最初のとき、わたしはほんの一分で死にそうになった。でもいまは? この拷問器具に十分も乗っていられるようになったんだから」

「今日は十五分にしようか」

ステファニーは舌を出した。

「もう。いい話が台無し」

「わたしにお礼を言うのは、ワークアウトが終わって、あなたが自分を誇らしく思ったときでいいわ」

「お礼どころか、明日の朝わたしは動けなくなって、あなたを恨むんだわ」

「どうぞ恨んで」マシンのコースが丘に差しかかり、強度があがったのを感じてステファニーを見ると、その顔にはぞっとしたような表情が浮かんでいた。「大丈夫よ、ステフ。あなたならできる。そのまま続けて」

「それなら……全部……話して……でないと……わたしは……降りるから」ステファニーが息を切らしながら言った。

そういうわけでエマはジャックとのデートのことを洗いざらい話した——ピクニック、よどみなく交わされた会話、スカウトが彼に心からなついていること、そしてピクニックが終わったあとジャックが彼女を車まで送っていき、おやすみと言いながら髪を耳にかけてくれたこと。

「それって……うまく……いったって……ことよね」ステファニーが切れ切れに言っているあいだに、ワークアウトの時間は十分に迫り、そして超えた。

ジャックとのデートを思い起こしながら、エマは笑顔でうなずいた。「そうね」

「それじゃあ……また……次が……あるのね？」

「だと思う。だといいんだけれど。彼、忙しい人だから」

「彼が……ばかじゃなければ……きっと……次がある」

「あらま。あなたがわたしを褒めてくれるなんて」エマはからかうように言った。「予想外だわ。とりわけ……」

「とりわけ、なに？」

「おしゃべりしているあいだに、十五分が近づいてきていることを考えると」

コントロール・パネルに目を向けたステファニーの足取りが遅くなり、やがて止まった。

「わお。これ、見た？　やったわ」

「おめでとう」エマも足を止め、マシンを降りた。「次は二十分ね」


七時直前、エマが私道に車を入れると、居間の窓のところで彼女を待っているスカウトが見えた。エンジンを切り、ハンドル越しに彼に手を振ってから後部に置いてあったジムバッグに手を伸ばした。ナイロンの取っ手をつかんで引き寄せようとしたところで、指先がなにか違うものに触れた。

驚いて身を乗り出すと、助手席のうしろの床にフォルダーが見えて、思わずうめき声が漏れた。

「ああ、やっちゃった」つぶやきながら紙の束をつかんで、膝にのせた。

デートの終わり際にこれをジャックに渡してキムのところに持っていってもらうつもりだったのに、あまりに夢心地で、髪を耳にかけてくれたときの肌にあたる彼の指の感触以外のことはなにも考えられなくなっていたのだ。

エマがそうやって有頂天になっていたせいで、彼女を元気づけてくれるだろうと娘が考えたものを手に入れることもできないまま、キムは留置場にいる。エマは自分を情けなく思いながら、ジムバッグとフォルダーを持って家に入った。スカウトに餌をやり、シャワーを浴びてから、フォルダーを警察署に届けるつもりだった。運がよければ、ジャックがまだいるかもしれない。いなければ、ドッティの友人の受付係が預かってくれるだろう。

それでも、ジャックがまだいるという万一の可能性を考えて、エマはいつもより念入りにシャワーを浴び、白のショートパンツとお気に入りのベビーブルーのキャミソールを着て、マスカラとリップグロスを塗った。準備が整ったところで、スカウトの前でくるりと回ってみた。「どう？　どう見える？」

スカウトは一度吠えたあと、熱心に尻尾を振った。

「ありがとう、ボーイ。あなたって最高」

エマはしゃがみこみ、リップグロスの大部分をスカウトの毛皮になすりつけたあと、階下におりてフォルダーをのせたジムバッグに歩み寄った。

フォルダーを手に取り、ナタリーのくるくるした大きな文字を見つめ、父親の葬儀のミサの準備をする若い女性と兄はいま、どんな思いをしているだろうと考えた。答えのわからないたくさんの疑問がある。どれほどの悲しみを抱えているだろう。

自分がなにをしているかを深く考えることもなく、エマはフォルダーの表紙をめくり、気がつけば母親に当てた娘の手書きの手紙を見つめていた。手に取って読み始めた。

ママ

ケイレブもわたしも、ママが犯人じゃないってわかっている。犯人のはずがない。ママはパパを愛していたんだから。パパは間違いを犯したけれど、ママはずっとパパを愛していたし、これからも愛し続けるんだよね。わたしたちにはわかっている。

ママはたくさん辛い思いをしてきて、わたしが家を出てひとりで暮らそうとしていることで、もっと辛くさせてしまったよね。でも、わたしはママを愛している。ママはわたしの支えなの。ケイレブの支えなの。そしてパパの支えでもあった。

パパがママと別れたのは間違いだったって、みんなわかっているから。みんな。

パパもわかっていたってこと、わたしは知っているよ。

パパは死ぬ前にこれを見ながら、ママがパパのためにしたことを思い出していたよ。パパにはそういう人間であってほしいって、ママは願っていた。またそういう人間になりたいってパパも思っていたはず。わたしのために。ケイレブのために。パパ自身のために。そして、ママのために。

負けないでね、ママ。

すぐに終わるから。絶対に。

心から愛している。

ナタリー

エマは胸にこみあげてくるものを感じ、必死でそれを押し戻した。

「あなたの言うとおりよ、ナタリー。きっとすぐに終わる」エマはつぶやいた。「どうにかして、なんとかして、わたしが終わらせる」

エマは書類の束の上にゆっくりと手紙を戻したが、置くときに少し脇にずらしたので下の手紙が見えた。薄紫色の腕に抱かれる金色のハートのロゴの中には、十二時間ほど前にセリアの名刺で見たものと同じ名称が記されていた。

愛と導きの手

妙な違和感を覚えたが、それがなんなのかはわからない。エマは十二月二十九日付のタイプライターで書かれたその手紙を読み進めた。

ロジャーさま

カムデン公園で行われる来年度のサマー・フェスタにご支援いただきましたこと、お礼申し上げます。例年どおり、今年も子供たちを援助していただき、大変ありがたく思っております。このような難しい時代にこれほど多くの子供たちの手助けをすることができるのは、そのおかげです。あなたの助力をいただけるわたしたち〈愛と導きの手〉は、なんて恵まれているのでしょう。心より感謝いたします。

セリア・グランダーソン
愛と導きの手　代表

エマは当惑して、手紙と日付を二度、三度と読み返した。

「わけがわからない。彼は確かに寄付をしているのに、どうしてセリアはしていないなんて言ったの？　彼女自身がお礼状を書いているのに――」

エマはフォルダーを閉じると、キーを手に取りドアに向かった。スカウトを振り返って、告げる。

「ごめんね、ボーイ。行かなきゃならないの。わたしが留守のあいだ、わたしの持ち物をどこかに持っていったりしないでね。わかった？」

スカウトは板張りの床にゆっくりとうつ伏せになると、またひとりで置いていかれるのだとあきらめて、前足に顎をのせた。よくしつけられた飼い主であるエマは、罪悪感に胸が痛むのを覚えた。

「わかった。あなたの勝ちよ。なんでも好きなものを隠していいから。できるだけ早く帰るわね。大好きよ」

25

その通りはよく知っていたし、番地の数字から歩道の東側だということもわかっていたにもかかわらず、目的地を見つけるまでその前を四度も通らなければならなかった。スイート・フォールズ・ベーカリーと、初めての（そして唯一の）ヨガのレッスンで眠ってしまったスタジオのあいだでようやく見つけた〝愛と導きの手　事務所〟と記された小さな看板は、それが取りつけられているドアと同じくらい目立たなかった。

ベーカリーから漂ってくるシナモンのにおいを最後にもう一度吸いこんでから、エマはドアを開け、絨毯敷きの狭い玄関ホールに足を踏み入れた。右側の壁には、この団体のトレードマークとして使われている紫と金色のロゴの下に、〈愛と導きの手〉の使命を太字で記したものが、額に入れて飾られている。

　わたしたちは、すべての子供たちが手を握られることの心地よさを知るべきだと考えています。

　わたしたちは、すべての子供たちが温かく抱きしめられたときの安心感を知るべきだと考えています。

わたしたちは、すべての子供たちが話を聞いてもらえ、存在を認めてもらえることの喜びを知るべきだと考えています。

わたしたちは、すべての子供たちが自分は大切な存在であることを知るべきだと考えています。

わたしたちは、すべての子供たちが世界へと踏み出したとき、自分の味方になる人の存在がもたらしてくれる自信を知るべきだと考えています。

そしてわたしたちは、力を合わせることで、子供たち全員にそれらすべてを与えられると考えています。

一度にひとりずつ。


額の下には小さな長方形のプラカードがあって、そこに描かれた矢印は絨毯が敷かれた階段を示していた。エマは階段をのぼり、名刺に書かれていた部屋番号を確かめながら、あるドアの前に立った。

ドアを開けると小さなベルの音がして、数秒後、胸に〝バーブ〟と書かれた名札をつけ、白い髪を肩のところで切りそろえた女性が現れた。

「こんにちは。〈愛と導きの手〉にようこそ。どういったご用件でしょう？」

「セリアにお会いしたいんですが、いらっしゃいますか？　いくつかお尋ねしたいことがあって」

バーブは椅子のうしろの壁に目を向け、小さな整理棚を確かめてからエマに向き直った。

「ごめんなさい。わたしが奥で電話をかけているあいだに戻ってくると思っていたんですが、彼女の棚に黒いタグが入っているところを見ると、そうではないようです。それほど長くはかからないとは思いますが、いつ戻ってくるかはわかりません。来月のサマー・フェスタについて地元の企業の方々と会っているんです。会合が予想以上に長くなっているということかもしれませんから、運がよければ、また別の道が開けるかもしれません」

「そうですか」

「なにか伝言を残されますか？」血管が浮き出てはいるもののいまでも優美なバーブの手が、膝の高さの壁の向こうから付箋紙とペンと一緒に現れた。「わたしのシフトが終わるまでに戻ってこなければ、彼女の棚に伝言を残していきますから、すぐに連絡があるはずです」

エマの希望とは違っていたが、ひとつきりの折り畳み椅子に座って、いつ帰ってくるかもわからない彼女を待つよりは、そのほうがいい。エマはうなずき、セリアの名刺とロジャーが受け取った手紙をカウンターに置いて、ペンを手に取った。

「おかしいわね」バーブは細い鼻の上で眼鏡をかけ直し、顔を近づけた。「わたしたちのものによく似ているけれど、逆だわ」

付箋紙から顔をあげたエマは、バーブの視線をたどり、カウンターの向こう側に半分垂れているロジャーへの手紙に目を向けた。「あなたたちのロゴと色合いを考えたのがだれかは知りませんが、とてもいいですね。目にするたびに〈愛と導きの手〉を思い出します」

「考えた人間にとってはあまりよくないことかもしれませんが、でもそれを見てあなたがわたしたちのことを思い出してくれるなら、ありがたいことだと思います」バーブは椅子に座り直し、ワイヤバスケットから封筒の束を取り出すと、スタンプを押し始めた。「とりわけいまは。資金を必要としているときは、どんな形であれ人目につくのはいいことなんです。わたしたちは限られた資金内でできるかぎりのことをしていますが、だからといって、夫のラルフが言うところの神頼みのパスが通るように祈り続けていることに変わりはありません。ですが、そうはなりそうもありませんね。わたしたちが願っているような規模ではできそうもありません」

紫と金色のロゴのある封筒に返信用アドレスのスタンプを押しているバーブを見つめながら、エマはセリアへの伝言を書いているあいだになにか聞き逃したに違いないと思って尋ねた。「なにがですか？」

「サマー・フェスタです」バーブはふたつ目の封筒の束に取りかかり、素晴らしい速さでスタンプを押し続けている。「いまの状況だと、なにか別の催しを支援してくれる人が見つかったら、感謝しなくてはいけないでしょうね。クロヴァートンの農家からウサギとひよこを連れてきてくれることになっているけれど、それ以外にもなにかあれば、子供たちが喜ぶでしょうから」

「わたしでよければお手伝いしますってセリアに言ったんです。スカウトっていう名前のゴールデンレトリバーを飼っていて、とても人なつっこいんですよ」

バーブはスタンプを押していた手を止め、固定電話の脇の書類を引き寄せた。

「まあ、あなたはエマ・ウェストレイク？」

エマは笑顔でうなずいた。「はい」

「今朝セリアはリストにあなたの名前を足したんですよ。わたしたち、大喜びでした。ありがとうございます。電話をかける手間も省けたわ」

「そうみたいですね」エマはカウンターに身を乗り出した。「スカウトとわたしを好きなように使ってください。どれくらい長くなっても大丈夫ですから」

「セリアからあなたの犬のことは聞いています」バーブは電話の奥のペン立てからペンを取った。「犬を抱っこするイベントはどうかしら」

「子供たちが喜んでくれるなら、もちろんわたしたちは大丈夫です」

バーブはエマの名前の横になにかを書き、二重に下線を引いた。「子供たちは楽しみに飢えていますから、問題ありませんよ。どんなイベントであれ、イベントがひとつ増えるという以上の価値があるんです」

「ゲームみたいなこともできると思います」

バーブの目が輝いた。「まあ。どんなゲームですか？」

「そうですね、スカウトは物を隠すのが好きなんです」怪訝そうなバーブの顔を見て、エマはさらに説明した。「たいていはわたしの靴下とか、テレビのリモコンとか、ペンとか、へアブラシですけれど、自分のものでなければなんでもいいみたいです」

バーブの笑い声につられて、エマも笑った。

「でもあの子は物を探すのも得意なんです。なので、スカウトになにか——小さな玩具とかおやつとかを隠させて、子供に順番にそれを探させて、見つけたらそれをあげるというのはどうでしょう。もしくはわたしが玩具かおやつを隠して、スカウトと子供が一緒に探すとか」エマは言葉を切り、自分の言ったことを考えて、ふっと息を吐いた。「すみません。ばかみたいですよね」

「とんでもない！　とてもいいアイディアだわ！」バーブは次のページを示す矢印をエマの名前の横に描いた。次のページには犬と宝探しと書いて、三回下線を引いた。「もちろん、もっと詳しいことをセリアと決めなければいけないけれど、子供たちがきっと喜ぶと思います」

「そうだとうれしいです」

バーブはペンをペン立てに戻し、ふたつ目の封筒の山の残りに再びスタンプを押し始めた。最後の一枚を終えたところで封筒の山をひとつにまとめ、その上に両手をのせた。

「違いはわずかですけれど、わたしは自分たちのもののほうが好きだわ。こっちのほうが、目を引くような気がします」

エマは付箋紙の下に自分の電話番号を書き終え、バーブに渡した。

「セリアにこれを渡しておいていただけますか」

「もちろんですとも。いますぐ、彼女の棚に入れておきますよ。戻ってきたときに、彼女が真っ先に見るのがそこですから」バーブは壁の棚のほうにくるりと椅子を回すと、〝セリア〟と記されたところにエマのメモを入れ、こちらに向き直った。「いまの話ですけれど、だれであれ、もっと違うものを選んでくれればよかったのにと思いますよ。わたしたちのためにも、その人たちのためにも」

「違うもの？」エマが訊き返した。

「デザインも、色も、全部」

エマは、バーブの指が示す先にあるロジャーへの手紙を見つめた。

「それはどういう――」

「ほかの人たちが使っているロゴを調べられるデータベースがあるんですよ。わたしたちのものを意図的に真似したから、紫と金を逆にしたんでしょうね」

エマはいま一度その手紙に目をやり、バーブの側に垂れている上の部分が見えるように便箋を引っ張った。〈愛と導きの手〉の名前の上に描かれているのは、紫色の手に抱かれている金色のハートだ――

エマはセリアの名刺を、そしてバーブの机のうしろの壁を見つめた。

紫色のハート……

金色の腕に抱かれている……

エマは困惑して、もう一度手紙を見た。

金色のハート……

紫の腕に抱かれている……

違いはわずかだ。ささいなこと。けれど確かに違う。

「色をいつ変えたんですか？」エマはバーブに尋ねた。

「変えていません」

「確かですか？」壁から名刺、そしてもう一度ロジャーの手紙を眺めながらエマは確認した。

「あなたがここで働き始める前ということはありませんか？」

「わたしはボランティアですが、十二年前から働いています。間違いありませんよ。紫に金です。金に紫ではなく。確かです。わたしはこれを考えた委員会の一員でしたから」

バーブの言葉は確かに耳に届いていたが、エマは理解できずにいた。だって……手紙をつかみ、バーブに尋ねようとしたとき――

机の上の電話が鳴って、小さな画面に名前が表示されると、バーブの視線が釘付けになった。

「まあ！　まあ！　まあ！　スカウト団の協議会が電話を折り返してくれたんだわ！　やっと！」バーブは受話器に手を置き、エマに笑顔を向けた。「ごめんなさいね、エマ。もっとお話ししていたかったんだけれど、今週はずっとこの電話を待っていたのよ。今年はこの人たちの支援がぜひとも必要なんです」

「ええ、わかります。ただ――」

「セリアが戻ってきたら必ずあなたに電話するように伝えます」

「わかりました。それじゃあ」エマは手の中の手紙を見つめ、バーブが電話に応対している間に部屋を出て階段をおりた。

26

エマは賞を獲得したことのあるアルフレッドの庭を眺め、いつもの魔法がかかることを願った。不安な気持ちを落ち着かせてくれることを。頭をはっきりさせてくれることを。一陣の風が吹きこんでくれることを。けれど今日は初めて、期待はずれに終わった。

つまり、魔法はかからなかった。まったく。

水盤で水浴びをするショウジョウコウカンチョウの一家の羽ばたきも……

東屋とその向こうの柵のまわりに咲いている、アルフレッドのケテイカカズラの甘い香りも……

トランペットの形をした赤紫や黄色や白の花がパティオのまわりに織りなす万華鏡のような色も……

エマは気を取り直そうとした。本当だ。けれど、鼻をこすりつけ、顔をなめ、尻尾を振り、最後には笑顔すら浮かべてエマの意識を自分に向けようと、ありとあらゆることを試したスカウトでさえ、しばらくするとあきらめた。

「たったいま昼寝から起きてみたら、あなたがパティオのテーブルを紙屑だらけにしているとグレンダが教えてくれたのだけれど、大げさではなかったようね」

なにか茶色いものに水浴びを邪魔されている一番若いショウジョウコウカンチョウを見つめていたエマは、さっと椅子を引いて立ちあがった。「ドッティ！　起きたのね！」

「いつものように二時にね、ディア。あなたは知っているはずだけれど」ドッティは裏庭のテーブルのいつもの場所へと車椅子を進めると、眼鏡の縁の上から問いただすようなまなざしをエマに向けた。「一時に昼寝を始めることも知っているわね。それなのにグレンダによれば、あなたはまさにその時間に来たそうじゃないの」

エマは肩をすくめ、再び腰をおろした。「時間は考えていなかった。気がついたときには、ここが――」両手を広げ、紙が散乱しているテーブルを示す。「待っているのに一番いい場所だって思えたの」

「なにを待つの？」

「あなたの意見。あなたの考え。あなたがくれるものならなんでも」

ドッティの視線が錬鉄のテーブルの上で散乱する紙に向けられ、そこから椅子の脇で荒い息をしている悲痛な顔のスカウトへと移動した。「よく付き合っているわね、スカウト。本当に感心するわ」片手でスカウトの頭を撫でながら、ドッティは車椅子の横のポケットから小さな銀のベルを取り出し、一度だけ鳴らした。数秒後、グレンダが現れた。

「どうしました、ドッティ？」

「あなたが今朝作ってくれた、あのおいしいレモネードを持ってきてもらえるかしら。プチフールも一緒に」

　エマのお腹が鳴り、ドッティとグレンダとスカウトが眉を吊りあげた。

「なに？　朝食を食べ損ねたんだもの」

「いまは午後二時よ、ディア」

　エマのお腹が再び鳴った。「昼食も食べ損ねた」

　ドッティは目をぐるりと回したあと、グレンダに言った。

「招かれざる客のために、フィンガー・サンドイッチもお願いしていいかしら？　それから——」ドッティはスカウトを見て微笑んだ。「食べさせてもらっていないだろうこちらの若者にも、なにかあげてちょうだいね？」

「はい、もちろんです」グレンダはそう言って、屋内へと戻っていった。

　エマは信頼のおけるドッティの家政婦の姿が見えなくなるのを待って、ドッティににやりと笑いかけた。

「スカウトに手玉に取られたってわかっている？」

「手玉？」

「そう。大きな目……かしげた首……膝にそっとのせた前足……期待をこめてゆっくりと振る尻尾……」エマはスカウトに視線を移し、苦々しい表情になった。「だって、スカウトが食事をしないまま出かけることは絶対にないもの。そうよね、ボーイ？」

　スカウトはドッティのひざに顎をのせたまま、彼女とエマを交互に見た。

「だと思った」エマが言った。

ドッティはスカウトを撫で続けていたが、その視線はテーブルに散乱する紙に戻ってきた。

「それで、これはいったいなんなの？　どうしてテーブルにこんなものが広がっているの？」

エマは無言のまま数枚の紙を手に取ると、一枚だけ残してあとはテーブルに戻し、残ったものをドッティに突きつけた。「これを見て。わかったことを教えて」

「紙ね」

エマは首を振った。「手に取って」

ドッティはスカウトの頭から手を離し、紙を受け取った。「これを読めばいいの？」

「そう」

エマは、ドッティの視線が左から右へと流れて手紙を読み進み、やがて再び眼鏡の縁の上から自分に向けられるのを待った。「どうして被害者宛ての手紙をあなたが持っているの？」

エマは乱雑な机の上を再びごそごそとかきまわし、フォルダーを探し出した。

「キムの娘が、ここに入っているものをキムに見せたがったの。これを見れば、キムが元気づくんじゃないかって考えたのよ。ロジャーの頭が冷えたことを明らかにしてくれるらしいわ。少なくとも、そこにはかつての彼が存在していたみたい」

「あなたは信じるの？」

「彼の頭が冷えたかどうかっていうこと？　わからない。わたしはただ、このあいだキムの家でナタリーに会ったときに、彼女が言ったことを聞いただけだもの」

「それじゃあ、どうしてキムじゃなくてあなたがこれを持っているの？」ドッティは礼状に再び目を落としながら尋ねた

エマは静かにため息をついた。「ゆうべのデートで、ジャックに渡すのを忘れたの。それで――」

「デート？」ドッティはエマに視線を戻した。

「そうよ」

「ゆうべ、葬儀のあとあなたが大急ぎでわたしを家に連れて帰ったのは、それが理由？」

エマは顔が熱くなるのを感じて、咳払いでごまかそうとした。

「なるほどね」

「とにかく、今朝ジムが終わってこのフォルダーを見るまで、彼に渡すのを忘れていたって気づかなかった。それで家に帰って、持っていく準備をして――」

「彼はあなたを〈コロネード・ルーム〉に連れて行ったの？」

「いいえ」エマは息を吸った。「出かけようとしたんだけれど、好奇心にかられて――」

「クロヴァートンの野外劇場？」

エマは首を振った。「好奇心にかられて、中を見たの。見ちゃいけないのはわかっていたけれど――」

「ジャズコンサートをするブドウ園？」

エマは空を見あげ、もう一度首を振ってからドッティを見た。

「公園でフライドチキンを食べたの。毛布の上で。そのうえ、紙ナプキンを使った。これで満足？」

「そんなに不機嫌にならなくてもいいのよ、ディア」

「あなたはそんなに、そんなに――」エマはふさわしい言葉を探した。「批判的にならなくてもいいと思う。それに時代遅れだし」

「きちんとしたデートは時代遅れなの？」

「そういうところに行くことをきちんとしたデートって呼ぶことが時代遅れなの」エマはこめかみを揉んだ。「わたしたちは話をした。笑った。子供のころのことや仕事のことを打ち明けた。おいしい食事を楽しんだ。それから――」

「フライドチキンがおいしい食事？」

「実のところ、おいしかったわ。それにわたしが作ったブラウニーと彼が持ってきたワインも」

「ワインを紙コップで飲んだの？」

「完璧だったわよ、ドッティ」

ドッティの口の端がぴくぴくと引きつるのを見て、エマはこめかみを揉んでいた手を止めた。「わざとわたしをいらつかせようとしているのね？」

「油断させないようにしていたと言ってほしいわね」

エマの笑い声にスカウトが尻尾を振って反応した。「あなたっていう人は」

ドッティは再び、手紙に目を向け、数行読んだ。

「これに、なにか特別なことがあるの？」

「去年の十二月、ロジャーはいつもしていたサマー・フェスタへの寄付をしなかったって、〈愛と導きの手〉の代表であるセリアがわたしにはっきり言ったこと以外に？」

ドッティはエマに手紙を向けて、日付を指さした。「でもここに十二月って書いてある」

「知ってる」

「それなら彼は寄付をしたっていうことよね」

「彼女はしていないって言った」

ドッティはいま一度手紙を見つめたあと、エマに見えるように向きを変えた。

「でも彼女はサインをしている。ここに」

「知ってる」

「わたしには理解できないわ」ドッティが言った。

「少し待って。わかってくるから」エマは身を乗り出し、手紙の上部を示した。「ここを見て。なにが見える？」

ドッティの視線がロゴに注がれた。「〈愛と導きの手〉の名前ね。どうして？」

「色に注意してほしいの」

ドッティはエマと手紙を交互に眺めた。「レンタル友人とは関係ないことなんでしょうね？」

「関係ないわ。いいから、見て」

それなりの時間が過ぎるのを待ってから、エマはセリアの名刺を出してテーブルの上に置いた。「これと比べてみてほしいの」

「色が逆ね」ドッティは手紙と名刺を並べて持った。「手紙のほうはハートが金で腕が薄紫。名刺はそれが逆になっている」

「そういうこと」

ドッティはさらにしばらく手紙と名刺を見つめてから、両方ともテーブルに戻した。

「どうしてこれをわたしに見せるの？」

「なにか怪しいことが起きていると考えているから。それにもしかしたら、本当にもしかしたらだけれど、ここにあるものが――」エマは紙が散乱するテーブルを示した。「全部、ロジャーが娘の家に残したフォルダーに入っていたことからすると、彼もなにかに気づいていたのかもしれない」

ドッティが身を乗り出した。「続けて」

「おかしなお礼状が残っているのは、〈愛と導きの手〉だけじゃないの」エマはドッティに別の手紙を見せ、裏庭に陣取ってから写した一ダースあまりのスクリーンショットの中から、一枚目の写真を表示させた。「このお礼状のロゴとウェブサイトのロゴの違いがわかる？」

「色が違う」ドッティの声は落ち着いていた。

「そういうこと」

「彼らはどうして色を変えたの？」

エマは別の手紙とスクリーンショットの組み合わせをドッティに見せた。「変えていない」

「でも変わっているじゃないの」ドッティはエマの顔を見つめた。「間違いなく」

「だれかが変えたのは確か。でもそれはまず間違いなく、その団体じゃない」

エマの言葉の奥にある現実が、ドッティのセージグリーンの瞳の奥に届いたらしかった。

「このサインね？　お礼状のサイン。これはみんな偽物なのね？」

「そうだと思っている」エマはテーブルから離れて立ちあがると、パティオを歩き始めた。

「でも、その理由がわからないのよ」

「わたしはわかる」

エマは水盤に向かっていた足を止めて振り返った。「話して」

「こういう寄付金は控除になるの！」

エマはドッティを見つめて待った。

「税金がかかる利益を減らすために、企業は慈善事業に寄付をすることができるの」ドッティは説明した。「そうすることがいい宣伝になるのはもちろんだけれど、最大の恩恵は収める税金を減らせること。〈レンタル友人〉が大きくなれば、あなたも考える必要が出てくるかもしれないわね」

「そんな日が来るみたいな言い方をするのね」

「敗北主義者みたいなことを言っていたら、その日は来ないわよ、ディア」

エマは手を振ってドッティの言葉をいなした。「そのとおりね。でもいまは、〈レンタル友人〉の話をしているわけじゃない。問題は……」

片手に食べ物がのったトレイ、もう一方の手にレモネードのピッチャーを持ったグレンダが家から出てきたので、そのあとの言葉が途切れた。

「わお。すごくおいしそう」

確かにおいしそうだった。エマに尻尾があったなら、ぶんぶんと振っていただろう。そうする代わりに家に入り、キッチンから皿とグラスを取ってくると、急いでグレンダのあとを追ってテーブルに戻った。

皿に食べ物がのせられ、グラスにレモネードが注がれたことを確認すると、グレンダは家の中へと戻っていった。

「わお」エマはひと口かじって、またそう言った。「すごく、すごくおいしい」

「よかったわね」

ふた口食べたところでエマはサンドイッチを皿に置き、話題を戻した。

「それで、そのあとはどうなるの？　ロジャーは会計士に手紙を見せて慈善団体に寄付をしたって言って、その分が純利益から差し引かれるわけ？」

「そんなところね。ひとことで言えば」ドッティはスカウトのおやつを地面に置き、彼が食べるのを眺めた。「でも実際に寄付していなかったものをしていたと彼が言っていたなら、いずれは明らかになる」

「どんなふうに？」

「彼が主張している額と、団体が申告しているものが一致しないことがわかったときね」

「それはどれくらいすぐにわかるの？」

「なんとも言えない。いろいろな場合があるんだと思うわ」ドッティはレモネードをひと口飲み、亡き夫が作った花をつける茂みや木々を眺めた。「そういうわけで、話を進めましょうか？」

エマは次のサンドイッチを手に取った。「いいわ」

「去年、キムの夫が様々な団体に寄付したことを示す、彼宛てに書かれた何通かの手紙がある……」

「イエス」エマは食べる合間に言った。

「少なくとも〈愛と導きの手〉の場合、彼は寄付していないとその手紙にサインをしている女性は言った……」

エマはフィンガー・サンドイッチの残りを口元まで運んだところで手を止めて、うなずいた。「イエス」

「けれどその手紙には、彼は寄付をしたと書かれていた……」

「それもイエス」

「そしてその手紙は正式なもののように見える……」

「ロゴの色が違うことを除けば、イエス」

ドッティはレモネードとプチフールをテーブルに置き、左側にきちんと重ねてあった礼状の束を手に取った。一通ずつ黙って読み直し、時折首を振ったり、なにかをつぶやいたりしているあいだ、エマは食事を続けていた。

「そして、この一連の寄付すべてに関わっている男性は死んだ」ドッティは最後の手紙を束に戻しながら言った。

満足したエマは、椅子の背に勢いよくもたれた。「殺された、、、」

「そう、殺された」ドッティは車椅子の脇のポケットからいつものノートとペンを取り出して、構えた。「推理の時間に参加できなくてステファニーは残念がるだろうけれど、あとで伝えればいいわね」

自分がうなずいたことはわかっていたし、口から出た同意の言葉も聞こえていたが、エマがいま確信を持って言えるのは、奇妙な絵が形になろうとしているということだけだった。

「ロジャーのごまかしをこの慈善団体のひとつが気づいたんだと思う？」

「そして彼を殺した？」

「ええ……ううん……えっと——」エマは笑いだした。「なにを言えばいいわけ？　わたしはあなたみたいにコージーミステリを読んでいないし、ステファニーみたいな安楽椅子テレビ探偵でもない。土いじりをして、花を育てるのが好きなの。ブラウニーを焼いたり、スカウトと一緒にアヒルを追いかけたりするのが好きなの。この手の素人探偵ごっこはなにをすればいいのかわからない」

ドッティはメモから顔をあげた。

「それは残念ね。わたしたちがいまやっていることなのに」

「わたしたちはするべきじゃないのよ」

「勝手に決めないでちょうだい、ディア」

「わかった。わたしはするべきじゃない」エマは降参と言う代わりに両手をあげ、その手をテーブルに置いた。「その寄付だけど……だれも、とりわけセリアみたいにいいことをするのが仕事の人が、毎年の夏のイベントに空気で膨らませるお城や滑り台を準備できないからと言って、だれかの命を奪ったりするとは思えない」

「確かに、お城や滑り台だけのせいではないでしょうね。でも、お金が原因でこういうことは起きるものよ。毎年入っていたお金が、急に入らなくなったりすれば」

エマはドッティの目を見つめた。「セリアは、今年のイベントに必要なお金のためにだれかを殺したりしない」

「そうかもしれない。でもその金額が五、六倍になれば、殺す人はいるかもしれない」

「彼が寄付をしなかったのは、この十年で今回が初めてなのよ」

「〈愛と導きの手〉にはね」ドッティはペンを持った手で、令状の束を示した。「でも、この手紙からすると、全部がそうだったのかもしれない」

「え？　この団体の代表たちが一緒になって彼を殺したって言っているの？」エマは椅子を引いて立ちあがった。「ドッティ、わたしですらそれはあまりに現実離れしているってわかるわ」

「寄付を偽ったことやサインを偽造したことを通報すると言って、どこかの団体が彼を脅していたらどう？」ドッティはペンで手紙の束を叩いた。

エマはパティオの端まで歩き、ケテイカカズラの香りを吸いこんでから戻ってきた。

「あなたの仮説にはひとつ問題がある」

「それはなにかしら、ディア？」

「死んだのは彼なのよ。団体の人たちじゃなくて」エマが水浴び用水盤のほうへと歩いていくと、もっとよく見ようとしてスカウトがついてきた。「つまりそれって、だれかが彼に腹を立てていたか、嫉妬していたか、もしくは彼の口を封じたかったたっていうことよね？」

「わたしに訊かないでちょうだい、ディア。でもあなたは探偵のような考え方をしているわね」

エマは手を伸ばしてスカウトの頭を撫でた。

「怒りのあまり？　寄付を突然やめられたら、セリアやほかの団体の人たちはすごく腹を立てたでしょうね。でもあなたの前にあるお礼状は全部、半年前のものよ。頭に血がのぼって人を殺したくなるような怒りが、そんなに長く続くとは思えない。そういうのって、もっと条件反射的なものじゃない？」

「確かにそうね」

「だとすると、次は嫉妬ね」エマは言った。

「そんなにあわてないのよ、ディア。ほかにも彼に腹を立ててた人はいる。キムや愛人の夫とか」

エマは指ではさむようにしてスカウトの耳を撫でてから、ドッティを振り返った。

「キムは怒っていた？　もちろん怒っていたわ。でも彼を愛してもいた。トレヴァーは？　彼とブリトニーは元の鞘に収まっている。それもロジャーが殺される前に。だからこれも辻《つじ》褄《つま》が合わない」

「もっともね」ドッティはノートの新しいページを開けて、ペンを構えた。「となると残るのは、彼の口を封じたかったというところね」

「それは違うわ。嫉妬が抜けている」

「そうね。でもあなたは愛人の夫を除外したでしょう？」

エマはドッティの言葉を考え、筋が通っていることを認めた。

「わかった。そうすると……テネシー州スイート・フォールズの広告会社のオーナーは、口を封じるために殺されなければならないようなことをしたのかしら？」

「顧客となにか問題があったとか？」

「顧客のリストは見た。そうは思えないの」気がつけばエマはゆるゆるとテーブルに戻って、ドッティの肘の脇に重ねられた礼状の束を見おろしていた。「理由はわからないけれど、わたしはロジャーがこれを娘の家の食卓で確認したうえ、そこに置いたという事実が気になって仕方がないの。たとえ、置いたままにしてしまったのはうっかりだったとしても、もし彼がなにか違法なことをしていたのだとしたら、娘の家でそんなものを確認したりするかしら？　筋が通らないのよ。なにも悪いことをしていなかったのなら怖がることはないから、話は別だけれど」

「悪いことをした人がいるのよ」ドッティが言った。

「そうね。だれかが」エマは手紙の束を手に取り、一枚ずつ眺めた。そのすべてに記されたロジャーの名前を目にすると、背筋がなぜかぞくりとした。「この手紙でだまそうとしていた相手が、ロジャー本人だったらどう？」

「なにが言いたいのか、よくわからない」

それは突拍子もない考えだったが、どれほど振り払おうとしてもエマの頭から離れることはなかった。

「ロジャーはこの寄付を全部したと思っていたけれど、実際はしていなかったとしたら？」

「彼はただのばかね」ドッティは辛辣《しんらつ》だった。

「確かにね。もし彼が知っていたなら」

ドッティはペンをエマに向けた。

「お金は彼の口座に残ったままなのよ」

「残らないわ。実際はされていなかった寄付がされているように見せるために――」エマは手紙の束を掲げて、小さく振った。「だれかがこれだけの手間をかけたなら」

ドッティが昼寝から覚める前からエマの頭の中でかくれんぼをしていたばかげた考えが、

電球がぱっと灯るようにドッティの目の奥で形になった。

「まあ、エマ……この寄付の金額を全部合わせれば、だれにとってもかなりの大金になる。なにかできるくらいの額に」

エマは手紙の束を胸に抱きしめた。

「たとえば、それを頭金にしてローンを組むとか」

ドッティの口から出た、まったく彼女らしくない金切り声にグレンダが駆け寄ってきた。真っ白な髪の頭がしっかりと横に振られるのを見て、グレンダは家の中に戻った。

「愛人ね！」ドッティはそう言いながらペンを構えた。

「筋が通るわ。ブリトニーは〈フェルダー広告〉で働いていた。会社のウェブサイトを作り直した。リースによれば、画像処理が得意だそうよ。そしてそう、以前に所有していたものより、はるかに立派な新しい家を買ったばかり」

「それに！」ドッティはペンを持ちあげた。「彼女とロジャーのあいだにはなにかトラブルがあったって言っていたわよね？　きっとそのせいでふたりの関係は終わったんだわ。ロジャーは彼女がしていることに気づいて、問い詰めた。そして彼女は腹を立てたのか、もしくは怖くなって、彼を殺した！」

ドッティの口から出た言葉は、エマが心の底で気づいていたことが事実だとあと押ししてくれた。すべて辻褄が合う。完璧に。

「やったわ、ドッティ」エマは残った自分の持ち物をまとめながら言った。「わたしたち、突き止めたのよ」

「驚いたような口ぶりね」

トートバッグの上でエマの手が止まった。「ええ、驚いている」

「わたしは驚かないわよ。わたしたちはいいチームだわ。あなたが必要なピースを集めて、わたしがそれをまとめた」

エマの笑い声を聞いて、スカウトの耳がピンと立った。「あ、あ、あなたがまとめた？　お気に入りの団体に寄付していないことにロジャーは気づいていなかったんじゃないかって言ったのは、わたしじゃなかった？　知らなかった彼はばかだっていったのは、あなたじゃなかった？　それから――」

「ほくそ笑むのはやめなさい」

「ほくそ笑んでなんかいないわ。あなたの間違いを正しているだけ」

ドッティは天を仰いだ。「いいでしょう。自分の手柄にするといいわ。自分抜きでこの殺人事件を解決したと知ったステファニーの怒りがそこに向かうわけだから」

確かに。

「わかった。一緒に解決したのよね。まったくの偶然から。フィンガー・サンドイッチとプチフールと絞りたてのレモネードをいただきながら。どちらも、素晴らしくおいしかったわ」

ドッティの眉と口の両端が吊りあがった。「ステファニーにそう言うつもりなの？」

「え？　ああ、そうね」エマはトートバッグのストラップを肩にかけ、スカウトを呼んだ。

「わたしたちは一緒に解決した。まったくの偶然から。食べ物は全然関係なかった」

「そのほうがずっといいわ、ディア。さあ、キムを留置場から出しましょう」

27

ドアが開く音に顔をあげたエマは、疲れた様子のキムの表情が好奇心から驚き、そして知っている顔を見た喜びへと変化するのを見た。

「エマ、うれしい驚きだわ」キムは、取調室まで彼女を連れてきた制服姿の保安官補を振り返って「ありがとう」と言うと、金属製の小さな机に歩み寄り、エマの向かいの椅子に腰をおろした。「あなたがわたしの代理人になってくれるだろうって思っていたの。どういうわけか、判事との面談は遅れているけれど」

「いいえ」

疲労の混じったキムの笑みが消えた。「なにかあったの？　子供たち？」

「いいえ。ふたりは元気よ。もちろんあなたを恋しがっているけれど、頑張っているわ」

ぐったりと椅子の背にもたれたキムの青白い顔に安堵が広がった。「よかった。あの子たちのことをとても心配していたのよ」

「わかるわ。でもあなたの身に起きていることに関しては、もう心配する必要はないから」

キムはエマの顔をまじまじと見つめ、眉間にしわを寄せた。「よくわからない」

「あなたの子供たちよ。もうあなたのことを心配する必要はなくなったの」

キムは明らかに当惑していた。「どういうこと？」

「あなたよ」エマはキムを、そして取調室全体を示した。「ここにいること。この留置場に。それも今日でおしまい。実際のところ、いますぐにでも」

キムは保安官補を振り返り、それから机に身を乗り出した。

「判事となにか話が進んでいるの？」

「そうなるでしょうね。つまり、サインが必要ななにかの書類にサインをもらったら、わたしがあなたを家まで送っていけるっていうこと。そして、あなたがロジャーの死から立ち直って前を向けるときがきたら、ふたりであのリストに取りかかりましょう」

エマは肘のところに置いていた紙の束を、そっとキムのほうに押しやった。

「あなたが好きそうな料理教室をいくつか見つけたの。それから、お酒を飲みながらのいかにも女性向けの陶芸クラスも。読書会の最初の会合の日程も決めたわ。わたしの家でするのよ」

キムは色鮮やかなプリントアウトの束を見つめ、それからエマに視線を戻した。

「面白そうね。どれも全部。でも――」

「でも、はなし。全部するんだから」エマはさっと手を伸ばし、ジャックが持ち込みを許可したトートバッグに手を入れた。「そうそう、こんなものを見つけたの。ほら、例のデザート救急隊よ」

キムはエマが差し出した紙を受け取り、エマが話し続けているあいだ、無言のまま端から端まで目を通した。「九月に行くのがいいんじゃないかと思うの。そうすれば、その前に読書会を一、二度開けるし、もしわたしたち以外にもだれかを誘いたければ、そうしてもいい。あなた次第よ。あなたのいいようにすればいい。これはあなたのリストだもの。あなたが取り戻すべき人生なの」

「よく――よくわからない」

エマはジャックに電話をかけたあと、警察署に向かう前に自宅の仕事部屋で急いでまとめたプリントアウトを指さした。

「これは、あのリストに載っていたことの一部よ。あなたが人生を取り戻すためのリスト。覚えているでしょう? 料理教室、読書会を始めること、デザート救急隊のキッチンカーを探しにオハイオにいくこと。全部あなたがしたいと思っていたこと。それができるのよ。全部できるの」

「いますぐにはできない」キムはプリントアウトの束をエマに返した。「この厄介な事態が、どうにかして解決するまでは」

エマはプリントアウトをキムのほうに押し戻した。

「解決したの。こうしているいまも、ジャックはロジャーを殺した真犯人を尋問しているわ。つまり、それが終われば、わたしはあなたを家まで送っていけるっていうこと。ナタリーやケイレブに会いにいくのでもいいし、どこか先に行きたいところがあればそこでもいい」

「真面目な話？」

「そうよ」

「本当に？」

「本当に」

「だれなの？」キムは両手を机にのせた。「だれが彼を殺したの？」

エマは再びトートバッグに手を入れたが、今回取り出したのは携帯電話だった。

「ブリトニーよ」

窓のない部屋にキムのあえぐような声が反響した。「ブリトニー？」

「そう」

「どうして？」

「はっきりしたことはわからない。ジャックがあとで説明してくれるはずだけれど、いま言えるのは、彼女が会社の口座からお金を横領していることにロジャーが気づいて、そして――おそらくは訴えるって彼女を脅したんだと思う。だから彼女はロジャーを殺したの」

キムがじっとエマを見つめているのは、その続きを待っているのだろう。だがそれ以上説明できることはなかったから、エマは携帯電話のアルバムを開き、偽の礼状の写真を開いてキムに見せた。

「左にスクロールして。いっぱいあるから」

「これはなに？」キムは次々と手紙の写真を眺めながら訊いた。一枚ごとに画面を拡大し、声に出さずに文面を読んでいる。「わたしたち――〈フェルダー広告〉が毎年支援しているグループから届くお礼状ね」

「そういうふうに見えるわよね。でもそれは本物じゃない」

キムがさっと顔をあげた。「どういうこと？」

「最初はわたしもわからなかったの。でも気がついてみれば、すごくはっきりしている」エマは身を乗り出し、携帯電話の画面に表示されている手紙を指さした。「グループのロゴが見える？　色が逆になっていたり、違っていたりするの。手紙全部がそうなのよ」

キムがまだ怪訝そうな顔をしているので、エマは言葉を継いだ。

「ブリトニーは、ロジャーが去年の年末に寄付したと思っていたお金を自分のものにしていたの。そしてそれをごまかすために、すべてのグループからのお礼状を偽造したのよ。しばらくはそれでうまくいっていた――彼女が大きな家を買えるくらいまでは。でもロジャーの帳簿と慈善団体の帳簿が一致しないことがわかって、真実が明るみに出たんでしょうね。そしておそらくロジャーは彼女を問いただし、彼女が逆上した」

キムは表情を変えることなく、画面を何度もスクロールしている。

「ブリトニーの仕業だと考えたのはどうして？」

「彼女は画像処理が得意だから。経理を任されていたから。それから――」

「ブリトニーが経理を任されていたって言った？」キムは顔をあげた。

エマはうなずいた。

「ブリトニーは経理には関わっていなかったわよ、エマ。担当していたのはリース」

「いまはそうじゃない。あなたと別れたあと、ロジャーが彼女に任せたんだってリースが言っていた」

「ありえない。きれいな顔に引っかかったかもしれないけれど、ロジャーはとても有能なビジネスマンだった」キムは画面をスクロールして、いま一度、すべての手紙を拡大して目を通している。「若い女のためにわたしを捨てたとしても、自分の会社をそんな形で危険にさらすはずがない。ブリトニーは数字が苦手だっていう単純な事実はさておくとしても」

エマはまじまじとキムを見つめた。

「あなたといるあいだはそうだったかもしれないけれど、彼女に捕まったあとで気が変わったのよ」

「いいえ、それはない」

「どうして?」

「わたしたちの離婚はまだ成立していなかったの」

「そう……」

「それはつまり、あの会社のわたしの持ち分がどうなるかも決まっていなかったっていうこと」

「そう……」エマは繰り返した。

「それはつまり、職責のどんな変更であれ、わたしと相談したうえで同意が必要だというこ

だけ」

「会社の経理に関わることができたのは三人だけ。わたし。ロジャー。そしてリース。それ

「そう……」

と」

「でも——」

キムは片手をあげた。「それだけ。わたし。ロジャー。リース」

「でもふたりは喧嘩をしていたってリースは言った」

「だれが？」

「ロジャーとブリトニー」エマは携帯電話に視線を落とし、それからキムを見た。「それに

ブリトニーはトレヴァーとよりを戻したのよ！」

キムは目を閉じた。

エマは、ブリトニーが犯人である理由をさらにあげた。「ふたりはウォールデン・ブルッ

クに家を買ったのよ！　大金が手に入らないかぎり、そんなこと——」

キムが目を開けた。「それじゃあ、本当だったのね？　あの人たち、本当に別れていたの

ね？」

「わ、わお、ちょっと待って」エマは口ごもった。「ふたりが別れていたって、知っていた

の？」

「別れたってロジャーは言ったけれど、わたしは信じなかった。嘘だと思っていた」

「でもどうして？　いつ？」

「ひと月くらい前。彼がこ……」キムは何度か深呼吸をして、こみあげてくる感情を抑えこんだ。「彼が殺されるひと月くらい前。ばかだったたって彼が言ったの。戻ってきたいって。家族を取り戻したいって。でも彼は明らかに酔っていたから、そのときだけ罪悪感にかられたんだろうってわたしは思った」

エマはキムを見つめた。「でもあなたのメール……彼に捨てられたってあなたは言ったのに」

「だってそうだもの。息子とほんの数歳しか違わない女のために」

「でも――」

「酔っ払って罪悪感にかられてかけた電話――それっきり二度とかかってこなかった電話のことなんて、話す価値はなかった」キムはさっきよりも深々と息を吸い、ゆっくりと吐いた。「考える価値があったのは、それは辛いことだったけれど、彼から聞いたわたしたちの結婚生活とわたしを捨てた理由のほう。わたしはすっかり自分を見失った。自分がわからなくなった。あなたに連絡したのは、それをどうにかしたかったから。自分のために」

言うべき言葉が見つからず、エマは無言のままだったが、頭の中は思考が駆け巡っていた。

「でもいま、本当だったんだって聞いて……彼は本当にブリトニーと別れていたって聞いて……なにを言えばいいのかわからない」キムは両手で顔を覆った。「わたしは怒っていた。ひどく傷ついていた。いまわかるのはそれだけ」

「どれも当然だと思うわ」

「そうよね？」

「ええ。あなたはそんな目に遭うべきじゃなかった」エマはこれまでわかったことをあれこれと考えていたが、結局はそもそもここに来た理由に戻ってきた。「でもお金は？　偽の手紙は？　それにブリトニーの大きな家……全部筋が通るのよ」

「ブリトニーが経理に関わっていたならそうかもしれない。でも彼女は関わっていなかった。それに新しい家？　レコード会社が関係しているんじゃないかしら」

「レコード会社？」エマが訊き返した。

「ロジャーの顧客のひとりが、トレヴァーをカントリー・ミュージック界の有力者に引き合わせたのよ。それで家の説明はつく」

「それじゃあ、ブリトニーじゃなくて、あなたでもないとすると……」

そしてエマは気づいた。

リースは〈フェルダー広告〉の銀行口座にアクセスできる……

リースも画像処理に長けている……

キムの両親の具合が悪かったとき、リースはキムの仕事の一部を肩代わりしていた……

ロジャーとブリトニーが口論していたと言ったのはリースだ。実際にあったのか、なかったのかもわからない議論……

そしてリースは、自分のエージェンシーを持つという長年の夢をかなえようとしていて

――

〝辞めることを話さなきゃいけない顧客が、まだあと何人かいるのよ〟

「辞めることだった。彼が死んだことじゃなくて……」エマはつぶやいたかと思うと、いきなり立ちあがった。「キム、あなたの家に顧客リストのようなものはある？　電話番号が載っているようなものは？」

キムは怪訝そうにエマを見た。

「その人たちに訊きたいことがあるのよ。リースのことで」

「リースのこと？」

自分の考えをざっと説明していくうち、リースが〈フェルダー広告〉を辞めるくだりになったところで、エマはキムの表情が曇ったことに気づいた。「起業するのは――とりわけ場所を借りてとなると、お金がかかる」エマはそう締めくくった。

「知っているわ」キムはエマの携帯電話を指さした。「ロジャーが長年苦労して関係を築いてきた顧客のこともよく知っている。折につけ、自宅で彼らをもてなしたものよ」

エマはペンを取り出そうとしてトートバッグに手を突っこんだが、外の机の上に置いてこなくてはならなかったことを思い出した。代わりに携帯電話を手に取り、ノートのアプリを開いた。「何人かの名前を教えてもらえる？」

「彼らの電話番号なら覚えているわ」

「本当に？」

キムはきまり悪そうに肩をすくめた。「わたしのこれまでの人生はすべて、夫と子供たちを中心にまわっていたのよ。知っているでしょう?」

28

二週間後

最後の装飾用クッションをふわふわに膨らませたちょうどそのとき、スカウトが尻尾を振る速度が急にあがり、さらに廊下を歩く爪の音が聞こえてきて、エマは最初の客が到着したことを知った。最後にもう一度、居間のあちらこちらに置いたスナックのボウルに目をやってから、急ぎ足で玄関に向かった。

「第一回目の読書会の準備はいい、スカウト？」

尻尾の速度がさらにあがるのを見ながら、エマはドアを開けた。夕方の弱い日差しの中、昨日の夜作るのを手伝ってくれた間に合わせの傾斜台の横にジャックが立っていた。隣で移動式玉座に堂々と座っているのは、非番の保安官補の青い目にショックの表情が浮かぶ原因となった女性だった。

「ドッティ！　ようこそ！　来てくれたのね！」

「あなたの恋人の運転はひやひやものだったけれど、ええ、ええ、来ましたよ」ドッティはさっと手をひらめかせて車椅子を操作し、エマの横をすり抜けて家の中に入った。スカウトとキスを交わすあいだだけ止まったが、またすぐに廊下を進んでいく。「ここは……古くさいわね」

「古くさいですって」エマはジャックを振り返って笑った。「あなたの運転も？」

ジャックは顔をこすり、呆然とした表情がいくらかましになった。

「きみはぼくの車に乗ったことがあるよね。ぼくの運転はそんなにひどいかい？」

「ドッティ・アドラーは気に入った人間にだけ文句を言うのよ。だから彼女があなたの運転にけちをつけたのなら、それはいい兆候よ」

ジャックは首を振った。「口やかましいばあさんみたいな運転をするって言われるのが、いい兆候？」

「ええ……でも、口やかましいばあさん？　どうして？」

「彼女はお年寄りだからね。だからぼくは必要以上に慎重に――」

「聞こえていますよ！」

ジャックの顔が青くなり、エマはこらえきれずに笑った。「大丈夫よ」ジャックの腕に手をのせる。「信じて。わたしはドッティ・アドラーと長く付き合ってきているの。彼女が文句を言うときは――」

「まあ、まあ、まあ」ドッティは廊下を進みながら左側にある居間に、それから右手の仕事部屋に目を向けて、つぶやいた。「あれを見た？　エマ・ウェストレイクの本棚には、本よりも雑貨のほうが多くのっているのよ……少しも驚きませんけれどね」

エマはドア枠を見あげ、目をぐるりとまわし、それからゆっくりとジャックに視線を戻した。

「あなたがなにを考えているのかはわかる。そうよ、わたしはわかっていて彼女を招待したの。どうかしているでしょう？」

「本を読んでいないあなたには、ちゃんとした読書会を主催することなんてできないでしょう？」ドッティが声をあげた。

エマは中に入るように手招きしたが、彼がためらうのを見てぐいと引っ張った。

「ほら、入って。大丈夫だから。いまの彼女の標的になっているのはわたしだから」

「本当に？」

「本当よ。入って」

ジャックは彼女の横を抜けて廊下に入ると、声を潜めて言った。

「きみは、今夜話し合うことになっている本を本当に読んでいないの？」

「もちろん読んでいるわよ」

「それじゃあ、なんで彼女はあんなことを？」勝手に自宅見学ツアーを行っているドッティがキッチンに入っていくのを肩越しにちらりと見ながら、ジャックが訊いた。

「わたしの本の読み方は彼女とは違うのよ。わたしはコージーミステリだけじゃなくて、いろいろなジャンルを読むの。だからドッティからすると、読んでいないことになるわけ」

「きみはなにを読むの？」

「女性向けのフィクションが多いわね。ロマンティック・サスペンスとか」

「今夜が初会合の読書会ではどんな本を取りあげるの？」

エマはにやりと笑った。「コージーミステリよ」

「賢明だね」

エマの笑い声を聞いてキッチンから戻ってきたスカウトは、彼女の手とジャックのふくらはぎをひとなめした。

ジャックは、ドッティがまだ戻ってきていない廊下に目を向けたあと、エマとの距離を詰め、額に軽くキスをした。

「ところで、今日のきみは素敵だよ」

エマは意志の力を総動員して、自分をつねりたくなるのをこらえた。そうするかわりに、ジャック・リオーダンのにおいを吸いこみ、始まったばかりの彼との関係は本物だと自分に言い聞かせる。「ありがとう。あなたも――」

閉じたドアの向こう側から聞こえた声にエマはその先の言葉を呑みこみ、再びドアに手を伸ばした。

「急いで！　彼女がわたしのキッチンの批評を終えて、ほかの部屋のツアーを始める前に行ってちょうだい！　居間にクラッカーとチーズを用意してあるから」

ジャックは居間に目を向け、次にまだだれの姿も見えないキッチンの入り口を眺め、そして最後にまたエマを見た。「ぼくが食べるわけにはいかないよ」

「せめてそれくらいは食べてほしいわ」エマは頭でキッチンを示した。「あの人を優しく移動させたあとで。でも急いで。お願い」

ジャックがキッチンに向かったところでエマはドアを開け、そこに立っているのがビッグ・マックスだとわかると、すでに浮かんでいた笑みがさらに広がった。短すぎる黄褐色のブレザーにバギー・ジーンズと水色のシャツという装いのマックス・グレイベンは、吸いもしないパイプをくわえ、必要のない眼鏡を鼻の上でかけ直した。「読書会に参加しに来た！」

「そのようね」

「洒落て見えるかな？」ビッグ・マックスが聞いた。

「ええ、見えるわ」

「理由がわかるかい？」ビッグ・マックスは上着の裾を引っ張って正しい位置に直すと、濃い緑色の奇妙な形のあて布をした肘を見せた。「ほんの一時間前に、自分でこの肘あてを縫いつけたんだ」

エマは彼の期待どおりに、まあ、とか、わあとか言いながら、折よくやってきたステファニーに心の中で拍手を送った。

「わお、ビッグ・マックス」ステファニーは笑顔で声をかけた。「今夜は一段と素敵ね」

「あか抜けて見えるようにしてきたからね」ビッグ・マックスは眼鏡を触ったあと、口からパイプをはずしてふたりに見せた。「どうだね？」

「とてもおしゃれよ。まるで尖らせた鉛筆みたい……」ステファニーは口にした言葉をどう締めくくればいいだろうとつかの間考えていたが、やがてなにか思いついたらしく、勝ち誇ったような笑顔をエマに向けた。「テストで満点が取れるわね！」

ビッグ・マックスは誇らしげに胸を膨らませたが、やがて元通りになるまで息を吐き、家の中を指さして訊いた。「このにおいはあの小さなソーセージかな？」

「ええ、そうよ」

「わしはあれが大好きなんだ」

「知ってる」エマはビッグ・マックスを家に招き入れると、居間へといざなった。「あなたのために、小さな容器にマスタードを入れたものを用意してあるから」

「ソーセージにたっぷりつけるため？」ビッグ・マックスはレンズのない眼鏡の縁の上からエマを見た。

「ソーセージにたっぷりつけるためよ」

ビッグ・マックスは満足して居間へと入っていき、あとにはエマとステファニーだけが残された。

「キムはもう来ている？」ステファニーが聞いた。

「まだよ。でもじきに来るわ」

「彼女、どうしているの？」

どう答えようとエマは考え、一番いい答えにたどり着いたところで肩をすくめた。

「彼女は……大丈夫。リースが捕まったことで、気持ちがぐっと楽になったことは確かね。でもあんなふうに罪を自分になすりつけようとした人間がいるんだもの、落ち込むのも仕方がないわ」

「そうでしょうね。リースが自分のビジネスを立ちあげるために、寄付金を横領したのはわかる。彼にそのことがばれて、殺してしまったこともわかる。でも、彼の首を絞めるのにわざわざキムのスカーフを使う？」ステファニーは身震いした。「恐ろしい話」

「そうね」エマはゆっくりと息を吐いた。「辞めることをリースが言いに行ったときに彼が酔っていなければ、もしくは事実に気づいたときに自分で彼女を問い詰めるのではなくて警察に通報していれば、彼はきっといまも生きていたでしょうね。キムがいまも苦しんでいるのはそこなのよ――もし、あのときって」

「リースが罪をなすりつけたのがどうしてブリトニーじゃなくてキムだったのか、わたしはいまだにわからないの」ステファニーが言った。「だって、浮気しているあいだ、ロジャーはブリトニーしか見えていなかったわけでしょう？」

「そうね。でもそのことがリースをひどく打ちのめしたのよ。彼女は自分の能力をロジャーに認めてほしかった。でもロジャーはまったく違う理由でブリトニーを認めたわけだから」

「なるほどね。でも、それじゃあどうしてキムを犯人に仕立てようとしたの？　筋が通らない」

「ジャックから聞いたところによると、リースはあまり家庭には恵まれていなかったらしいわ。キムが、ロジャーとナタリーとケイレブのためにどんなことでもするのを見ているうちに、心が蝕まれていったんでしょうね。たまっていた恨みと、ブリトニーを優遇するロジャーへの怒りと、成功への欲望が重なって、爆発したんだと思う」

「わお」

「まったくよ」

「キムのやりたいことリストは？　どんな具合？」

「今夜から始まるのよ。この読書会から」エマは一歩さがってステファニーを家の中へと招き入れ、居間へと案内した。「あとはキムだけ」

ステファニーは居間をのぞき、ジャックに手を振ってから、眉間にしわを寄せてエマを振り返った。「ドッティは？」

「わたしのキッチンの欠陥について、メモを取っているんだと思うわ」

「わたしはあなたのキッチンが好きよ」

「わたしだって――」

「エマ？」

ステファニーの向こうをのぞきこむと、ジャックが口をあんぐり開けて、手にした写真を見つめていた。

「どうかした、ジャック？」

「この写真はどこで？」ジャックが尋ねた。

「大おばのアナベルのタンスで見つけた写真のうちの一枚よ」エマは写真がよく見えるように、首を伸ばして顔を右に左にと傾けた。「ブランコに乗っているのは、三歳か四歳のわたしね」

ジャックがさっと顔をあげた。「きみ？」

「そうよ。ものすごく可愛いと思わない？」

再び写真に視線を戻したジャックの口の端が、ゆっくりと持ちあがり、笑みの形になった。

「あら。ねえ……」

「うしろの雲梯《うんてい》にぶらさがっている幼い男の子が見える？　トミーに似ていると思わないかい？」

「そうね、似てる」

「ありえないよね」

ジャックは肩をすくめたが、顔に浮かんだ笑みはそのままだった。

「というより、すごいことだ。まさに父親に瓜《うり》ふたつというやつだな」

彼の表情にエマはふと動きを止め、写真とジャックを見比べた。「嘘……」

長々とすくめた肩が答えだった。「そうなんだ」

「でも……どうして？」

「子供のころ、一、二度あの公園で遊んだことがあるって話したよね？」

「こんにちは、エマ？」

ビッグ・マックスは抱えこんでいたマスタードの容器から顔をあげた。

「クッキー・レディだ！　彼女が来た！」

エマはジャックから視線をはずし、ビッグ・マックスに向かってうなずいてから廊下に戻った。ドアからすぐのところに、片手に今夜の課題本、もう一本の手にラップをかけた皿を持ったキムが立っていた。

「キム！　ようこそ！」

「何度かノックしたんだけれど」

エマはキムから皿を受け取ると、彼女の頬にキスをした。

「ごめんなさい。わたしの過去と未来が衝突したことにびっくりしていたの」

「どういうこと？」キムが訊き返した。

エマは新しい友人の疑問を手を振っていなすと、居間に向かってうなずいた。

「来てくれて本当にうれしいわ、キム。今週はずっと今日を楽しみにしていたのよ」

「わたしも」

「さあ、入って。みんなに会ってちょうだい」

スカウトを背後に引き連れてキッチンから出てきた車椅子のドッティが、エマとキムに気づいて動きを止めた。「キム・フェルダー？」

「ドッティ・アドラー？」ドッティがうなずくと、キムはエマの脇をすり抜けてドッティと握手を交わした。

「夫が殺された事件の真相を突き止めてくれた仲間のひとりだって、エマから聞いています」

ドッティの左の眉が吊りあがった。「仲間のひとり？」

「そうよ」エマはドッティの目を正面から見つめた。「仲間のひとり」

「あなたが仲間でしょう、ディア。リーダーがわたし」

エマは皿を持っていない手を振った。「あの日、あなたの家のパティオで真相に気づいたのはわたしじゃなかった？」

「間違った答えを出したのはあなたじゃなかったかしらね？」ドッティが言い返した。

「確かに最初はそうだったけれど、でも――」

「わしの好物を持ってきてくれたんだね、クッキー・レディ！」

ドッティとキムとエマが一斉に振り向くと、マスタードの容器を手にしたビッグ・マックスがいかにもうれしそうな顔で、エマが持っている皿を見つめていた。

「もちろんですとも」キムはラップの片隅を持ちあげてクッキーを一枚取り出すと、ビッグ・マックスに渡した。「あなたが来るって聞いてすぐに、これを作ろうって決めたのよ」

エマはクッキーを眺めた。「ちょっと待って。このクッキー、知っているわ！　このあいだ、友人が作っていた。なんていう名前だったかは覚えていないけれど、すごくおいしかったの。リコリスに似ていた」

「アニゼット・クッキーって言うのよ」キムが言った。「ビッグ・マックスからこのクッキーの話を聞いて、いろいろなサイトを調べて見つけたの」

エマはまずドッティ、それからステファニーに皿を差し出したあと、まだアナベルの写真を眺めているジャックをちらりと見てから、自分でも一枚つまんだ。

「すごく、すごくおいしい」

スカウトが二度吠えてからお座りし、エマとクッキーの皿を交互に見つめた。

「友人の家でこれをもらったことをスカウトは覚えているんだと思うわ」エマはスカウトの前にしゃがみこんだ。「でもあれは犬用じゃなかったし、これも犬が食べるものじゃないのよ。わかる、ボーイ？」

「ロケットはこれが好きだった！」

エマはぎょっとして顔をあげ、ビッグ・マックスからスカウトに視線を移し、再びビッグ・マックスを見た。

「いまなんて？」

「ロケットはこれがすごく好きだった！」

「ロケットってだれなの、マックスウェル？」ドッティが聞いた。

ビッグ・マックスはクッキーを食べ終えて、マスタードの容器を再び手に取った。「わしの犬だったんだ。ずっと、ずっと昔に」

「あなたの——あなたの犬？」訊き返したエマの声は、かすれたささやき声のようだった。

居間へと進んでいくドッティの車椅子の車輪がきしむ音が聞こえ、キムとビッグ・マックスがそのあとを追っていったが、いまのエマには、アニゼット・クッキーを愛する七十八歳の無邪気な友人がうなずいたことだけが重要だった。

彼はうなずいた……

訳者あとがき

〈崖っぷちエマの事件簿〉シリーズ第二巻『レンタル友人は裏切らない』をお届けします。

初めてこのシリーズを手に取ってくださった方がたのために、簡単に説明しておきましょう。トラベルエージェンシーの仕事が頭打ちになり、にっちもさっちもいかなくなったエマは、年配の友人ドッティのアドバイスを受けて〝レンタル友人〟の仕事を始めます。その仕事を通じて知り合った看護師のステファニーとドッティ、そして愛犬スカウトをまじえた三人と一匹で、巻き込まれてしまった殺人事件を解決するというのが、前巻のストーリーでした。ドッティはコージーミステリの愛読者、ステファニーは犯罪ドラマの大ファンなので、ふたりは現実の犯罪捜査ができることに舞い上がり、気乗りのしないエマのお尻を叩くようにして事件の捜査に当たります。それは警察の仕事だと主張して抵抗するエマですが、結局はふたりと共に犯人捜しをすることになるのでした。前作ではハンサムな保安官補ジャックといい雰囲気になりながらも、顧客のひとりとしてこれまたハンサムな設計士アンディが登場し、これはひょっとして三角関係に発展するのでは……と思われた読者の方もいらっしゃったかと思います。かくいうわたしもそのひとりですが、著者の思惑はちょっと違ったところにあったようです。

さて本書では、新たな顧客のキムに夫の殺人容疑がかけられてしまいます。自らの思い違いで彼女が逮捕されるきっかけを作ってしまったエマは、今回ばかりは率先してキムの無実を晴らそうと奮闘することになります。キムは、自分を捨てて息子とさほど年の変わらない秘書に乗り換えようとした夫への怒りを書くことで吐き出していました。彼を殺す様々な方法をノートに書きだしていたのです。けれどそれはあくまでも妄想であって、殺人の計画などではありませんでした。エマはジャックにそう話すのですが、結果としてノートの存在を彼に教えることになってしまい、彼はそのノートを証拠としてキムを逮捕しました。エマは自分の愚かさを嘆きつつも、キムは犯人ではないといくら主張しても耳を傾けてくれないジャックに怒りを覚え、一方のジャックは自分の警察官としての能力を疑われたと考えて腹を立てます。彼との関係は始まる前に終わってしまうのだろうかと落胆するエマでしたが、それでもキムの無実を信じる気持ちに変わりはありませんでした。

三〇年あまり、夫と子供たちのためだけに生きてきたようなキムが、子供たちが巣立ったあと、夫に裏切られたときの絶望感を思うと胸が痛くなります。そういう生き方は古いという声もあるかもしれませんが、大切な人たちの喜ぶ顔を見たいと思うのは自然な感情でしょう。絵に描いたような良妻賢母であり、公私ともに重要なパートナーであり、一途に自分を愛してくれるキムを、夫ロジャーがなぜ裏切ったのかは謎ですが、人間だれしも気の迷いはあるということなのかもしれません。

レンタル友人ビジネスの顧客は少しずつ軌道に乗ってきてはいるものの、最近のエマにはちょっとした悩みがあるようです。それは仕事で知り合った人たち――ステファニーやビッグ・マックスやジョン――が大好きになってしまって、彼らから報酬をもらうのが心苦しくなってしまったこと。確かに、友だちをレンタルしようと思うのは、なにかイベントがあったり、どこかに一緒に行く相手がほしかったりといった、そのとき限りの目的であることが多い気がします。ステファニーのように、週三回も雇おうとするのは珍しいかもしれませんね。それだけ頻繁に会っていれば、友情も育っていくでしょうし、エマの悩みも当然と言えるかもしれません。

前巻でも自分の著書をさらりと宣伝していた著者ですが、本書でもまたさりげなくほかのシリーズを登場させています。キムのやりたいことリストのなかに、古い救急車を使って営業しているケーキ屋に行ってみたいというものがありました。それが著者の『Emergency Dessert Squad Mysteries』という別シリーズに登場するケーキ屋です。本書ではゴールデンレトリバーのスカウトが活躍しますが、こちらのシリーズでは猫が相棒のようです。

残念なことに、本シリーズの三巻目はまだアメリカ本国で刊行されていません。ドッティに借りたコージーミステリにすっかりはまってしまい、早く続きが読みたいと身もだえするエマのように、わたしもあれやこれやが気になってたまりません。著者のほかのシリーズを読みながら、次の巻の刊行を楽しみに待ちたいと思います。

コージーブックス

崖《がけ》っぷちエマの事件簿《じけんぼ》②
レンタル友人《ゆうじん》は裏切《うらぎ》らない

著者　ローラ・ブラッドフォード
訳者　田辺千幸《たなべちゆき》

2023年8月20日　初版第1刷発行

発行人　成瀬雅人
発行所　株式会社　原書房
〒160-0022 東京都新宿区新宿1-25-13
電話・代表　03-3354-0685
振替・00150-6-151594
http://www.harashobo.co.jp
ブックデザイン　atmosphere ltd.
印刷所　中央精版印刷株式会社

落丁・乱丁本はお取り替えいたします。
定価は、カバーに表示してあります。
 ISBN978-4-562-06132-7　Printed in Japan